花一样的灯盏

若 荷 —— 著

中国文史出版社

图书在版编目（CIP）数据

　　花一样的灯盏 / 若荷著 . -- 北京 : 中国文史出版

社 , 2020.12

　　ISBN 978-7-5205-2835-1

　　Ⅰ . ①花… Ⅱ . ①若… Ⅲ . ①散文集—中国—当代

Ⅳ . ① I267

　　中国版本图书馆 CIP 数据核字 (2020) 第 253908 号

责任编辑：金　硕　孙　裕

出版发行	中国文史出版社	
社　　址	北京市海淀区西八里庄路 69 号院　邮编 :100142	
电　　话	010-81136606 81136602　81136603 81136605（发行部）	
传　　真	010-81136655	
印　　装	阳谷毕升印务有限公司	
经　　销	全国新华书店	
开　　本	650×960　1/16	
印　　张	16.25	
字　　数	204 千字	
版　　次	2021 年 4 月北京第 1 版	
印　　次	2021 年 4 月第 1 次印刷	
定　　价	52.00 元	

目 录

第一辑　远去的童谣

第二辑　从前的端午

第三辑　有鸟栖于梦

第四辑 朝开与暮落

第五辑 城市的韵脚

第六辑　把乡野藏在心底

第一辑

远去的童谣

你画的是谁的童年

在几米的漫画里，总有一个沿着悬崖向高处攀爬的孩子。或者是为了前方的那朵花，或者是为了高处的某种诱惑，但见这个孩子朝着前方的目标奋力向上攀登着。奇迹就在那一刻发生了——这样的画面，除了让看画的人觉得有趣，让我们看到画家不泯的童心之外，还赋予了这个孩子一种少年的天真和勇气，天真，可爱，烂漫，无惧。

看几米的漫画，总会让人想起自己的童年。

关于童年，我的脑海里最多的，是有关乡村的记忆，一丝一缕都紧密相连，镶嵌在生命里的簇簇光阴里。乡村，白墙红瓦的院落，袅袅升起的炊烟，还有一刻不离的村语方言。它们就像帘外檐下的芭蕉雨，总能在一个美妙的夜晚，汇成一片无尽的乡情，悠然浮现于心底。

新麦收场，剩下的就只有麦秸了，这是农家最后的收成，最廉价，也最使人变得富有。收获后的麦子能磨成面粉，整齐柔软的麦秸则能作为烧柴。在某些地处偏僻的山村，水草不丰，木柴稀少，庄稼收割后的秸秆便成了珍贵的柴草。这样的柴很软很暄，暄到划根火柴就能将它点燃。在那个年代，没人舍得扔它。不会将它弃之于沟渠，更不会一把火，把它毫无价值地焚之于田野。

庄稼收割之后，就变成了金黄的麦秸垛。那时的麦秸垛，往往堆得高高的，闪着原本的金黄的颜色。远远地从麦垛前走过，能让人闻到一股新鲜的草香，那是从麦秸到麦粒的味道。这样的甜美的味道，那么浓那么烈地钻进鼻腔，就像麦子收割之后，根须之下，都要留下一脉泥土的余香一样。

其实不仅仅是麦子，任何一种作物在收割之后，都会散发出一缕原始的味道。它们的味道，让你想起最初的播种，青青的禾苗，以及风中翻转的柔柔的波浪。这样的收获，总是令人感慨，令人心情激荡。这是庄稼之魂，土地之魄，是人类繁衍生生不息不可缺少的食粮。当把酒样醇香的庄稼收存起来，你会感觉到无比的快乐。这种感觉，原始而古朴，自然而神圣。

麦秸垛堆起来，时令就到夏天了。这时候白天悠长，夜晚星稀，正是儿童玩耍的时候。高高的麦秸垛旁，便成了孩子们的乐园。多少年后，我还记得童年时候的夜晚，和小伙伴们爬到麦秸垛上看星星的事情。草垛像草地一样绵软，坐在上面看夜幕上的星星，星星和白云就离地面近了。

麦秸垛，一般都是垛在村头，隔不远堆一个，隔不远又堆一个，像童话里神秘园中的小房子。村头有几棵古树，踞守着南来北往的小路。白云蓝天，田野旷远。夏天再怎么闷热，风也能吹来一些，吹动起人的衣裳，吹动起人的长发，一扫盛夏难耐的暑热，送来愉快的清凉，使夜晚的乡村格外的凉爽。

看星星时，多半是约了要好的伙伴，三五一伙，坐在高高的麦秸垛上，一边数着满天数不清的星星，一边享受着惬意的凉风。白天学校里的见闻，小人书里读到的故事，只要觉得好奇的东西，都是我们交流的话题。躲在麦秸垛上说悄悄话，既是一种年少的乐趣，又能产生神秘的氛围。

但这绝对不是什么秘密。小孩子能有什么秘密呢?

如果说小孩子的秘密太多,那就是知道了大人间鲜为人知的事情,转而成为自己的秘密,满足着小小的好奇心。比如小文的姐姐有男孩子追了,小五的小人书被小四拿走了之类。在七十年代的乡下,民风朴实,这样的游戏没有危害,在幽暗的夜色里,也没有谁想打谁的坏主意。

和三五伙伴爬上高高的麦秸垛,除坐在上面久久地聊天,躺在上面看天上的星星、月亮,也是颇为开心的事。山村夜晚的天空,像一匹混天而悬的幕布,点缀着数不清的星星宝石,而月亮,就像一只游弋在天幕的小船,在白莲花般的云朵上时隐时现,照亮了山里的各个角落。

和三五伙伴一起,坐在院中的树上玩耍也很不错,只是树杈低矮,能够攀附的地方很小。如若一群人凑在一起,那还不如索性脱了鞋袜,找个有沙土的地方,将小小身躯靠在一起,把脚埋进潮湿的沙里,抬头看天上的星星,一颗一颗地数着,分辨哪颗是牛郎,哪颗是织女。天真无邪的年纪,梦一般的简净单纯。

还有就是在田野里看天上的星星。这个时候,多是在大人的陪伴之下,一边收割庄稼,一边尽数天上的星河。白天劳作不完,为抢时间,有多少庄稼要在夜晚收割。大人和小孩不一样,大人的智慧颇多,用手一指,牛郎北斗,就立马分辨出来了。每一颗星星都有一个美丽的神话。动听的故事总是在劳动收工之后,在你认为最为劳累时,这才坐下一边休息,一边缓缓地讲述,直到你听得打盹儿,神情困倦。

农家孩子的童年,是在勤劳中成长起来的。从小就会剜野菜,割麦子。会放猪、放羊，把父母收工后拾掇起来的家什扛在肩上。有超出体力的劳累，也有跑遍田野的欢快。黄洋树上的喜鹊晚归去了，燕子都入了巢开始安歇。晚饭吃过收拾完毕，老祖母的故事也快要开始。什么织女飞上天空，牛郎被贬下人间，把似水流年的千古事，讲得悠然如烟，凄凄婉婉。不用戏台，脑海里也能扎一道场景，演得出咿咿呀呀的一折子戏来。

孩提的生活，比现在的孩子丰富，比现在的孩子快乐。没有现在这么多的樊篱约束，谁会把它过得枯燥而单调呢？那时的孩子，家中没有电视，也没有电脑，不会沉迷于网络，不用去某个地方艰难地戒掉网瘾。不用在父母的严厉训斥之后伤心委屈地哭泣。那时的大人就是大人，孩子就是孩子。大人的活永远做不完。孩子们的任务除了上学，其他都与叛逆不相干，甚至不知道什么叫青春期逆反。

除了上学读书、替大人做做家务，他们只沉醉于田野，这片乡村的乐园。他们流连于麦秸垛旁，老柳树下，流连于杂花丛生的菜园。园中，所有的花草都在明媚的早晨团团盛开，夜晚，有萤火虫在这里幽幽地飞翔。而你的眼神，却不仅仅停留在它们的身上。

季节的花盛开在童年的门槛，却从来不觉得时光短促。只是年少的心里，对每一片树叶，每一丛绿草，每一块岩石，都感觉奇妙无比。这里面有愉悦，也有成长的烦恼和寂寞。因为寂寞，才会产生这么多的奇思异想：天上到底有没有仙女，有没有牛郎，到底能不能舒展长长的衣带，顺着风势向天空飘然而去，低首凡间，瞥下一个惊鸿的回眸。

现实与神话的区别，就是一个可以有血有肉、伸手可及，一个只能萦然于怀，能将天地万物变得美好无期。那时候的梦，虽无期却是那么的美，那时候的美，虽遥远却也不像一件易碎的瓷器，虚幻且不真实。那时候的梦是一把梯子，它可以一直竖向天空，让童年的自己援着梦想的梯子上去，从数星星开始，探访一切未知的秘密。

　　我在几米的漫画里，就好像看到了自己的童年。

书桌上的木雕

　　他叫川，是娘给起的名字。用娘的话说，那是一个连盖屋都找不到平地的地方，到处都是乱石山岗。他出生后不久，父亲就去世了，是娘含辛茹苦把他拉扯大，八岁的时候才有机会送进学校，两个姐姐却从此永远失去了读书的机会，一个早早地嫁人，另一个和母亲一起到队里挣工分，割草喂猪、养鸡生蛋供他上学。他每天需要天不亮起床，带着母亲摸黑做好的饭菜去学校上学。

　　在所有的课程里，他最喜欢的是美术课，班主任却是一位数学教师。姓张，三十几岁，鬓角已早早地现出白发。那时候的乡下，教员严重不足，许多教师都是从城市支教下来的。张老师也不例外。"文革"时期，妻子提出离婚，儿子女儿跟着前妻生活。到了农村，找了朴素踏实的女子为妻。尽管有工资，妻子也能干活，但生活比当地农民还差，因为，除眼前的孩子，他还要拿出一部分给前妻所生的孩子作抚养费用。

　　由于天生的顽皮，挨老师批成了家常便饭，经常是老师在上面教课，他在下面搞小动作，不是扯同学的书包，就是揪女孩的头发，更喜欢在书本上乱涂乱画。往往是一学期没有学完，课本就已经破烂不堪，边边角角到处都是笔画的痕迹。从小学到初中，他的课本就从来没有好看过。他的从不整理的书包，他的乱蓬蓬的头发，经常被同学戏称为鸟窝。想想，一个顶着鸟窝一样乱蓬蓬的头发的乡下男孩迷恋着绘画，任谁也不相信。相信也不会坚持太久。

在哄笑面前，他还是一如既往。即便这并不是他的未来，亦不是将来的目标。有天下了课，他又在课本上涂抹，十分钟之后，上课的铃声响了，老师走进教室上课，可他还在桌上画着什么，就连老师走下讲台站在对前都没有发觉。那种专心致志的神态，把同学逗乐了。原来他画的正是这位其貌不扬的代课老师，并且惟妙惟肖。"嗤"的一下，愤怒的老师把课本从他手中抽出，连同他潦草的作业狠狠地摔在地上。

话不说三遍，事不过三起。错误犯得多了，自然有任课老师把状纸交到班主任的手上。张老师开始找他谈话，讲道理给他听："人的一生有很多路，但关键之处往往只有几步，尤其是在年轻的时候。"他却委屈地说："老师，我真的是很喜欢画画，你看那么多小人书，上面画得都跟活的似的，我很羡慕，很想学，真想啊，将来当个画家！"

张老师没有作声，沉吟片刻，把没收的画笔还给他。那个幼儿的心灵里，到底有着怎样的一个世界，谁也不可捉摸。有一天，张老师把他叫进办公室，一进门，看到一个瘦高个，张老师告诉他，此人是当地的一位画家，公社墙上张贴的大字标语以及各种宣传画都是他画的。

他开始跟瘦高个学画画，一本《人物素描》递到他的手上。瘦高个告诉他，要成功当一个画家，就得多练笔，不仅要临摹，还要加强练习写生，看见什么就画什么。画村里的山，村里水，花朵的开放，草木的生长。一边说，一边取一支 4B 的铅笔，在厚厚的宣纸上轻轻一抹，一棵刚钻出土地的草芽儿就出来了。笔尖指引，一根线条折曲波宕，就是一座座山川。没有绘画用纸，张老师就托人到城里买，没有画笔，就用张老师教他的方法，在罐头盒里装上柳枝烧成炭条当画笔，用起来不错，两人隔几天炮制一回，弄得一手一脸的灰。

由于找到了学习的目标，他不再乱涂乱抹，学习成绩也在逐步提高。在这期间，张老师还联系学校让他住校，从家里拿来的饭不够吃，张老师就悄悄给他送来白面馒头，这在那时候的乡下，连自家人都舍不得的。因为他，张老师的妻子除了割猪草，还多了一份工作，挑野菜，人家春天去挑，她是四季不分，用野菜来做杂菜，以补粮食的不足。就这样，他跟瘦高个学画三年，跟着张老师同吃同住三年。高中毕业参加高考，成绩揭晓，他顺利地考上一个名牌大学，临走，他特意用一块木头刻了只小鸟给张老师留作纪念。他说："您对我的恩情，无论走到哪里，我都不会忘记的！"

大学毕业之后，他被分配在一所美术学院当教师，并且很快在雕刻艺术上独辟蹊径，终成硕果。就当他人到中年，事业如日中天的时候，张老师却得了癌症，生命到最后期限。张老师去世的时候，他正带领学生在外地采风，在一个山清水秀的名胜风景。如果不是这样，他很可能已经出国考察去了。漂泊不定的生活，一如他童年的梦想，抑或是他独有的性格，没有尽头。经过了这么多的想过、梦过、潇洒过的人生旅程，他的心也已走出千山万水，早已经忘记了生他养他的那个小山村。就是偶尔想想，也是感慨罢了。

得知这个消息及时赶了回来，张家的门前已是一片荒草，院中几十棵树木。张老师已经搬家，调进城里去了。妻子受了过多的劳累，身体一直不好，而他曾经那么开朗的老人，也给突如其来的癌症折磨垮了。好不容易找到张老师的家门。他努力地打量着四周。太贫穷了，也不过是一张桌，一张床，一顶熏黑了的蚊帐，还有两件简单的家具。在他的书桌上，摆着那只发亮的小木雕。听同学说，几十年来，张老师的书桌上就摆着那只小木雕，每当有人前来拜访，他都要拿出来，把一个调皮学生的故事，讲述给别人听。那眉飞色舞的表情，无不自豪得意，就像讲他自己的儿子。

那只小木雕又捧在他的手上，他的心却痛如刀割。是的，那个时候，如果没有张老师的信任，物质与精神上的支持，他根本不可能学习画画，并且考上大学。如今，身为国内外知名的艺术家，他的雕刻作品无数，价格不菲。他名字里的那个"川"字，也象征一般成了一种身份、权威与地位。而张老师却只有这一件他人生中最幼稚的作品。他为他自豪，为他骄傲，自己却过着清贫如洗的日子。那一刻，仿佛他开始懂得，什么叫作感恩，什么叫作不能忘记。咸涩的泪，流出悔恨的味道。

他把这件木雕带回京城，摆在他的书桌之上，有客来时，过去抚摩一下，奇怪它的粗糙与幼稚，以为是小孩子的玩具。他只是笑笑。没有人会想到，书桌上的木雕，还隐藏着一个乡下孩子走出大山的故事。他给这件作品起了一个理想的名字——《飞翔》，用行楷小字标刻在上面，一个人时，面壁而想。他雕刻得十分用心，从来没有过的吃力，一笔一画，入木三分。抚摸遥远的记忆，一颗心，无不是酸涩，触，又不忍——皆因这脆弱的生命，终究都会夜寒江静，物是人非。

温暖的炉火

北方的冬天来得早，仿佛一夜之间，寒流袭来，冷露浸骨，路边行道树上的叶子悉数落尽，只剩光秃秃的枝丫在凛冽的寒风中颤抖。漫长的上午，外面天色清明，室内却愈来愈冷，空气里包含一种僵硬的冰质，那丝丝凉凉的空气，掠过鼻端，每呼吸一下都生出寒意，让人越来越感觉到，冬是深了。

在电脑前坐下，浏览网页，无意间看到画家刘峥的作品《围炉取暖》，心中莫名地一动。画中的这只火炉，没有烟筒，由一只筒状的铁皮做成，在这个寒意深深的日子里，它显得是那么朴拙，却又那么温馨。可以想象，外观普通的铁皮内，是传统手工捏成的红泥胎。这么简陋的火炉上，跳跃着一团燃烧的火，熊熊的，让人感受到一股温暖的力量。

看着这一炉火，让我想起了自己的童年，想起儿时围炉取暖的时光，想起了我的父亲。那时候，父亲也不过四十岁，每个冬天的早上，他都是第一时间起床，爱惜地找取一些干燥的柴火，把屋子正中的煤炉点燃。炉中的火腾腾地燃烧，在房间里不停地跳跃、忽闪，使原本冰冷的屋子一下子变得暖了。

　　火苗跳跃着，发出呼呼的声响，诱惑着我们匆匆起床，走到火炉面前，和父母一起围炉而坐，先烤一会儿火，等身上厚重的棉衣暖了，再由父母亲手做一些好吃的，这就是我们的早餐了。早晨的饭是简单的，有时是把冰冷的煎饼贴在烧热的炉膛上，烧热的炉膛，会像吸盘一样把煎饼吸在上面，不一会儿，冷硬的它们就会变软变黄，玉米的香味即刻弥漫。

　　经过贴烤的煎饼，一下变得干酥而香脆，父亲把它们小心地卷起，中间夹几根切好的细长的青葱，或者煮好的切成块状的猪头肉冻，递到我们的手上。母亲也早已趁着炉火做好一锅稀饭，每人盛一大碗，炉边的小桌上，摆一碟切好的咸菜，全家人的早饭，就这样围着炉子吃开了。一边吃，一边听茶壶里的水汩汩作声，腾腾蒸气氤氲着，自壶中散发开来，扑向围坐在炉边的家人。

　　烧热的炉膛上，也不止贴烤煎饼，还可以贴烤红薯片，母亲负责把红薯一片片切下来，递给父亲，父亲一片片粘上去。通红的炉膛粘住含水的薯片，紧紧地将它们吸附在上面，等薯片熟透，爆出香甜的时候，薄薄的薯片才会从炉膛上翘起，用手就可以轻松地从上面取下了，吹一吹烫人的热气，凉一凉，吃到嘴里又甜又香。

　　除了贴煎饼、红薯，还可以在炉膛落下的煤灰里烤玉米、烤豆子。烧罢的炉灰是热的，有星星点点的炭火，趁着炭火还热，把一把玉米粒儿扔进去，时间不长，灼热的炭火便用余温将玉米粒儿烤熟了，煤屑里立刻传来"噗啪"的声音，随即堆积的煤屑也在响声中炸开。只见玉米粒儿顶着绣球一样的花瓣，从煤屑里跳出来。和姐妹们烤爆米花吃，是冬天最开心的事。在衣食不丰的年代里，任何一种能够入口的甜香之物，都可当作世上独一无二的美食。

　　天冷的时候，邻居们也来家中串门，天寒地冻的时节，拉家常，围炉叙话。老人们讲讲村里的见闻，年轻人谈天说地。老年人每一句都讲得深奥，年轻人每一句都不着边际。如是大雪纷飞的天气，茫茫白雪封门的时候，总有脚印一串串从门外延伸进来，给门口的台阶上留下几朵雪疙瘩，下午阳光温暖的时候，化去的冰雪变得泥水淋漓。

院里光秃的枝头上麻雀飞起落下，叽喳吵闹的声音入耳不绝。晚来的雪后，初晴的早上，堆雪人，打雪仗，也随着天气的变暖开始了。伸出不大的小手，把雪团成个晶莹的小团，互相追逐着放入对方的领口，放不进的，就遥遥地扔到对方的身上，打在蓝色的棉帽檐上，雪团啪地碎了，人呵呵地笑了，笑声震起雪后觅食的小鸟儿，斑鸠和麻雀。人和鸟儿，像中了枪阵的敌对双方，叽叽喳喳。比鸟儿更快乐的是孩子们的欢笑。

阳光总是在这个时候出来，把雪化了，雪和在泥水里面，路面开始翻浆。母亲新做的棉鞋湿透了，不知是雪水还是汗水，珠水涟涟，盈盈地挂在额上发上，似落不落。太阳渐渐西斜，凉风起，天气就开始冷了，饿了，纷纷各自回家，大家又围着炉火而坐，烘烤湿漉漉的棉鞋棉帽。火苗暖暖地映照在面孔，令人泛起困意。睡梦里的炉火，仍然是红的，睡梦里的火苗，仍然是暖的，呼扇呼扇，如梦似幻。

时光飞逝，这么冷的冬天，总会让人想起炉火，想起曾经围着炉火取暖的日子。只是岁月已经走远，有些回忆也变得十分遥远。许多年后，父亲在一个寒冷的秋天去世，生活里再也没有了父亲的庇护，从此，再也没有了与家人一起围炉取暖的欢欣。

一个家庭，不论什么时候，父母也是这个家庭的核心，像一座屋子的山墙，一个轮子的支架，离了哪个这个叫作"家庭"的支架，都会倾斜。在我的心里，父母就是我们这个家庭的支柱，天再冷地再寒，有父母亲情的家，才有一切的温暖与快乐。

游戏上的童年

下雪了，纷纷扬扬，像天空开出的花朵，再撒向人间的花瓣。今年的雪，是那么叫人意外。雪后的冬天，寂寞生冷，室外滴水成冰。于是不出门，听好友在电话里诉苦：这个冬天可以冬眠了，就是几天不吃饭，身上的脂肪也够撑过冬天的。仿佛早就知道，她和我有着同样的感受。不由怀念起曾经年轻而纤美的形体，回忆无拘无束的游戏岁月。那时候的我们，与现在的大人小孩的生活，真是有着天壤之别。

其实我们都不年轻，出生在二十世纪六七十年代，小时候都看过小人书，踢过鸡毛毽子，玩过陀螺，打过玻璃弹珠，以及那种简单的滑雪板。想起这些，便想起那些银铃般的欢笑，想起年假第一天的那份兴高采烈，想起离新年越来越近的日子，母亲做的新衣、集市上买来的一挂鞭炮、一朵头花。想起花花绿绿的过门钱和窗花，想起炸丸子卤熏肉的味道，想起团结一致心无旁骛的孩提纯真，想起热热闹闹的春节气氛。总以为，日子是在忧伤时越来越长的，岂不知，日子亦是在快乐中越来越短，而后离我们越来越远。

什么时候再有时间坐下，安安稳稳地看看书？记得我们小时候，只要手里能拥有一本书，就好像得到一个天大的幸福，不吃饭，也要捧着它，看啊看的，直到把它看完。白天坐在台阶上看，晚上点了灯钻被窝里去看，梦里还要想着去看。从一本本的小人书，到读古今中外的大部头作品，在一天天读书的过程中，认识了比课本里更多的字，懂得了比课本里更多的道理，体味到了世间另一种疾苦，甚至懂得了如何做人、做事，感受到书是人类进步的阶梯。

还知道什么是毽子吧？那种用鸡毛，用苎麻扎起的毽子，底下有几片印着"开元通宝"字样的铜钱。铜钱是从野地里捡来的，离机关大院不远，就有一座种着黑松的墓地，每每去找，总会找到一些铜钱，也不知它们的来历。先把鸡毛或苎麻染成五颜六色，再强制性地塞进铜钱的方孔里面，使其直耸耸地就像古代帝王的王冠，而我们，则是执掌这王冠的主人。那时候，不知道这铜钱是可以收藏的，不然，从开元通宝到乾隆通宝，我会收藏起很多，谁会知道几十年后，它们有如此的收藏价值呢？

也有用布缝制的毽子，剪好的布片，用针线一片片缝成布包，里面装上玉米或者高粱，再联结起来，形状就像六个面的水晶球。鸡毛毽子的弹力强，踢它时，一般不需用大力，在脚面上弹起来，正着踢，反着踢，变着花样。布片缝制的毽子，要比鸡毛毽子稳当得多，我喜欢这种。收藏有七八个，花色一个比一个好看。每到冬天，天寒地冻的时候，就带上毽子，和小伙伴到院子里踢毽子，毽子"唰啦唰啦"地踢起，在每一次踢起的声音里，都跳跃着一颗童年的心。没有暖气，身体在跳跃中变暖了；没吃保健药品，身体也在这弹跳的过程中变得健壮结实，奔跑起来，就像一头灵巧的梅花小鹿。

在饭桌上和家人猜拳，把剪子、包袱、锤喊得天响，翻翻抽屉，竟然翻到几枚玻璃弹珠，几乎没有什么磨损的表面，让我想起从买了它们后，就再也没有人拿它们去做游戏。弹珠上有漂亮的花纹，弯着，红、黄、蓝、绿，透视过去，就像一瓣瓣鲜亮的月亮。它们在我们家的抽屉里，估计已经有几十年了。当初是买了哄女儿，女儿不感兴趣，便把它们冷落了。还记得玩弹珠的游戏，也是在地上挖个坑，先猜拳，然后获胜的一方手握弹珠开始掷，然后用屈成兰花的手指弹。那珠是玻璃珠，也有的是从修车行里找来的钢珠。将弹珠用手心拢起，轻轻推到托起的食指上，以大拇指轻轻弹出，准确地推进约有半米距离事先挖好的圆坑内，弹进者为赢，弹不进者就算是输了。

据说，弹玻璃珠的游戏诞生在十六世纪，具体是起于两个男孩子兴起，不知什么原因，两个孩子发生了争执，一个生性好强，另一个咄咄不让，开始是据理力争，后来一想，何不用手里的弹珠一决胜负？于是两个人以弹珠"开战"起来，你来我往，竟然不能分得高低。从此游戏产生，并在民间、在孩子们中间广为流传了下来，每每玩起来，令人如痴如醉，欲罢不能，

第一次滑雪，我才七八岁。早上，大雪封门，院外的雪，足有半尺多厚，不知从哪里找来一块木板，用烧红的火钩在木板一端钻个眼儿，将一根麻绳穿了过去，一个滑雪板就做成了。哥哥用这块滑雪板，把整个院里的小朋友集合起来，报数一、二、三、四、五，然后将滑雪板平放在地上，一次次，上面坐了人，绳子则由另一个人拉着，在雪地里行走。就这样，你坐一会儿，我拉一会儿，互相替换着，享受平衡而快速的滑行，玩得乐不思归。

那时，部队大院里十几个小朋友，光一块滑雪板是不够的，大家不免出主意，有的小朋友把家里的床板给撬了一块下来，偷偷做成滑雪板。晚上睡觉的时候，将笨重的父亲滑进缝隙，不用询问，偷床板的事真相大白，轻则挨一顿臭骂，重则挨一顿打。

脾气好的父亲，非但不生气，反而变着法子给孩子们出主意，亲

手做滑雪板，性子再好一些的，竟能把滑雪板的绳子拉在手里，让小孩子坐上去快速地奔跑，顿时，阴冷的天空被笑声划破。大人一旦参与进游戏，就更热闹了，大人总比孩子更会变着法子做一些游戏。滑雪板上的童年是快乐的，做滑雪板的经过，是一个愉快的过程，尽管几十年过去，当年的情景仍记忆犹新。

弹指间，春秋暗换，时光隔开了两代人。而现在，想起放假后在屋子里上网玩游戏、沉迷于网络的孩子们，真想发起一场游戏运动，让他们重温一次弹玻璃珠，滑雪板，有益于健康的游戏，在这样的大雪天气里，到室外去，你拉着我，我拽着你，把那些木讷的，除了网络对任何事情毫无兴趣的孩子，聚在一起；让我们这些脂肪堆积的中年人，在愉快中告别负累，在游戏的欢笑声里，迎来新岁。

现在的孩子，已经不再有小人书看，不再踢毽子、弹弹珠、滑雪板。然而在书店，在家里，五花八门的少儿书摆在那里，也再没有了我们童年时期的吸引力。那一本本梦幻般的童话，漂亮的封面打开在那里，仿佛等着谁去阅读，却找不到一个喜欢它的人，冷落了它，却无人因使其积下许多灰尘而惭愧。那静静的弹珠收藏在岁月里，做着无人打扰的梦。那些美丽的毽子、滑板消失得无影无踪……传统的游戏就像孩子们天真的梦，在生活中留下了美丽的一笔，然后离我们的孩子们越来越远。

雪在路上

　　落雪的时候，总会让人想起许多美好的往事。"瑞雪兆丰年"，农谚里有着这样的赞美。下雪的冬天，是北方人最为美好的回忆。阳光朗照，把天地照射得灿烂辉煌。拉开窗帘，发现外面一片洁白。雪在夜晚降临，把大地打扮成一个晶莹的世界。无论是雄伟的高楼，还是简陋的平房，都在雪被下变得模糊，变得具有诗意。雪填平了高低不平的沟坎，也填平了人与人之间的身份沟壑，人们不再因高低贵贱之分而趾高气扬，而是在雪后的路上踩着打滑的路面趔趄而行，每个人都有相同的行走模样。

　　雪给了我们惊喜，打开窗，便不由自主地托举起相机，伸出窗外的双手，在刺眼的阳光下一次次按下快门。雪后的清晨，能够成功地拍几张角度不同的雪景是一件愉悦的事。我站在一个与众不同的地方，脚下是一座使用不久的楼房，楼下空地上栽着十几棵种植不久的树，它们刚开始休眠便拥有了一次异地迁徙。对于树来说这也许是一生仅有的一次，但对于拥有十几年树龄的它们来说，却是一件极不容易的事，它们必须经受一次寒冬的考验，才能看到生命春天的风雨。我极不愿意看到的种植方式。

原先建筑剩余的泥土都在这里裸露着，如今被一片浅浅的草坪覆盖了。它原本是绿色的，进入冬季就逐渐变得枯黄，在没有下雪的地面上也不失为很好的伪装。远处是一条与视觉平行的公路，两边种植着弯曲的垂柳，它们有风有时候的摇摆，有无风时候的静止，在那隐约可见的车辆来往中，细长的柳枝拂成一条条飘然的胡须。长短不一的柳丝，就像为车辆和道路撑起的帷幕。公路的南边是一片浩渺的湖水，天不冷，也便没有结冰，野鸭在水面成双结对地游弋，碧绿的湖面荡出细鳞般的波纹。冬天的湖面，更像是一块柔软的绸缎，每一次风吹，都像是双臂间优美的抖动。

柳是金柳，我自以为是徐志摩在《再别康桥》中提到的那种。"那河畔的金柳，是夕阳中的新娘；波光里的艳影，在我的心头荡漾……"这是植树的习惯，通常，它们都种植在水边岸上，间隔排列，组成一道婀娜的风景，陪伴它们的是水中波浪以及烟波倒影。春天，它发出鹅黄的脉芽，在温润渐暖的春光中浓成绿色的屏障，到了盛夏，又会撑出一团一团的翠琼，这时候的它们便如人们所说的深可藏鸦了。当冬天来临，柳叶落去，枝条上面又会泛起一层金黄的颜色，就像哪位精致的工匠为它贴上的一层高贵的铂金，这就是金柳与普通柳树区别的地方。

雪下得不大，它选择了在一个晚上降落，使这场雪显得有点神秘。刚开始，天气也并没有怎么阴沉，白天，阳光还穿云裂石地挂在天上，只是雾霭略重了些，至黄昏，就雪打窗户了。我喜欢夜晚落雪，拿一本书依在床头，安静中，能听到簌簌雪落的声音。偶尔，雪打在窗上，如一首雪夜的催眠曲，驱赶着白天的劳顿。只是这雪下得有些细碎，盐粒一般，簌簌撒在地面。路面开始打滑，车辆打开了车灯，尽量躲避着人群，小心而行。它的降临，无疑是为寒冷的大地覆盖一层厚厚的棉被。它的功绩是既可以给越冬的庄稼保暖，又可以融化为滋润土地的甘霖，它还是装点天地万物的绒装。

雪后的天气总是阳光明媚，晴空万里。雪后无风，柳枝看上去特别安静，没有一点摇摆的迹象。正当我凝神拍摄的时候，一股冷气突然迎面而来，寒冷透过毛衣直抵肌肤。我注意到前方不远的地方有一棵树，树上一只乌鸦在寒风中孤自而立，它呆立在几根树枝交错的地方，以求紧密相拥的枝条为它抵挡寒风，但绝没有"枯藤老树昏鸦"的凄凉落寞。

早在元旦之前，气象台就开始预报最近有雪。预报乍一出来，无论微信还是手机报上，打开就是满屏有关下雪的消息。每年都是这样，一到冬天来临，人们便开始盼望下雪，如同盼望春天来临一样，以致无雪的冬天常给人带来失落，而有雪的冬天，便成了整个冬季最热闹的部分，从语言的赞美，到诗意的歌吟，都是雪给人们带来的灵感，于是这场初冬的雪，也便成了春天的使者。

实际上，雪本来就是冬天的产物，没有冬哪里来的雪呢？它们是装点苍茫大地的精灵，也是一种自然现象。2018年的第一场雪如期而至，我站在楼上，俯瞰大地及房屋上面被雪覆盖的模样，就连树枝上都压着厚厚的一层。雪铺展在草坪上，堆积在沟壑里，厚薄不均。它们有的转瞬而逝，有的积成一座小小的丘岭。白雪皑皑装扮的山川很美，从视觉效果上来说，它有着雪被的柔软和崇山峻岭的刚毅。从大自然赋予的使命来说，雪给了我们一个干净的世界，我能感觉到雪给我们带来的清新空气，它在穿云破雾降临的过程中，过滤了空气中一部分杂质，这就是雪给人类带来的最大裨益。

时值正午，雪开始融化。最先融化的是屋檐上的雪，滴滴答答，一滴滴雪水缓慢坠落，先是稀疏几条，后来愈来愈密。路面上的雪开始薄了，平展的沥青路逐渐露出黑色的边缘。开始小心翼翼的车辆，逐渐驾驶得快了起来，平稳飞驰。唯有站立在地面上的树，披一身雪做的绒装，赫然跃入眼帘。它们银装素裹，玉树临风，衬托出一幅美轮美奂的冰雪仙境。

渐行渐远的民间刺绣

"日暮堂前花蕊娇，争拈小笔上床描。绣成安向春园里，引得黄莺下柳条。"这是唐代诗人胡令能所写的《咏绣幛》。胡令能，古河南省莆田县人，幼时家贫，没有机会读书，及成年，以修补锅碗盆缸为生。传说一次小寐中，梦见有人剖其腹，将一卷诗书置于体内，从此才情顿开，能吟诗作赋，流传在世的有四首，其中就有《咏绣幛》。诗人笔下的绣女，她们或来自庄园大户，或来自女红作坊，聚集在一起飞针走线，描图绣花，一边刺绣，一边在春天的花园里展示绣工，由此牵动了诗人婉约的情愫。

在我国古代，凡是女子，父母宁可不让她读书，也不能不学刺绣。无论富家小姐，还是贫家姑娘，裁衣刺绣是成年出嫁之前必习之功，学会了刺绣，也就铺就了未来的持家之路。那时的刺绣，一般用作衣服上的装饰，将一件浑然一色的衣裳，以刺绣的方式进行细微的点缀，使其看去外形奢华，做工精美。一个没有机器织纫的时代，仅凭不凡的手工技艺，就可以尽态尽妍，实在令人叹为观止。我们看古装剧，先莫说演员弹性灵动的唱念做打，单凭那一袭华美的戏衣，就给人珠帘锦绣的感觉，因为刺绣，才有了舞台上的水袖轻回，曼妙姿态。

因为刺绣，从而产生了绣楼，它不仅是一个生活、休闲的场所，还是古代女子学习女红技能的场所。绣楼的产生，促进了绣楼针法以及图案的创作。旧时女子八九岁习刺绣，十几岁缝纫，像纺织、刺绣、剪花等等工艺都要精通。学习刺绣首先锻炼的不是手巧，而是定力和心性，练就女子心静如水的优雅气质。

传统刺绣，是我国悠久的民间艺术，已有几千年的历史，它的工艺遍布全国，比如湘绣，苏绣等，针法也各有不同。唐时针法就已丰富多变，有平绣、打点绣、绘袱绣等，到宋时更趋完美，变化无穷，至明、清时期，针法已有九种之多，可表现出不同色阶的深浅变化，体现色彩鲜明的装饰效果。有了上面的各种针法，古代做工烦琐的服饰就可以右衽交领，长裙飘逸了。白居易有诗"红楼富家女，金缕刺罗襦"，便是对精美刺绣的赞咏。

说起刺绣，沂蒙山区不失为刺绣之乡。每天做完家务，正值妙龄的女孩就喜欢手里就托着个绣花绷子。绷子是竹篾做的，两个一大一小的竹篾圆圈紧紧相扣，再将需要刺绣的布料绷紧在上面。没有竹做的绷子，简单方正的木框也行，铺上布面，沿四周按几个图钉。用这种方法绣床围、绣枕套、绣茶盘巾、绣门帘。仿佛是女人的天性，我从小就喜欢绣花。乡下的屋子，一排三间，中间是堂屋，两边为里间。里间没有门，大都挂块布帘遮挡着，以便主人在里边活动，于是绣花门帘就派上了用场。有着门帘的房间，必是女孩居住的闺房，每每出进，都是手儿轻挑，窈窕身子一闪，别有韵味。

女孩到了将要出嫁的年龄，家里人要种桑养蚕，剥茧抽丝，将精心缫好的丝线染得五颜六色，供家里的女孩做嫁妆之用。没有长足的功夫，是做不出一袭华美的嫁衣的。除此之外还要绣枕头，绣门帘，缝绣球。女孩出阁就成新媳妇了，用青士林布做枕头是必修课。枕头两端是锦缎花顶，中间有个云字形的孔，华丽水缎与五彩丝线交相辉映，摆在婚礼上满庭喜庆。枕头顶的图案有人物故事，也有花鸟鱼虫。嫁妆的多少不仅关系着新媳妇的女红是否精湛，还透露出新媳妇娘家的家境，决定着她在婆家未来的地位。

乡下的女孩学习刺绣的机会特别多，冬天下雪的时候，姐妹们聚到一起围坐在床上做女红，一边做一边切磋技艺，既增添了情趣，又增加了邻里间交往，哪位姐妹的刺绣做得多，说明她不久就要嫁了。新时代的女子出嫁已不用轿帘、绣幛这些古旧的物件，可传统的枕头顶子还是要绣的。曾经有个姐姐出嫁，光给婆家人做的鞋、枕头就有两大摞。出嫁的那天往红漆家具上一摆，由送亲的人用两根木杠抬着，和其他嫁妆一起穿街走巷，每经过一个地方都有人围拢观看品评绣工。这些精心绣制的嫁妆一旦进入婆家，便要一一送人了，亲朋好友、婆家长辈每人一对，剩下的都让闹新房的抢走了。

新婚之后，日子按部就班，新媳妇除家务之外便又开始了新的刺绣，做虎头鞋，缝虎头帽，绣婴儿戴的小肚兜。这时候的刺绣就不只是为他人所用了，而是为了爱情的结晶，未来的宝宝，此生生命的延续。肚兜所用的布为大红色，上绣蝎子、蜈蚣、蛇、蟾蜍、壁虎等图案，据说可以驱邪祟，避五毒，护佑婴儿健康成长，以浓郁的乡土气息，表达出质朴的人间情感。

遗憾的是，这样的氛围再也看不到了。今天的生活中，无论是城里还是乡下，几乎找不到一个练习绣花的女孩。集市上，商场里，到处展示着机绣的用品，被上的，枕上的，桌上的，尽管针法粗糙，仍然受到临嫁之女的青睐。人们渐渐适应了这种快节奏的生活，那种与众姐妹一起探讨针法切磋技艺的场景和时光，离我们渐行渐远了。

幸而，像一朵花儿的开放，近年来，各地民间刺绣工艺合作社悄然涌出，在这里，不仅能领略到精湛的刺绣技艺，还能感受到浓浓的民俗文化。她们不同于旧时代的妇女，刺绣为了生活之需，而是为了追求独特的创意、情趣和个性。大至古色古香的绣衣、绣被、壁挂，小至针线细密的荷包和挂件，凡是与刺绣有关的作品，展橱中都摆得琳琅满目。她们还深入乡村和家庭，搜集了数件百年以上的民间绣品。在魏城的民间刺绣工艺橱窗里，甚至展出了收藏百年的轿帘、门帘。这些绣品针法匀整、线条明快、色彩和谐，极致的精美，令人窒息。她们用自己的坚守，唤起了人们对民族文化的热爱和珍视，从而有力地推动了民间刺绣和民俗文化的挖掘和传承。

压岁钱

知道"压岁钱"三个字的意思时，我已经六七岁了，刚刚懂得一角钱的用处和一分钱的分量，会把一块糖的钱攒起来，攒到能买一个演草本，然后拿着它到书店里去左顾右盼一番，心头自然是非常地欣喜。再早，家里是不给压岁钱的。

有一年，母亲领我去她的一位好友家，女主人是位很和蔼的阿姨，因为是新年，阿姨就给我五角钱当压岁钱，母亲好像觉得她也应该给，就又每人给了我们几毛钱，算是补偿的压岁钱，从此算是延续下来了。有了压岁钱，我就不用向母亲要那几角钱买杂用，而是把压岁钱存起来，细水长流地用来买纸笔。

所谓"压岁钱"，就是老人大年初一早上给孩子的小红包，通常这时除夕已过，初一早晨刚刚来临，窗外阳光明媚，家里家外的气氛又一派祥和，全家人早早起床，大人小孩换上新装，看着面带微笑的父母，一种美好的预示出现了，这就是——马上就有一份压岁钱，仿佛那些钱，从母亲那亲切的笑容里走出，即将钻进每个孩子的挎包。从最初的五角，到后来十块八块不等。

那时候，我家住在公社机关大院里，爷爷奶奶在外地，家里的长辈只有父母亲，所以拜年的方式简单些。我曾见过农村家庭的孩子拜年的情景。有一次去同学家拜年，见她家堂屋里安了张八仙桌，桌面和桌子周围已扫除一新，椅子上还搭了两块带背的坐垫，等老人们在太师椅上坐好，一家人在地上站齐全，拜年的仪式开始了。这个仪式就是让家里所有的孩子，依次上前给长辈叩头。

事先教好的吉祥话说完了，一个个的头叩过去，老人们才从怀里掏出备好的压岁钱，根据孩子年龄的大小，有的三毛，有的两毛，收到压岁钱的孩子高兴地在房间里跳跃。等家里拜完年，还要到别人家里去拜年。串门的顺序先是前后左右的邻居家，然后才是本家同族的亲戚。有不嫌繁文缛节，家里又有些积蓄的人家，还要给本支近亲的晚辈压岁钱，所以大年初一的孩子，都愿意逢人磕头，特别是见了长辈们。

有些家庭拜年不拘形式，长辈们摈弃旧的拜年礼，不用孩子们磕头，而是将压岁钱提前压在孩子们床上的某个角落旦，让他们早上起来自己去发现，送给孩子一份意想不到的惊喜。孩子们高兴了，大人的年也过得有劲头。这很像是西方的圣诞节。找到压岁钱的方式也不易，藏红包的地点是变着花样的。不仅压岁钱，几块糖，一本散发墨香的小人书，都是二十世纪七十年代孩子们的最爱。我小时候的压岁钱就是这么得来的。

大年初一，父母单位的工作仍然很多，没有时间等我们叩头拜年，他们都是提前商量好，把压岁钱放在每个孩子的枕头下，吃点东西就匆匆上班了，等他们下班回来，发现压岁钱的孩子就会把经过向父母叙说，故意把惊喜夸大。父亲尤其喜欢我们营造的这样的气氛。望着满怀欣喜的我们，辛劳一年的父母会因此而舒心好几个月，满眼都是幸福成长的儿女们。

压岁钱，是每个孩子都向往的事，时间离年还很远，压岁钱就成了大人与孩子交谈的话题。父母们在这时往往要约法三章，比如要求孩子们好好配合大人做家务，年底学习成绩要考好等等。故而年假前的半个月，孩子们的表现都不错。不过，大人说的时候是一脸的严肃，说过之后就忘了，大年初一的压岁钱还是一分不少，平等对待，不分厚薄。只是热爱劳动的孩子值得表扬，考不好的孩子得用劳动去弥补，这样的教育，不乏父母的智慧。

因为那时没有日历，也不知道日期，有的孩子对新年旧年分得不那么清楚，时间都过去很久了，每天早晨醒来，还是要翻看枕下和床铺，看看有没有红包在里面，好像红包不是父母亲给的，而是上天的神仙所赐，热乎乎地早已藏在那里，等你发现并捧在手心。枕头翻过来了，被褥也翻过来，当端端的红包赫然在目，先是不为人知的窃喜，再是向父母感恩道谢，无数遍地数红包里的页数，嘴里念叨着"一、二、三、四……"。

就是由于生活窘困，拿不出压岁钱的家庭，父母也不会让孩子失望。真正的父母是不会让孩子失望的，他们总会想法子给孩子们一个惊喜，一份童年无比快乐的记忆，这样的家庭，我见过好几个。比如我的同学三妮家，父母就从不给压岁钱，只给孩子买上一串"花喜团"，五分钱一串，用一根棍挑着，挂在每个人的床头上，"花喜团"——它的寓意就十分深远。

"花喜团"是用炒好的糯米做成的，用炒热的糖黏在一起捏成团，捏成燕子状，染上红花绿叶，画上燕子的翅膀，点上燕子的眼睛，团子和燕子间隔穿成串，悬挂在高处，又能吃，又好玩。汪曾祺曾在《炒米和焦屑》中写过这物件，他说他们家乡称这种吃食叫"炒米糖"，加热加糖后发黏，一块块切成长方形。也有搓成圆球的，叫"欢喜团"。"欢"和"花"的音相近，或许是方言口音的误差。

据说，古时有一种妖叫作"祟"，每年大年三十就偷着跑出来摸孩子，被"祟"摸过的孩子会生病，厉害的甚至能把人变成傻子。大人们就用红纸包上八枚铜钱放在孩子的枕边，等"祟"再来时，这些铜钱就会迸发出一道闪亮的光把"祟"吓跑，后来就演化成了压岁钱。至清代，又带上了去邪祈福的成分，《燕京岁时记·压岁钱》记载："以彩绳穿钱，编作龙形，置于床脚，谓之压岁钱，尊长赐小儿者，亦谓之压岁钱。"

小时候盼过年，倒不是为了压岁钱，而是为了可以得到几本崭新的小人书，得到几朵美丽的头花戴。作为一年到头的奖励，父母除给我们买小人书之类，还给女孩子买头花。像纱一样的布，染成五颜六色，经过剪裁加工出来的绢花。进了腊月门，集市上卖纸花、绢花的到处是。有人把一块布挂在邻集的街墙上，再把各种花插在布上，就像一张彩色的挂毯，五颜六色，春意盎然；有人把绢花插在稻草缠绕的架子上，扛在肩上边卖边吆喝，红花绿叶，煞是好看。

那时的年集上有年画，纸花，绢花，有年糕，有糖葫芦，有烟花爆竹，唯一没有看见有人卖鲜花，一切鲜活的东西，都用手工艺品替代了。

一声声祝福，一杯杯佳酿，一副副春联，构成了年的主旋律，组成中国人红火而又热闹的节日。

光阴荏苒，时光如梭，一路成长，不知撒下多少阳光欢笑，而如今的孩子们，尽管收到的压岁钱百元千元，但是与我们的童年相比，似乎并不比那时更加欣喜。早上醒来，在那熟悉的桌角上，一摞厚厚的红包中，新岁的祝福依然殷切，毫无二致，倒是多了些虚荣和攀比。

无论你多么平庸，无论你多么优秀，无论你有多少财富，大家在新年里都会彼此祝愿，对生活寄予美好的祈愿，愿长辈们健康长寿，孩子们平平安安，做工的顺顺利利，无论失落还是悲伤，都让生活重新开始，这才是我们中华民族传统的年之特殊的意义。

爱美的开端

红发夹

翻动旧时的相册，一张照片映入眼帘，是曾经驻过太阳的颜色，然后历经了岁月的沧桑吧，这张照片已经开始焦脆泛黄。照片上笑吟吟的，并排站着三个花季少年，年纪也只不过十一二岁。除了自己，其他两位的名字我已经记不清了，但无须怀疑地，她们是我当年最要好的两位同学。我打量着这张照片，仿佛打量猛然走到眼前的少年的自己，岁月在我的心里有如失而复得，踽踽而来的记忆在脑海里渐渐清晰，再次让我感受到当年的快乐。

仔细端视，那三个少年长长的发辫上，均有个什么东西别在上面，隐隐约约地，闪亮着。哦，记起来了，那是少年时期当地小姑娘们最喜欢的发卡呢！那发卡在当时的商店里是最流行的商品，五角或六角一个。但我少年的发辫上别着的，并不是那些正宗的商品，而是我们自己动手加工而成的。用一块小铁片，七剪八剪，弯成发夹的模样，然后再缠绕上花红柳绿各种颜色的塑料皮筋，皮筋上再编结花的斑点，一只美丽的发卡就做了出来。将它别在头顶上，那样鲜艳那样美丽，一点都不比商店里买来的逊色。那些花花绿绿的皮筋二分钱一根，三四根就能够缠好一个，铁片是从旧废品里寻来的，这样仅用一二角钱，便能用上美丽的发卡了。小小发卡带给我们的最大享受，是发现自己的心灵手巧，是肯定自己的聪明好学，还有便是创造的快乐与满足。

最是美丽少年心，应该就是我们那个时代年少的写照。现在的花季少女们，再也不会自己动手去完成一件足以令她们骄傲的美丽的事情了。她们头上佩戴的流行的饰物是买来的，时尚的衣衫价格高昂。她们衣袂飘飘招摇过市，身后背着的华丽的包里露出MP3的线圈一端。繁重的学业，拔高的考试分数，攀比虚荣的心态，父母快节奏的工作压力带给他们的精神影响，使他们常常在大人们以为他们最为快乐的时刻流露出心中的最不快乐。他们看似条件优越轻松愉快其实深陷单调、孤独、索然的生活经常让我觉得，他们流露出的烦恼也许是真的。他们让人到中年的我们，时常感觉到我们的少年时代，虽然物质贫乏，但是不乏身心的轻松愉悦。

恰同学少年，照片上的我们笑吟吟的。童心，是那么弥足珍贵。那是一个最没有功利、最没有负担、最活泼爱美的时代。我一直认为，能够拥有一份朴素的美，一份简单的生活，才是人生最大的快乐，人的一生所谓的安宁幸福也不过如此。

皮线花

办公室的电线坏了，电工师傅蹲在地上，用钳子在一根电线上扭来扭去，线路不久显示正常，电工满意而去，把弃下的各种线头留给我去打扫。那线头在我的手下被扫除得沉沉的，一派迟疑、留恋的模样。

曾经也是童年时候，这些线头线圈是我最喜欢的物品。当年我为得到它，顶着烈日，冒着寒冬不知走过故乡山村多少大街小巷，为了能够找到一截红的或者黄的、绿的线圈线头，广播站的窗内窗外、拖拉机站的宽阔广场，成了我每天必去的地方。

是一个来自外地的姐姐教会我的，把这些线头抻起拉直，抽出里面的铜丝，再用铅笔刀轻轻地把它们切割成薄薄的小片，然后用抽出来的铜丝将那些皮线片片翻转、交叉，穿系在一起，组合成一朵一朵不同颜色的花，如果穿结得多了，还会再次把它们延长的铜线编结起来，这样就由极小的一朵，编结成四方连续的一大朵的皮线花了，在童年的心里，它们是那样美丽好看的。

那时候，我们将这种花叫作皮线花。皮线花的材料现在是遍地皆是了，但在当年的山村，它们是如此缺乏。山村贫困，电力供应不足，哪里有多少电灯电线可以维修的？那时的家用电器除了广播喇叭，再没有其他的了，线路也仅限于用在广播喇叭上面。

记得有一年，我的母亲领着小妹到县里去学习，当时父亲也去了。他们把我和年纪仅有十三岁的二姐留在家中。他们，学习的日子应该是很严肃认真又轻松愉快的吧。听说每天都开会，每天都学习一些新歌曲，每天都有新思想新感悟在他们身上产生。学习班结束的那天，没有电工，他们自告奋勇地把临时拉进集体宿舍的电灯电线撤掉。室内室外一片狼藉。线头一端掉在地上。掉在地上的线头一下便让眼尖的小妹看到了，她跑过去一下就想抓了起来。她一边抓一边骄傲地和小伙伴说："我要拿回家给姐姐，我姐姐会做皮线花。"

然而妹妹的小手刚刚触碰到那些花花绿绿的电线，就惊叫一声晕倒了，在附近忙碌的母亲听到孩子们的惊呼，赶快跑了过来，不及思索便附下身体去拔缠在小妹腕上的电线，无情的电线跳动了一下，猛然停落在母亲的胳膊上，电流又一次将母亲击倒。在场的人都愣住了，因为当时知道电老虎的厉害的人并不多。幸亏此时身材高大的父亲也在场，在父亲急切的招呼下，与围观的人们一起把母亲和小妹及时送到县医院，经过医生的紧急抢救，才把母亲和小妹两个抢救过来，不久转危为安。

　　直到现在，母亲都从不敢动电线一下，父亲说母亲是"一日遭蛇咬，十年怕井绳"。而小妹的手腕上，至今留下一个浅浅的疤。这个疤在我看来，有令人后怕的惊悚，有比当年的皮线花更美丽的模样。直到现在，每当回想起此事都令我非常感动，它让我感动的，不仅仅是当时母亲和妹妹为身在家中的我所承受到的电流的伤害，而是父母、姐妹绵绵深重的亲情暖意。

　　如果有时间，我很想再动手做一串皮线花。

　　如果有机会，我很想很想再动手做许多的皮线花，送给携我一路走来的那些爱我的和我爱的人，献给那个苦辣陈杂的童年以及阖家聚首的温馨的日子。尽管时光流逝，岁月别了少年心，但我的愿望依然。它总在一个寂寞的夜晚，将我黯然的心情照亮，再照亮，于是那些日子，便又升起了属于我的灿烂辉煌的太阳。

像一片叶子一样成长

自然界的规律，是任何人不得扭转的，比如树木，比如花朵，再比如生命。就像季节，春天，万物初萌，秋天，却是万事萧索。

那时候，她还是个小女孩，甚或还不能称作女孩——无梦，无知，知道并会运用的，是淘气和哭，一个是童年的游戏，另一个则是抗争的武器。

浅浅地懂得一些，是从母亲用过的幼儿启蒙课本里，发现并认知了一些自然生物。蝴蝶便是其中之一。常常，小小的身躯跳跃着，笨拙地追逐飞舞着的它们，便以为，这是世界上最美的了。尽管，世界之于她，就像哥哥手里捧着的那只万花筒，看去五彩缤纷，斑斓夺目。然而，世界到底是什么样子，她根本不懂。

她的世界在家中，在房子里，在书里，图片上，她的世界很小很小，小到只有本能，只有梦想。她在自己的小小世界里快乐无尽，却还没有踏出自己半步。小的"世界"她有，大的世界，她不懂。

数一数她的小辫，你就知道她的年龄了。伸出巴掌，母亲教她，三根长，两根短。加在一起，五岁了，这就是她的年龄。小小的心里，也会暗自高兴！

那时候，母亲还很年轻，母亲的青发如丝，乌黑柔滑。母亲从不留长发，甩一下，暴露出洒脱的个性。母亲爱笑，笑是母亲年轻的标志，母亲喜欢小跑着去做事，小跑着的母亲，正是年轻的时候。

记忆里，是永远跟不上母亲的脚步的，母亲嫌她累赘，把她留守在家，只领和她差不多大的妹妹。放一串钥匙在她手里，或挂在胸前，闪闪的光，很荣耀地告诉人们，此时的她，俨然是这家的主人。

但，只做主人不行，她还要学会等，等是什么滋味呢？她托着两腮，努力地思索着。

"等"的滋味里，有想念，有焦灼，有盼望吧！当她在屋子里焦灼地"等"时，她开始想外面的世界，想田野里的小树小草，想陡壁悬崖下面的小河小溪。想忙碌工作的爸爸妈妈，想和母亲一样亲切并同样喜欢她的那些叔叔阿姨。五岁的她知道，想就是理解，理解严厉而无微不至关怀着她的母亲，理解整天在外地工作的父亲。在她的心里，想就是原谅。

钥匙从母亲手上接过，她便成了这个家的主人，小小的女孩，成了这个屋子的大人。她有童话书为伴，有哥哥不要了的万花筒为伴，有母亲衣服上的纽扣为伴，那些毫无色彩的纽扣，从衣服前襟掉在地上，母亲每次都那么爱惜地拾起来，然后重新钉上衣裳。没有钉上去的，都是后来经过好多努力才找到，母亲把它们放进一个盒子里，那个盒子，便成了她的心爱的玩具盒了。

在那些想念里，还有一种声音与她为伴，那就是栖落在房檐上的鸟雀儿，它们一字排在冬天的檐木上，列队一般齐刷刷伸出头来，那些鸟儿的歌声也便在耳边起起落落。她听得入迷，听得沉醉，听着听着，便伏在小桌子上睡着了。

当进入小学，而后进入初中，高中，那些美丽的汉字让她再也不能安心了。这时候的她正处在懵懂时期。看过一朵花悄然开放在心底的景象吗？爱之犹怜，暗沁芳香。她知道那些汉字有多美丽，知道它们足能表达自己的心声。邻居的大男孩是她的同桌，作文总是写得很差，老师便责怪他一塌糊涂。在全班同学的注目下，他的脸羞成一朵大红花，作文里的病句却仍然我行我素。

他整天不是穿一双笨重的老棉鞋，就是穿一件破旧的黑棉袄，也许那是大人不舍得穿才给他穿的吧？大男孩的家里永远是吃不完的地瓜饭和野菜叶，却不舍得吃他们自己种下的一点点菜园里的菜，由他爷爷和父亲拿到集市上一点点卖掉。他家人口很多，爷爷奶奶，伯伯叔叔，大哥大姐，小弟小妹，还有他的母亲喂养的鸡、鸭、猪、鹅。

好羡慕！冬天他在野外的草地上打滚，他的妈妈竟然一点都不嫌他，他能够在校工自己种的瓜地里劳动，无论肩扛手刨，挥汗如雨，把锄头挥舞成十足的大人模样。使全体女同学侧目。

不能理解，那些在桌上划了楚河汉界的女同学，怎么可以在下课时间，还能与视同敌方的男同学说话？即便涉过'楚河"，"汉界"里的男生们，也还是一脸和气，这样楚河、汉界怎么会分得清楚？

只有，她是例外，把身子尽量缩得很小，把胳膊尽量挪到桌下用来写字，尽量不去涉过那条楚河汉界，保持着自己的本色，或者说是小小的"尊严"。几年下来，同学之间的友谊，却生分了许多。多年后的同学聚会上，她竟然认不得自己的同桌。那身老黑粗布棉袄呢？那个满脸赧然的青涩少年呢？

面对亭亭玉立的她，他显得手脚笨拙，揉搓着的大手，是想与她相握的吧？然而她再一次忽略了这些。做幼儿教师的她，习惯了把手背到身后，这是示范给小孩子看的动作，是改不掉的了。

终于没有握成。再几年之后，席间的他已经不再羞涩。是局长了，发了福的肚子，目光变得狡黠。她抬眼看他。电话一个接着一个，每次都起来挤出席间出去接听，直到酒酣席散，饭菜估计没有吃上几口，酒却是不少喝的。

她也醉了的感觉，征兆是眼花缭乱，像永远都看不透的心灵世界。聚会一年比一年少，文字仍然是她一年比一年喜欢的，床头桌上堆满了书籍，收拾的时候乱乱地摆满一地，"书是通往知识的阶梯"，是谁说的？

书里的世界很大，文字是小小的浪花，时间是季节，而生命呢？只不过是一片叶子成长的过程，万物转回，不过如此，看似有，亦看似无，所有的风景，一生都带不走，只有写在纸上，化作符号，让后人欣赏。或者，悄悄地收藏，和时间一起，装在心里罢了。

不过从那一天起，她开始默默地祈祷，把所有的心思，都化作了虔诚，化作了虔诚……

远去的童谣

　　周末，去看一位朋友，坐公交到了约定的地点，就看见她已远远地站在路边等候。简单寒暄之后，她把我领到一座二层小楼，楼下是一个庭院，院子经人租赁，办成一个家庭式托儿所。院角种着几丛花，八月菊、蟹爪菊、大丽花，开得一丛比一丛艳丽。几十个孩子围圈而坐，由一个穿短裙的老师教唱着什么。旁边一架简单的楼梯，一节节竖直错落，直达二楼的客厅，稚嫩的童声从门缝里飞出来，令人十分愉悦。

　　听朋友说，当那些家长不能按时接送孩子时，就把孩子寄放在这里，让她们接送并留孩子在这院子里安静地上一些儿歌课。好几次我从楼梯走过，忍不住跑到阳台上伏在上面静静地听来，却发现那"儿歌"是由流行歌曲篡改的。比如"妹妹你坐船头，哥哥你岸上走"，还有春节晚会阿牛的"桃花朵朵开"，就连庞龙的"两只蝴蝶"，也被孩子们稚气地背诵着，我不由摇头叹息。

　　一个声音在耳边响起——"小老鼠，上灯台，偷油吃，下不来……"这是小时候，母亲或祖母为我们哼唱过的童谣，"小板凳，一歪歪，面子包韭菜，爷吃了，去赶集，娘吃了，去编席，小孩吃了去玩泥"。久违了，这儿时的歌谣。曾几何时，它伴着我们的童年成长，不知不觉地影响着我们的游戏与生活，甚至影响着我们未来的思想与认知。久违了，我的无拘无束的童年、田野，温馨的庭院，那里，曾经洒落了多少清脆的儿歌。

记忆里的童谣都很古老，内容却涉及得十分广泛，涵盖了乡村生活的方方面面。比如有描写节气的，有歌颂美德的，有鞭笞不孝的，有嘲讽恶人的，有可怜弱者的，有表现风俗。我一直认为这些童谣是一种民间艺术，是供人类传承下去的启蒙文学。祖辈创作童谣的目的很明确，就是想利用这一形式表达某种心灵不能融会不能随意表达的思想。而这些童谣，大多是经了女性得以流传的，所以，对于童谣的流传，首先应该感谢那些温良的女性，比如祖母、外祖母、母亲，这些将生命化作爱的源泉的女性，有着不可磨灭的功劳。

三十岁以上的人们都会有这样的经历，当我们刚刚咿呀学语，那些祖母、外祖母、母亲们，就已经在教我们唱一些简单的童谣了。无数个寂静的冬天，或蚊虫纷飞的夏夜，年迈的老祖母一边摇扇驱蚊，一边慈祥地轻轻哼唱，年轻的母亲则在点起的煤油灯下，一边轻摇怀里的小儿，一边哼唱动听的童谣。抑或母亲把怀里的小儿轻轻放到床上，一边疼爱地端详一眼熟睡的小儿的脸庞，一边埋头做一件针线——父亲做活时膝盖上磨出大洞的裤子，哥哥打架时扯破的褂子前襟，那层层叠叠补了又补的五花补丁，就是在这样的环境下一针一线补缀而成。

她们在拍逗孩子入睡时唱，给孩子喂饭时唱。孩子们还没有离开母亲的怀抱，心灵里就种下了儿歌的种子。从儿歌里汲取着知识的营养，区分着爱与恨、善与恶。记得有这样一首儿歌："萤火虫，夜夜明，公公挑担卖大葱，婆婆养蚕摇丝筒，儿子读书做郎中，新妇织布做裁缝，家中有米吃不空。"无须说，这是一个多么令人羡慕的勤谨之家。

在所有的童谣里，流传最广的是"山老鸹，尾巴长，娶了媳妇忘了娘，把娘背到山沟里，把爹背到山崖上，关上门，堵上窗，和他媳妇吃面汤，你说他爹娘悲伤不悲伤"。这首童谣几乎家喻户晓。它传递给我们的是，那可恶的儿女呀，怎么会如此不孝，竟然遗弃了年迈的亲生父母，背着爹娘吃好东西呢？从而反映出人类的道德善良问题。

那年女儿一周岁时，从乡下请来十七岁的小保姆照看，有次下班刚踏进院门，就听到保姆在给女儿唱童谣："小白鸡，嘎嘎嘎，打小在它姥姥家……"这首童谣实在太旧太长，歌词已经记不清了，大概是讲一个失去母亲的孩子，因无人照管而不得不寄居在外婆家的故事。我小时最怕听这个童谣，特别是当母亲哼唱给我们听时，情绪往往受母亲的感染，每次都会听得泪流满面。

童谣是少年儿童成长过程中不可或缺的精神食粮，而民间流传下来的童谣，更是以其丰富的想象力为孩子们构筑了一方知识的天空。它与当时当地的山水、树木、房屋、动物气候、节气等融为一体，或描述儿童游戏的，或刻画喜庆节日的，或表现田园风光的，或畅达动物逗趣的，充分体现与大自然的互动、融洽与和谐。童谣对于孩子的影响还表现在能使他们从中了解祖辈代代相传的生活背景、历史轨迹与文化内涵。

而如今，那些耳熟能详的古老的童谣，已经面临失传的危机，很多童谣到我们这一代已经失传了，岁月无情地夺走了童谣在孩子眼中跳跃的光芒。可喜的是，目前有人开始关注并搜集、挖掘、整理起即将失传的童谣。有些关心孩子早期教育的家庭，不仅开始让孩子接触我们当地的童谣，还让孩子学习各地各国的童谣，有些幼儿园把童谣编成简单的游戏和舞蹈，让孩子在游戏与歌舞中感受童谣的文化思想，在童谣的启蒙教育中自然地学到更多的地理以及风物常识。每当听着那熟悉的歌谣，儿时的记忆，便如一幅清新明丽的画面在眼前清晰起来。

第二辑

从前的端午

春到溪头

年少时，当教师的母亲的柜子上，摆了一本厚厚的小书，虽然印的是些繁体字，但是也能断断续续地读下来，并且对照里面的词语的释义，感觉已经略读得"懂"了。可当我升至高中、大学再读之时，却越来越感觉其妙。它们不但有诗歌的节奏之美，还有一个个优美的故事，就连一个传情的物什，一丛普通的野菜，都让我们看到，那些无法掩饰的朴素的诗情。

这本书就是《诗经》，而我记忆最深的，就是《关雎》。关关鸣叫的雎鸠，在河中小洲的左右，面对长长短短的荇菜，有位美丽的姑娘左右采摘——也许是这首诗太著名了，每当春天到来的时候，面对和煦阳光里的一地碧绿，自然就让人想起关关雎鸠，更想起"窈窕淑女"与"君子好逑"来。

"参差荇菜，左右采之"，这流传了三千多年的《诗经》里的每一首诗，每一句话，其实就是一个个美好的画面，反映出古时人们的日常行为，情感生活，就好像诗者对生活的一种歌颂，一种诗意的表达。参差荇菜是一个画面，左右采之是一个画面，窈窕淑女与在河之洲的关雎，以及隔岸相望的君子，又何尝不是一个个画面的组合呢？

　　参差荇菜，在河之洲，又让人不由得想到"域中桃李愁风雨，春在溪头荠菜花"。辛弃疾诗中的前半阕，真的是把一副春天景象写活了。不仅写活了春天，还写活了山中的桃李，桃李旁边的春水，春水之畔的野菜。每每读这首诗，就像自己置身优美的春天里漫步，与那些豪放而富有情趣的歌者相遇。"春眠不觉晓，处处闻啼鸟"的孟浩然，"迟日江山丽，春风花草香"的杜甫，"蒌蒿满地芦芽短，正是河豚欲上时"的苏轼，"碧玉妆成一树高，万条垂下绿丝绦"的贺知章，就连唐朝才女鱼玄机，也不忘适时写下流传甚广的逸句："绮陌春望远，瑶徽春兴多。"

　　我想，那个时候的诗人，关切的不仅是诗歌，还有乡下时光的归属，山野万物的变化。诗人眼里的春天，是用这些物象来借代的，唤起人们对美好事物的追求与向往。诗人的生活来自乡间，在动笔之前，先把自己融入社会，融入生活。倘若没有真实的触及心灵的感受，就没有这些生动而有情趣的诗歌的诞生。而现在的诗人脱离了乡间田野，有几人还能形象地写出这样的诗句，以流传千古？

　　从古至今，我们的人民就喜爱在草长莺飞的春天，卸下沉重的心灵包袱，尽情地享受春天的温暖。古时人们的活动是赏花、垂钓、访友、吹笛、鼓瑟吹笙，沉醉于春天多姿多彩的世界。其中又以登山、采集为最广泛的活动，它不仅能够亲近乡野，还能遍阅春花和田野的景色，让绿色作物赏心悦目，花香、景美，无边的绿野，实是春游的一大乐事。

　　我是在乡下生活长大的，在乡野里疯长到十五六岁随父母进城，这一去，就再没回过。然而乡野里的景物，已然留在我的脑海，抹也抹不去了。对乡野的感情，也是永远抹不去的。我知道阳春的三月，正是春到溪头的时节。溪水潺潺处，最是水草丰美、野菜茂盛的地方。

没有溪水的温润，北方山野里的春天，也便没有了"遥看绿渡寒溪转"的保证。

荇菜是怎样的一种野菜，我不知道，不过在我们老家，每年春天到野地里采野菜，已成为一种约定和习惯。野菜一露头，人们就动身了。春天的野菜，大多是荠菜，齿状的叶片褐中带绿，深藏在杂草丛生的地里，不容易辨认。可是，当你沿着田野仔细寻找，总能得到不小的收获。松软的小溪边与麦地里，是荠菜生长最多的地方。采挖回家择洗干净，用开水焯一下，攥干水分剁成末，掺上切碎的豆腐和成馅，用来包饺子吃。讲究一些的，还在调好的馅里放鸡蛋，名曰三鲜饺，味道更佳。

春季天气转暖，万物生发，总有许多野菜卓立而出，茵陈、苦菜、蒲公英等等。蒲公英的叶子呈披针形，春季生发，田地里经常看到它那绿莹莹的影子。荠菜还没生发时，它就突兀地长出绿叶，开出金黄的花来。茵陈的叶子呈圆柱形，株茎低矮，一般都是伏在地面，荠菜开花结籽了，它还那么鲜嫩，只是叶上披了身白色的茸毛，没有春风润泽的光华，倘若采回家精工细作，能做出各种具有特色的菜肴。

有的野菜名不好记，可一旦记住了，一辈子都忘不了，比如"秃妮子头"（一种野菜的别称）。不知道这个名字的来历，只是在早春的山里，实在是长得泼实。凡是生长野菜的地方，就有它那硕大的身影，一蓬蓬铺展在地面，就像野菜之中的霸王。食用的方法是将它们择洗干净，在瓷盆里用力揉搓，直到搓出青绿的浆汁，清洗之后，用滚开的热水在锅里焯几分钟，就散发出野菜的清香了。这时再将它剁细，沁入水中两个小时，之后再反复淘洗几遍，去掉原本的苦味，才可加工成味道鲜美的小豆沫。

听老人们说，旧时闹粮荒，野菜都吃光了，就有人食用"秃妮子头"，结果很香，就是做起来麻烦些。曾请教过一位中医，说，它以全草入药，具有消肿散结、清热解毒之功效。吃过野菜的人都知道，多数野菜都略带苦味，中医观点认为"苦寒清降"。而春天人们容易上火，除了多饮茶，野菜中许多营养成分本身就是良药，且大多野菜生长于林园之中，未受到现代工业和农药的污染，早就被我们视为健康食品，以至摆上了超市的橱柜，与普通的青菜相邻，却格外招人欢喜。

老人们都说："野菜是个宝，采也采不了。"野菜的清新口感，也是人们喜欢它的原因。从《关雎》"参差荇菜，左右采之"中青春女子在灿烂春光中愉快地采挖野菜，到《影梅庵记》中所忆董小宛腌制翠者如玉的野菜，可以想见，野菜的采集和食用在我国早已是源远流长。芳草依依，流年偷换，至二十一世纪春光明媚、姹紫嫣红的今天，仍然成为餐桌文化的精品，尤为珍贵。

俗语云："布衣暖，菜根香，读书滋味长。"《菜根谭》里也有句名言："吃得菜根，百事可为。"意思是说，人们只要经受了艰难困苦的磨炼，就能成就一番事业。吃得菜根，是否百事可做，当年或许如此，今朝却不敢说了。当年食物匮乏，生活不太宽裕，以野菜为食充饥。生活条件好了，再愿以野菜为食的，是朴素。朴素是现在为官做人的根本。《庄子·天道》载："静而圣，动而王，无为也而尊，朴素而天下莫能与之争美。"现在是生活条件太好，酒足饭饱之时，这才视野菜为上品，目的是减去增厚的脂肪，瘦身健肌。而这些野菜，也正好解决了减少脂肪，补充绿色营养的问题，不足以谓"百事可为"。

也由此，无论是天蓝，地绿，花草怒放，山溪奔流，还是灵巧的飞鸟追逐嬉戏，总是在我的心头，组成一幅迷人的春景。我常因此对它而感恩。这是春天的图画，淡淡的，缥缈而又轻盈。

龙的节

春回大地，万物复苏，迎来了春暖花开的日子，返青的田野上，农人开始了田地里的劳作；安宁的村庄里，人们打开门，推开窗，让春光挟着风儿进来，让室内的空气流动起来。推开窗，便能听到左邻右舍的声音，听到鸡鸭互唤的喧闹。突然的一声闷响，有如春雷炸开，一缕清香弥漫了大街小巷，原来是爆米花的来了，村子里立刻热闹起来……

当爆米花的炉声炸响，城里的人要向城外去，踏青，郊游，他们携亲领眷，乐此不疲；城外的人也要把这个节过得有滋有味，炒蝎豆，挑荠菜，包饺子，炸春卷。在明媚的春光里，卸去厚重的棉衣，迈着轻盈的步子，游玩者身心放松，吃客们忙得不亦乐乎。这所有的忙活和准备，都是因了这个特殊的日子——农历二月初二，我们把这个日子叫作"龙抬头"。

这个节，据说起源于伏羲时代，那时候，伏羲重农桑，务耕田，每年土地开犁，都是御驾亲耕，其妻则二月初二亲自为其送饭，因为伏羲为"龙"身，于是就有了"龙头节"，民间流传下来的很多风俗，也多与农耕有关，可见这个节是农事节。龙头一抬，关乎着一年里的风调雨顺，国泰民安，所以，百姓对这个节多有敬意，用各种方式去祈求，让想象中的龙保佑家人不招灾惹祸，不多病多难。

　　还听过一个故事，说是有一个村姑，去河边洗澡时无意怀了孕，十个月后生下一个怪形男胎，龙头龙尾龙身子，家人害怕，便让姑娘把孩子扔掉，村姑坚决不答应，执意要把孩子养大。家人无奈，只好千叮万嘱，千万不要让他出来，否则让族人知道，会以怪物论处。可随着岁月的流逝，孩子的长大，家里窄小的天地越来越关不住他了。

　　终于有一天，那个孩子忍不住寂寞，从家里跑了出来，玩得口渴时，便伏在河边喝水。不料被人发现了，有人拿来锄头、镢头声称打怪物。村姑闻讯赶到河边，大声喊龙儿快跑，少年这才知道闯下大祸，一边哭一边说："娘啊娘，都是儿不好，连累了娘。此一去，不知何时能回来，娘要是想儿，可等来年的二月二，天上打雷，河水涨满时再来河滩上见一面。"说罢腾空而去，临行还不时回头望母亲一眼，每望一眼，就在地上流下一滴泪，瞬间变成一摊清清的河水。

　　就这样，村姑在家里盼着等着，每到二月二这天，就将家里唯一的食物黄豆炒熟，撒在河滩上，等龙儿回来吃。说来也怪，自从龙儿上天后，这个原本旱涝不保的地方从此风调雨顺，五谷丰登，人们方知是龙儿在护佑着村子。为了回报，村里的人们便也像村姑那样，将家里的黄豆炒熟，放在河滩上等那条龙回来吃，渐渐地，二月二吃蝎豆，就演变成了当地的风俗。

　　龙的节日，自然要有所表示，这一天要炒蝎豆，做面琪儿，遇见爆米花的进村，大人小孩纷纷出动，拿簸箕带碗地装了粮食去爆米花，所爆之物，不仅是黄豆，还有大米、玉米。小时候，我家也要炒蝎豆，蝎豆炒好后，还想带到学校去，就用块布缝成个小口袋，将炒熟的豆和面琪子装进去，系在书包上，下了课一边玩一边吃。有的同学还要拿出来比一比，看谁家的豆粒炒得好，我对此总是不屑，因为我家的豆从来都炒不好。

这一天，除了炒蝎豆，所有的食物都得加上个"龙"字，吃水饺叫吃"龙耳"，吃春饼叫吃"龙鳞"，我们现在吃的"龙须面"似乎也是这么得来的。在这一天里，妇女们不能做针线，说是针尖会刺伤龙眼睛；这一天得停止洗衣服，说洗衣会伤到龙皮肤；早晨起床前，先念"二月二，龙抬头，龙不抬头我抬头"，这样会耳聪目明；睡前要拿灯在房梁上照一照，说："二月二，照房梁，蝎子蜈蚣无处藏"，龙为百虫之神，这样就能驱百虫避五毒。

龙的节，自然还要用各种方式驱凶纳吉，比如这一天男子要剃龙头，小孩子戴龙尾，有财力的人家要组织舞龙表演"双龙出水""二龙戏珠"等节目，依靠对龙的崇拜，希望龙神赐福人间。还把祈愿扩大到农耕，春来了，土地开始耕耘播种，就请龙王兴云布雨，好让土地雨水丰沛，庄稼长得青葱茂盛；做饭时，还要将草木灰掏出几把，画一条活灵活现的龙在地上，说这条龙就叫"引钱龙"，祈求财源滚滚，事业兴旺。

昔我往矣，杨柳依依，多少年多少代过去了，龙的节延续下来，只是今我来思，少了些常规中的细雨霏霏。北方的雨雪越来越少，天气越来越干燥，二月的杨柳芽苞鼓起之时，草色却仍然遥看近却无。只是晴好的天气，不妨碍阳光普照，风和日丽下，田野的杏花开了，路边的樱花开了，清澈的春水汩汩而流，而那碧波荡漾的水面上，处处涟漪，都是风吹皱。人们在向往春天的同时，仍然热衷着有关"龙"的传说，从来不曾忘记"二月二"的习俗。

在古时，每到二月二龙抬头的日子，无论是帝王还是百姓，都要到田野里去郊游踏青，并引为时尚。喜欢一个名叫《踏歌》的古典舞蹈，舞台上，一行婀娜多姿的少女脉脉含情地罗衣从风、长袖交横，边舞边歌，歌词道：君若天上云，侬似云上鸟，相随相依，映日浴风。君若湖中水，侬若水心花，相亲相怜，浴月弄影……

这个盛行在汉唐时期的踏歌舞蹈，是由中国古老的春游活动演变而来的，后融入优美的舞蹈技巧，它的特点是既典雅，又妖媚；既含蓄，又洒脱，整个舞蹈行云流水，随意而动，有着浓郁的古典气息，体现了中国深厚的文化。通过《踏歌》，让我们再次看到了昔日那些妖媚俏丽的踏青少女，在依依碧柳间踏着春波，曳着翠裙，联袂欢歌，透着一股难以言喻的美，其情其景，令人陶醉。

无论是古代还是今朝，春天都是一个多情的时节，于是出现了有情人相扶相携，在春风里款款而行的倩影。长长垂柳像温柔的绸带，缠绕在两个有情人心中，不禁生出与之同甘共苦的念头，发出"人间缘何聚散，人间何由悲欢，但愿与君长相守，莫作昙花一现"的誓言，让人感到，这才是人间的真爱，恒久的深情。

如今，山野浅绿，花枝俏然，嫩绿的枝头上，就像一枚枚金子举在春风得意的指尖，且越来越多，汇成春天的花海，人们叫它迎春花，连翘花，油菜花……而游春、踏歌，和有情人一起度过惬意浪漫的时光，这也正是二月的主题。它仿佛在告诉我们，早春二月，还有许多源远流长的故事，或令人感喟，或婉转凄美，等着我们去发现，去传承，去探索。

谷雨的稻香和甜美

　　谷雨时节，收到微信好友发来的短诗："谷雨这天，我在江南，这一天，我不关心男人、女人，只关心耕牛，关心土地，关心我种下种子，流下汗水，是否回报我应得的收成。"跃动的诗行，泄露出心中的愉悦，毫不掩饰诗人对于季节的贪恋。我遂如法炮制："谷雨时节，我在山东，我不关心……"诗是愉快的，心也真的是非常愉快。看窗外阳光明媚，春深几许，节令在催促人们春播春种，同时也令多情的人思绪萦怀。

　　前一夜的雨水，饱满了门前的花树，浸润了广场的草地，青葱铺满田垄的麦浪，皆是谷雨时节崭新的气象。望着活泼可爱的孩子们，在广阔的草场里放飞风筝，柔和的风，掀起身上五颜六色的衣裙，就像绿草地上摆放的一个个能够移动的标点，心中便充满了不尽的欢欣。谷雨的天气，这一天是明快的温暖的，是欢笑的舒畅的。人们欢畅于崭新的生活，崭新的田野，崭新的生命航程。这一天，有鸟飞来，它的名字叫布谷，这一天，是预示着土地将要开始播种。

　　过了谷雨，夏也就来了。谷雨时节，总该做点什么，不然时不我待。古时的女子，谷雨这天要打扮一新去走亲串友，不是浓妆艳抹，而是轻装薄衫。想那终于卸去重羁，素衣简行的样子，是何等的轻快，就连春水桥下的流水都觉得清爽三分。而今天的女子，不知又该找出何等的理由，组成类似的出行。谷雨这天，大多数人是喜欢远足的，不能远足就在门口转转，种种花，除除草，松松土，施施肥，或到田野里挖挖野菜，赏赏山花，在风景优美的湿地公园里乘一柳叶儿小舟，以便荡起风儿，体验一番浪漫的远行。

"谷雨前后，种瓜点豆。"自古以来，谷雨就是一个劳动的季节，沸腾的季节，人们用沉默，用耕种，月使出来的劲吆喝牛的拉犁声，替代心头的欢快。我国的农谚，多与季节和农耕有关，尽管江南江北气候不同，各地农谚却人尽皆知。中华民族数千年留传下来的民俗和农耕文化流传至今，在年青一代的记忆中虽然有些陌生，但是对于土地，对于每天亲近它、侍弄它的人来说，仍然是熟记于心。它们在乡村陌巷、田间地头口口相传。它们是土地的精魂，是庄稼的行吟，记住了农谚，也就记住了乡愁。

有谚语曰："谷雨前，好种棉"，又有"谷雨不种花，心头像蟹爬"的民谣。在我很小的时候，就跟随父母到田野里劳动，泥土是熟悉的，草地是熟悉的，庄稼是熟悉的，河流自然也是熟悉的。在农田里，常听到的是这些话："呀，你家的地里下种了？""是啊是啊，谷雨节啊，不能晚了……"这时候，北方播种，江南插秧，种瓜点豆于房前屋后，已成了一种不用召集的行动，过了这个时节，尽管种子种下，庄稼也生长迟了，先天不足，颗粒难以饱满成形。

谷雨，看似是一个名字，与雨水无关或者有关，其实也真的与雨水有关。谷雨前后的天气极易下雨，这一天的阴雨天，也关乎未来相继某些日子里的气候，如"谷雨阴沉沉，立夏雨淋淋""谷雨下雨，四十五日无干土"等等，极像秋季气象中的另一个现象：立秋这天下雨，之后的三十天内一定会阴雨绵绵，没有特殊情况，这样的天象不会轻易改变。在北方，我们把这样的天气叫"漏秋"，而这样的现象，究竟是怎样的一种自然规律，只能用科学去解释了。

谷雨的本义，明代农学家王象晋的《二如亭群芳谱》一书中有明确记载："谷雨，谷得雨而生也。"意思是谷雨时节天气较暖，降雨量普遍增加，有利于春作物的播种生长。同时根据作者多年的观察与认识，将物种按十二谱分类，四百余种植物详细记录于书中。而元代吴澄的《月令七十二候集解》中也有注释："三月中，自雨水后，土膏脉动，今又雨其谷于水也。雨读作去声，如雨我公田之雨。盖谷以此时播种，自上而下也。"对谷雨的解释见之分晓。

除了远足，播种，具体到谷雨节令的，还有食物。我在江西的婺源，清明那天吃过一种面食叫"清明果"，是由艾叶与米粉加水搅在一起，形成绿色的面皮，中间包裹上白皮萝卜和春笋剁成的馅，上笼屉蒸制而成，品尝起来有一股淡淡的清香，没有艾叶的特殊之气，据说在当地，这叫"吃春"。而在我们这里，则是把吃香椿叫作"吃春"。在我们北方，谷雨前后山里的人家都会采集香椿，洗净晾干，可腌可炸可煎，煎炒后的香椿，有着与众不同的香气，不仅营养丰富，还有一定的药用价值。中医认为，香椿味苦性寒，有清热解毒、杀虫固精的功效，它的芳香的味道，还能起到醒脾、开胃的作用。除此之外，香椿还能当作赠送亲朋好友的礼物，"雨前香椿嫩如丝"，谷雨前的香椿亦是价格不菲。

谷雨时节，天气好时，阳光明亮，空气清爽，东汉史学家荀悦《申鉴·杂言》说："喜如春阳，怒如秋霜。"西晋文学家陆云《晋故豫章内史夏府君诔》也有云："闲非秋厉，惠淑春阳。"谷雨天长，黎明之时，窗外的鸟儿刚刚叫起，室内也就艳阳普照了。这个时候，宜沏一杯绿茶，端坐阳台之上，一边浅斟品茗，一边读书看报。望远处盎然春色，依依杨柳，绿眉如印，享受着浓浓的香茶和美好的时光，很有一番幸福的味道。

春深似海的日子行走江南，在一处风景优美的小区里居住，周围是绿得滴翠的竹林，每到晨间散步，红色的泥土地上，杂草丛中，都能见一只只胖胖的春笋嫩芽初生，不过两天的时间，低矮的笋便长得如我一般高了，仿佛一夜之间，就能生长十数余寸。它让我想到了时光，时光就是以这样的方式消逝，在你有意或无意之间悄然流走。只是，时间在幼笋的身上，不是悲伤的消逝，而是喜人的成长。谷雨这天，我攀上阳光朗照的徽式阁楼，面对一山修竹，吟诵郑板桥的《七言诗》："不风不雨正晴和，翠竹亭亭好节柯。最爱晚凉佳客至，一壶新茗泡松萝。几枝新叶萧萧竹，数笔横皴淡淡山。正好清明连谷雨，一杯香茗坐其间。"心头盛开的是繁华，是美丽，是惬意。

不用远观，近前看，王贞白的《白牡丹》写得尤其好："谷雨洗纤素，裁为白牡丹。异香开玉合，轻粉泥银盘。晓贮露华湿，宵倾月魄寒。家人淡妆罢，无语倚朱栏。"我居住的楼下，正有一树梨花盛开，一丛深红的牡丹含苞怒放，两种花，都是我极喜欢旳。牡丹属于富贵之花，与之相比，你能意识到什么叫作高贵；而梨花清远，花香却不醉人。我不知道那些牡丹是什么品类，但从它们绽放之始，就悄悄为它起了个名字——"贵妃醉"。谁让它们开放在谷雨前后呢！悠远的稻香和甜美的爱情，我认为，才能衬得上"谷雨"这个时节，配得上"谷雨"这个名字。

从前的端午

　　一夜酥雨淋湿了街石，端午的早晨在雨中醒来。滴答，滴答，唤醒了记忆的同时，也唤醒了生活的新意。每当端午来临，我都要按照惯例，赶着早市去买几把新鲜的苇叶，找到几个卖苇叶的小摊，翻来覆去地挑选一会儿。一场夜雨之后，青绿的叶子上沾满了水气，使它显得更加光可鉴目，青葱可爱起来，让人爱不释手，简直挑花了眼。

　　小时候，村子的西边有一个河塘，经年累月生长着茂盛的芦苇，潜伏着看不见的芦根，还有成片的莲藕。春天来临，小荷初露，新苇与莲叶次第生发，到了夏天，水面上荷叶袅袅婷婷，临岸芦苇葳蕤而生，碧绿的芦苇与粉红的莲花衔接在一起，可谓一帘秀色，满塘风景。秋天，芦苇逐渐苍黄、老去，纷纷扬起飘逸的芦花，整个苇塘积絮如雪，布满村庄的角落，很有"清霜醉枫叶，淡月隐芦花"的意境。

　　端午时节，是苇子最为茂盛的时候，此时的苇秆结实粗壮，苇叶青翠宽厚，是包粽子的首选材料。这时，家家户户都要上山采艾蒿，下河打苇叶。苇叶打下来，用河水洗净，再放锅里煮几分钟，就可以包粽子了。煮过的苇叶绵软柔韧，耐折叠，包粽子时不会轻易折破。那时候，大米、糯米是很稀罕的，村里人就用黏米包粽子，有的人家用麦仁、玉米仁、高粱米。把浸过的麦子、玉米、高粱拿到石碾上去碾压，形成碴子，包出的粽子有一种米的杂香，与大米比起来一点儿也不逊色。

端午节的前一天，母亲就开始选材料，淘洗、浸泡，经过一天的准备，吃过晚饭，全家人便聚在一起包粽子。先厾苇叶折成漏斗状托于手掌心，再把米粒装进去包好，用一根咬在牙间的线扎起来，线绳扎紧后，将线与粽子轻轻咬断，拂去粘在苇叶上的米，看看新包的粽子周正不周正，把它放进锅里排整齐，一只粽子就完成了，整个过程既连贯，又流畅。

包粽子的线，是自家纺车纺的线，或从供销社买的棉线，有的人家不舍得用，就去种桑树的人家讨要割桑喂蚕剩下的桑树枝，撕下树皮划成细条当绳用，既干净又节省，于是包出的粽子上，又多了层桑树的味道。粽子有方形、三角形之分，有的人家喜欢包方形，方形的粽子放馅多，但是没多少技术含量。母亲包的粽子大都是三角形，且苇叶包得结实，线绳扎得牢靠，外观小巧饱满，近看粒米不露，就像一件精心制作的工艺品。

看见大人包粽子，我们也会学着包。苇叶叶片长而窄，要用两三片重叠起来使用，手拙的，拿几片苇叶在手上，拈不了也叠不好，一边包一边露馅儿，只好改用粽叶包，我们叫它"菠萝叶"，像手掌，边沿似荷叶的裙褶。与苇叶粽子相比较，"菠萝叶"包的粽子比苇叶香。只是这种叶子只有山上有，村里人很难采得到。其实，粽子好吃不在米上，而在于包粽子的叶子。无论用什么材料包粽子，都要经过一番高温蒸煮，粮食与植物的气息相互渗透，原初的气息都已经不再，这就是"香气怡人"的缘故。

包好的粽子放在一口大锅里，浸上水，第二天早上，我们都还在睡梦中，母亲就起床煮粽子，屋里屋外弥漫着炊烟的味道，不一会儿，这熟悉的味道便被粽子的香气所取代。粽子煮熟后，并不马上吃，而是用各种各样的用具盛装了，挨个给村里的长辈和左邻右舍送粽子。村里民风淳朴，往往是东家想着西家，西家想着东家，相互交换着香甜的粽子，仿佛是在完成一个节日的盛典。在乡村，端午是个重大的节日。

有的人家为了给外村的亲戚送粽子，都要跑好几里山路。给舅家送，给姨家送，给外甥送。人们送的不仅是粽子，还有温暖，有平安，有惦记，有亲情。等送完粽子坐下来准备吃粽子时，这才发现自家的饭桌上，竟然有着各种各样的粽子。它们来自好几户人家，是乡村节日里的代表，代表着各家不同的心意与味道。不光送粽子，女性之间还要送荷包，精心制作的荷包，当作驱虫、避瘟、防病的贴身赏玩去赠送。

绣荷包，就要上山采艾叶，回家晾干揉成团，塞进缝好的荷包里。那荷包有掌心大，鸡心形，多是用娶媳妇做枕头剩下的红布、绿布的边角做成的。女孩子多的人家，都要缝上好几个。荷包上面绣着花，有鸳鸯，有荷花，有牡丹，绿叶红花，非常好看。绣花的线，是用自家抽的蚕丝染成的，在阳光下蓬松柔软，颜色醒目，水样光滑。绣好的荷包结成串，挂在古老的床头、蚊帐上，柔软的流苏垂挂着，香气氤氲，格外好看。

如今，河塘越来越少，苇叶也越来越少，我童年的那片河塘早已干涸。商场中，超市里，到处可见包好的现成粽子，种类繁多，而人们已很少亲手包粽子了。每年端午来临，我都非常想念，想念曾经山水连天、苇荷相依、水鸟唧啾的村庄的模样。想念童年河塘的每一次花开，每一次鱼跃，每一个无忧无虑的快乐时光。

五月，樱桃红了

车过田野，看远处麦浪翻卷，果树成行，不知谁轻叹一声：樱桃红了！顿觉每个字都沉甸甸的，仿佛樱桃的重量不是这样悬于空中，摇曳枝头，而是满怀珍重，压在心上。

初夏的轻纱撩起，时光的脚步在深浅的天空下起落，轻轻而又轻轻，将春天挥洒下的漫天柔润，浓缩成漫天的绿意. 漫天的红、黄、蓝、紫——那些花朵，以及穿戴一新的人们。她们不及春天的装束那样内敛，那样含蓄，脸上的表情也不再肃穆，凝重，她们展扬着自己，长发飘起，飞扬裙裾，兀自张扬生命的魅力。

她们在城市，也在山区。洁白的云朵下，她们放纵着自由的呼吸，放纵着压抑已久的胸臆，就像茂密的植被间，箭逸而出的一枝枝苞蕾。她们沿着季节怒放、攀缘，任生命的青藤在五月的时光里蔓延，蔓延，将角角落落侵占，于世界的一端庄重屹立，生生不息。

时光荏苒，白驹过隙，不知不觉，春天过去，春事尽了，红润的枝头，不再是遥远的梦幻，三月的花期。五月的心田里，也不再是往日的希冀，它正趋于长大，趋于成熟，趋于将甜蜜的果实付与采撷的过程，让那些怀揣希望的人们跃跃欲试。

这个季节适合旅行，也适合闲居，素衣淡颜，超凡脱俗。比如蜗居家中，坐在一应水蓝的贵妃榻上，翻拣报刊，回味书香，演绎古典。或去某个海边兜风，沙滩上面，三两只普通的圈椅，与友人各自抱膝坐于上面，评古论今，叙话旧事。

一个话题，几对圈椅，一并圈住天真活泼的身躯，就如同圈住了孤单，圈住了寂寞，挥洒风中，只留下生活的散淡，和心灵的无所羁绊。生命，其实就是一根青藤，只要前方有了目标，脚下就能走得踏实，走得稳当。

樱桃熟了，这是春天的果实，于夏天的枝头上的次第。第一个轮回，第一次献上人间的报偿，甜美的馈赠。樱桃熟了，不用刻意找寻，路边渐多了些卖樱桃的人，一篮篮的玛瑙，在阳光下殷红闪耀，就像水彩画里的潋滟青莲，微笑斜阳。

古人描写女子，多以樱桃小口赞之，那么樱桃，就像极了女人的红唇。那种美观，那份醉意，让人不忍品味咂啖。犹记年少时，老师让我们写作文，每当遇到这样的果实，就要以红玛瑙喻之，那样华美的色泽，就连玛瑙也未必纯粹，而樱桃却有过之而无不及。

红唇似的樱桃，多生长在山里，哪里沟壑丛生，凸凹起伏，哪里就有她们的身影。樱桃树，从来都是山里的宠儿，她们的生长，除了选择适合的土壤，还要选择适合的僻静。身居闹市，是看不到她们的行踪的，她们喜欢爽快的山风，干净的山雨，清亮的空气。充足的资源，得天独厚的气候条件，方能让她们身姿妙曼，绝胜烟柳。

她们开花。春天，乍暖还寒，季节的风刮过去，再刮回来，这才传递出花开的讯息。她们的花并不鲜艳，细碎的白，簇拥一处，不娇媚，也不醒目，羽纱一般，朦胧复又朦胧，千万朵的花影，都抵不过一树的新叶初萌。

我常把她与古典的女子媲美，洁白的花是她们的童贞，青涩的果是她们的少年，饱满以及满目的红润，才是她们的花季青春。看吧，几经春寒、光照，几经山风、夜雨，五十几个日夜的早盼晚盼，或心不在焉，早上起来发现，樱桃终于红了，寂如潭水的山里，怎能不搅动得人声鼎沸！

"绿葱葱，几颗樱桃叶底红。"名不见经传的村庄，车流开始多了起来，人头攒动，各路人马在这里会集收购，数家快递在这里展开标语条幅，很像是说：快递找我，欲购从速！便捷的运输方式，加快了樱桃的摘采，那潋滟于枝头的果实，在乡村甜蜜的梦里由多到无。仿佛让我们知道，每一个村庄，都是创造希望的工厂，每一片果园，都是酿造甜蜜的作坊。他们把这里称作樱桃谷。

每年五月，樱桃成熟之时，城里人纷至沓来。那些落于深山的樱桃树，就这样被城里人追逐、青睐，直到她们成熟。成熟之后的樱桃，除了被主人摘取卖给前来收购的小贩，其他都被游园的人们采摘去了。这是一项特殊的亲情游戏，于欢乐时光里开始，于美好意蕴中结束。

去山里摘樱桃，是件轻松愉快的事情，终究抵挡不了那一颗颗造型逼真的"玉坠儿水晶"。一条细长的小路，蜿蜒进山野深处，山路的尽头，是那片生长在深山里的采摘园，土地以及樱桃园主的房前屋后，棵棵相依，片片相连，绿荫匝地，柔韧的叶间镶嵌着华美的珠玉，到处都是她们的姿容。

你抬头，她将自己举得更高，你弯腰，她又将自己藏得更低更好。她睥睨着你，仿佛早就猜到你对她的伺隙图谋。你不知道华美的她们，哪颗更大，哪颗更美，哪颗更甜，你只能在树下转来转去地寻找，猜疑。

在茫茫大山的深处，不乏种植樱桃的人家，她们依靠樱桃发家致富，迈进小康，依靠樱桃的采摘接收山外的信息，传递喜讯。樱桃的销售，樱桃的价格，控制着果农的喜怒哀乐。

我不知道前来参加亲子活动的都是些什么人，却知道卖樱桃的大都是些农村妇女，沂蒙山人家庭中的主要劳动力之一。通常，男人们都到外地打工去了，女人们则留在家里侍弄心爱的樱桃树，剪枝修理，打药驱虫，驱赶爱吃樱桃的鸟儿。她们驱赶鸟雀的形象，传统的红衣绿裤，土布衣裳，也曾被画家们演绎得惟妙惟肖。

沂蒙山区的人们是勤劳的，沂蒙山区的女子更加勤劳。面对一棵棵高大的樱桃树，她们常常目无惧色。攀爬，给她们增添了无穷的胆量，无拘无束的性格，使她们显得更加泼辣。这是沂蒙山区的女子身上特有的倔强与率真。

樱桃成熟，她们在烈日炎炎下攀爬采摘，将一枚枚樱桃盛放进各种各样的工具之中，迎接前来观赏和采摘的人们，一把硕大的阳伞插在村庄路口，几个临时垒起的纸箱当作售货的柜台，水灵的樱桃摆在上面，让人想起法国西南城市波尔多的葡萄，玲珑剔透，美艳欲滴，令人垂涎。

新采摘的樱桃比玛瑙还要殷红，站立在樱桃旁边的女性，脸庞比樱桃还要妩媚。这一季的樱桃卖出去，大人小孩的新衣有了，孩子们的学习用具有了，将要翻新的二层楼房有了。女儿出嫁的陪送，儿子婚娶的彩礼……有了。樱桃成色的好坏、不菲的价格，就是它们坚实的后盾。

五月，春去，夏来，樱桃红了！樱桃红了：红灯、大紫、黄蜜、黑珍珠、红密、萨米脱、拉宾斯……蓝天高远，阳光绚烂，初夏的墙头上，篱笆下，一下绽放出那么多盈动的花束，石榴、蜀葵、蔷薇、木槿、栀子花、白玉兰……她们就像一个个顽皮的孩童，在浸了五月灼灼阳光的山风中，满怀幸福，嬉笑于此。

麦　香

　　不等麦子上场，人们就开始想念麦饭了，走在乡间的路上，总有热辣辣的目光投向远方，那里有大片大片的麦田。在这小麦收获的季节，越来越多的人使用收割机进行收割，从收割到脱粒，新兴的现代化工具可以不费吹灰之力地轻松搞定。昔日弯腰割麦的景象是看不到了，取而代之的是大型联合收割机在金黄的麦田里往返穿梭。人们从以往繁重的劳动中得以解脱，再也用不着顶着火辣的太阳持镰上阵，挥汗如雨，也省去了麦芒与肌肤的亲密接触。

　　"打麦饭"，就是土地为人类在这个时节准备的礼物。将刚打下来的麦粒拿簸箕簸了，用清水洗净蒸煮而食，煮熟后的麦粒有着晶莹剔透的外观。五月的沂河，岸边的芦苇已茂密长成，碧绿的苇叶蔚为大观，静若仙子的荷花也已舒展罗裙，将粉红的骨朵露出水面，安静地等候着蜻蜓的亲吻。采一把苇叶、荷叶铺在淘洗好的麦粒上面，注入的清水没过麦粒二三指深，然后点火蒸煮二十分钟就完成了，有了荷叶、苇叶两种植物元素的融合与渗透，煮熟后的麦饭格外香甜。

　　生活在北方的人们，对麦子都有一种特殊的情感，这种情感就来自新鲜的麦香，因了苇叶和荷叶的配伍，它那缠绵的味道和筋道的口感常常给我们带来难以抵抗的诱惑。这也是从老一辈人身上传下来的食物加工方式。万物生长的季节，植物的茂盛给了生活更多的温情与厚待，让人们多了些创造性的发现与发挥，多了些创造新事物的能力，正是这些老一辈人的无私传承的方式，让一代代后人对麦子的味道产生了深深的眷恋，也使古今文人墨客对麦收暗生情愫，述诸笔端。

打麦饭需要趁早，最好的麦饭是在麦子刚打下场的时候。时光进入农历的四月，饱满的麦子已成熟在望，笔挺的麦秆在四月的柔风中摇曳浅笑。望着农人们一张张充满喜悦的笑脸，童年的记忆被眼前的麦田一次次唤醒，掐几束颗粒饱满的麦穗下来，带着麦芒用手轻轻地揉搓，不一会儿就将尚且柔软的麦粒从薄薄的麦壳中脱离出来，低头对着它们轻轻一吹，清香带绿的麦壳就顺风而飞，这时的麦田在你的眼里便不再是麦田，而是随着季风吹动的波涛起伏的大海，是绿野蓝天之下漾起的金色的希望。

青绿相间的麦穗是孩子们的一大诱惑。许多年前，我就是带着这样的诱惑在五月的季风里等待着农人的收割，把打下的麦穗掐下扎成新鲜绽放的花束，找个僻静的地点堆起野草燃起一把小火，小小的火苗如同展开翅膀的小鸟在燃烧的麦穗上无声地翻转，麦子的针芒在火苗的舔舐下瞬间消失得无影无踪。烧去了包裹在外面的麦壳，剩下的就是散发着麦香的光秃秃的麦穗了，随着一颗颗麦粒的熟透膨胀，一股携带着烟火气息的麦香也飘然而出，漆黑的麦穗下是一颗颗温暖的心，弥补着单调生活中味蕾的贪婪。

荒草，是许多年前乡下人做饭必备的柴草，它因自身的易燃和能引燃坚硬的木柴而受人喜爱，同时也是用来燎烤麦穗的好材料。这样的吃法不可以多得，一年一度的麦收仅一次就足够。我在农村出生并且长大，却没有几次机会参加麦收，我不会农活。劳动是社会中每个人不可避免的义务，而我仅有的务农经历是跟学校下乡支农栽过地瓜的幼苗，会用一把麦秆编出捆扎麦子的要子。有一次我们去田野里劳动，同学们都抢着跑进麦田收割，我不会却又不甘心落后，便拿起镰刀划过一把麦子一阵乱割。镰刀是从麦根划到拢住麦子的手上的，把手背的一侧割得流了很多的血，至今那个地方还有一个隐约可见的伤疤。

麦子打捆之后需用扁担挑起运向麦场，有时村民就把扁担横放在地上，等候捆扎好的麦个儿积满后挑运。因为急于穿过一块麦田到另一块麦田里去，没有劳动经验的我不经意从一条扁担上面跨了过去，脚刚落地，我便听到扁担主人的一声急促呵斥。那次的事情让我铭记了很久，后来听说女娃是真的不能够踩扁担的，更不能从扁担上跨过。这个讲究在南方也很盛行。通过这件事我对劳动和农具有了崭新的看法，在远古，每当收获的季节，土地和农具都是会受到人类崇拜的，它让我意识到劳动的美好和所有收获的圣洁。在这神圣无比的劳作中，农具也是不可分割的一部分。经过了远古文明之光的照耀，它们才会从笼罩着历史烟云的深处走来，保持着土地的崇拜和农具的神性。

飞鸟从广漠的麦田上飞行，留下它们清脆的呢喃，好像在欢庆五月的来临。歌声在麦田中穿过，就像农人预见丰收的喜悦，收获的田野是它们偌大的宾馆和餐桌。所有的庄稼都可能为它们提供一顿味道可口的美餐，所有的灌木都可能成为它们栖身的场所。五月的风比人们的目光更加热辣，它使劲地刮着致使一眼望不到边的麦田波浪翻涌，这是天地间唯一与海产生联想的庄稼，每一次麦浪的漾动都与生命和温饱有关。风平浪静的麦田是雕刻在田野上的金黄色浮雕，它的金碧辉煌来自阳光照射下的清晨和傍晚，朝霞和夕阳为它们涂上一层神圣的光芒。

　　五月来临，夏忙就开始了，抢收抢种的日子，麦子开始如期收割。在庞大收割机的转动下，与小麦一并割倒的还有混杂在中间的杂草，田野里弥漫着青草气息，汁液流淌出淡淡的馨香，悠悠地沁入心房。一些不知名儿的鸟儿也在这时追风逐浪，在麦田的浪涛和收割机的隆隆声音里欢快地鸣啼。树木列队在青草覆盖的地头站立，胭红的牵牛花攀爬在灌木低矮的枝上，为成熟的麦田撑开一朵朵娇美的花伞，形成紫色牵牛花的庞大的仪仗。在那方阵般的麦田旁边，花也变得具有灵性，它似乎穿透时光，化作生灵和你点头致意，尔甚至能看到它发自内心的微笑，听见它与你和婉的交谈。

　　忍不住就会伸出手去抚摸，弯下腰，看野花在青藤与麦秆上的交缠，这是植物与植物的一场不以语言释解的爱恋，是发生在田野间的一份默许的缠绵，是"唰唰"的声音之后麦芒与叶梢间的耳鬓厮磨。忍不住就伸出手去，指尖在麦子青涩的芒刺上快速划过，就像琴键在手指下从低音区到高音区的弹奏，给心灵带来享受，带来庄稼成熟的快感。那动作一气呵成，丝毫没有拖泥带水的感觉。那些带着音符的麦浪在指尖不断拨划的弹奏中散发出清香，这清香在小麦强烈的摇动中愈来愈浓，我们把这种迷人的香气统称为麦香。

柿红时节

去乡下采风，颠簸的路上，遥遥望一眼远方，就会发现淡蓝色的秋色里，露出一片片橘红的映照，就像一团火焰铺悬在山腰，那就是乡下的柿树。一旦到了乡下，L的相机就会紧紧地抱在怀里，仰着头，眼睛露着捕捉猎物的光芒，脚下的石块被他踢飞起来，咕咕噜噜地朝山下滚去。他要找的，正是这种乡下的柿树。

橘红，橘红，这就是它的果实吗？圆润、沉实，莫若燃起的小小橘灯，轻轻地握在手里，真想给它安上一个大红的提系和流苏，在夜晚的小路上燃成一盏灯笼。而记忆里，那个扎着马尾的小丫头呵，正眼巴巴地盯着屋子正面的墙上，看母亲挂在上面的果实到底熟透了没有，期待它的颜色一天比一天深，身体一天比一天软。等这一天终于来到，急不可待地把它们放进一只小瓷碗，剥开果肉之上蒙着的那层薄薄的面纱，用中空的芦苇秆对着那些包裹的甜浆轻轻地啜吸，刹那间，整个嘴巴里便流溢着甜蜜的味道了。

不怪L君把石子踢飞，柿树多半就种在山腰上，或山沟里，它们脚下的土地，必是那种略显贫瘠高低不平的地方，或岩石裸露，或土少地薄，这样的地方一般不易生长庄稼。春天阳光温暖的时候，柿树开始发芽、绽蕾、开花，经过一系列的生长、酝酿，在不久的一天早上，花瓣飘落，悄然现出一颗颗果实。果实的形状呈圆盘形，指甲盖大小，看上去青青涩涩的，如果不细看，根本看不出原本的相貌，等这些小小的果子长有硬币大小，柿子的模样才展露无遗，在嶙峋的树上生长着，玲珑可爱起来。

柿子长到秋天，万物萧索的时候，它也现出橘红的颜色，尽管青中带绿，绿中还黄，但一切显示了丰收在望。不久，秋风吹，树叶黄，仿佛经过一夜的秋霜，柿子也变得色泽更加圆润、愈来愈红起来，一只只醒目地挂在落叶稀疏的枝上，无论是站在树下还是远远望去，都像是正在暖暖燃起的小小灯笼，而那树，则更是给人落尽秋叶枝自瘦的感觉。

摘柿子，是山里人家最不经意的活儿。柿熟时节，庄稼也开始收割，没有人刻意想着怎样去摘那些挂在树枝上的柿子，更多的人是先收秋，等秋收结束，柿子也熟透了，这时才上树的上树，拽枝的拽枝，用钩子往下弯的往下弯，把柿子摘下来，在地堰子上堆得小山一样。

最初的柿树是任其生长的，因各家种下的柿树，都仅供自家人吃罢了。除了山里，几乎没有人再去种柿树，它不像桃子和苹果，嫁接后两年结果。它种在地里，得好几年才能开花，再等好几年，才能结上几个柿子，所以有些柿树，都有几十年的树龄了，上百年的也有。

那时柿子便宜，一角钱能买好几个，后来，柿子在城里稀罕起来，山里人看出了它的经济效益，于是便有更多的柿树被种在山坡地上。人们对柿树进行打枝疏剪，去弱留壮，扩大树冠，促进枝条下部芽果充实饱和，使原本旺窜的果枝改变枝条方向，以缓和树势，等柿树结了果，就不用再登高摘取了，他们只需在一根长竿子上绑定一个铁圈，圈上缝一个小小的网兜，对准柿子轻轻一拧，就完好无损地拧下来了。

　　这个方法是今年到山里采风时看到的。摘柿子的时候，乡下显得格外热闹，拿筐的，背篓的，人人抱着一抱柿子，喜气洋洋的脸上，流露出振奋和自豪。喜欢唱歌的，嘴里哼唱着小曲，在愉快的劳动中感受美好的生活。老人们摘下柿子，要用它来做柿饼，于是便有了一串串小灯笼悬挂在坝上，晒取美好、快乐，也晒取了阳光的温暖。

　　柿树很少生虫，无须农药，所以它应是无公害水果。它的加工方式很简单，就是把新鲜的柿子放在一口大锅里，水加满到漫过柿子，再坐在熄灭的灶火上慢慢地加温。水温不能过热，也不能太凉，就那么保持恒温一样温着，经过几天几夜的水的浸泡才能吃它。我们这里把这个过程叫作漤柿子，漤好的柿子，脱去了生柿子的涩味，变得脆甜起来。

　　更好的一种吃法，是把柿子从树上连枝一起摘下，挂在院子里的墙上，等秋冬的阳光慢慢烤灼，经深秋的霜雪侵袭，像酿酒一样，在漫长的时间里软化，这样也是可以吃的。这时的它已不是橘红色了，而是深如胭脂，轻轻一按，薄薄的皮下裹着浓浓的果浆，味道比漤柿子更好，我们把它叫作烘柿。烘柿子不光好吃，还能摊煎饼，在鏊子上抹上糊，待成形后再打破烘柿抹在上面，不等煎饼起鏊，一缕香甜就飘了出来。别说是在城里，就是在我的老家沂蒙山区，想吃到这样的柿子煎饼，也是很难得的，那一丝丝的香甜，在舌尖上回味无穷。

　　山里人有句谚语：树木结巴的地方，也是树干最坚强的地方。在大自然中，无论是什么样的树木，或多或少地都会受到风吹雨打，柿树也不例外。因它的幼树枝干比较脆弱，不耐风吹，于是人们把它们种在山沟里，又由于它不耐风吹，枝条多会在寒风中扭曲，甚至因风吹雨打而导致断裂。一旦柿树长大，那些曾经流血的伤口，就会长得越来越粗壮，那些结巴的地方就变得越强壮，枝干遒劲，曲弯迂回，盘枝错节。那不惧外在压力仍然挺直向上的姿态，简直堪媲梅的风格。也正由此，柿树一度获得了摄影爱好者的青睐，不顾秋风劲吹，落叶稀疏，草木萧瑟，去山里拍柿树者络绎不绝。

自然界的法则是人类无法模拟的，这就是万物生长和进化的多样性。美国人克尔麦有这样的诗句：我从不曾看见过／一首诗会像一棵树一样可爱……／诗是像我这般傻子写出来的／唯有上帝才能造出一棵树。前年，喜欢即兴在网络上写诗的 W 君也曾写有"晚秋风物美，正好贮诗囊"的诗句，正如采风归来的 F 君写下的微句《柿子》："涩，因缺少温暖，而心，是甜的。"

造化之美，岂止是在这里？江南江北，山乡水乡，春光秋色，热烈沉着，无处不是教人捕捉美丽的地方。它们的美，仅限于一双双发现的目光，崇高的境界，以及能够感知美的情怀。

絮语大枣

季节的风，刮来刮去，一天天吹老了树木，吹浓了成熟的果香，是秋收了。谚语说："七月的核桃八月的梨，九月的柿子乱赶集。"随便走向哪座山，坡上都种着树，树上挂满了沉甸甸的浆果，苍黄的叶子已遮盖不住它们，红红黄黄的秀色，仿佛经阳光涂抹了一般，美好且又醒目。和大多数果实一样成熟的，有沂蒙山区的柿子，苹果，还有大红的枣子。

这时节，大街小巷里，清风细雨中，时刻都能遇见守着一篮红枣叫卖的小贩，超市里的货架上，以及集市上的摊位前，也同样有红枣亮相，满怀欢喜地瞪着双眼，窥视着你，猜测着你，是否向它们走近。这些色泽光亮、圆润饱满的枣儿，有常见的本地红枣，有通过嫁接移植而来的脆枣。甚至有些尝着甘甜，却不知道它们的渊源。拈起一枚咬开去，入口生津，鲜美甜脆，多年的记忆告诉我，这是一种绝对与众不同的品类。

时令不等人，从小喜吃红枣的我，在这些日子里每天必赶一回早市，用别人最为娴熟的方式，笨拙地进行着自己的选购。几天下来，每天都有新鲜的红枣摆上果盘，自己品尝，亦用来招待客人。望着这些个头匀称，颜色深红的枣儿，从心底升起一股渴望，做一份醉枣，为简单的生活添一份醉意，一份美好。

醉枣是很早以前就喜欢吃的，如今是吃得少了。很久以前居住在乡下，村子后面的山上就有无数的枣树，它们于乱石丛中开花、结果，在金风玉露的浸润下，由一枚枚青果变为深红，星星点点地挂满树梢。等到枣子成熟，社里组织人员用竹竿打下分到各家的手里，这才被大人悄悄收藏，以备家用。

记得那时，同学的家里种植了一棵枣树，靠墙种着，树干略向外弯曲，枝叶纷纷朝墙外斜逸而去。五六月份，枣树开花，数日之后，青涩的枣儿钻出花萼，等到枣子将要成熟，顽皮的孩子走马灯一样在墙下探头探脑。同学的父亲装作生气，发出警告．不到成熟的时节，谁也别想糟蹋。等枣儿彻底熟透，同学的父亲这才从树上摘下来，分给那些顽皮的孩子。

每到成熟的时节，大批的枣子用竹竿敲击下来，"嘭嘭"砸在地上，砸在旁边的水缸里，溅起水花。把个头周正的红枣挑出来，在秋天的阳光下晾晒，等枣子表面微皱，再用笊篱舀了，往廉价的酒水里深深一蘸，取出放进密封的坛子里，经过几日的浸泡，一坛带有浓浓酒香的醉枣就做好了。经过酒醉的枣儿，色泽更加红艳，味道也更甜美。在乡下，那是我年少时吃到的最为美味的果实。

二十世纪八十年代，我参加工作后的那年冬天，偶然发现副食商店里出售醉枣，十几厘米见方的塑料袋中，装着几枚用酒醉好了的枣子，打开袋子，一股酒香和着枣香扑鼻而来，于是买了一些回到宿舍，不一会儿就让同事纷抢一空。看来，喜欢醉枣的不只是我一个。在它面前，没有人能够抵挡得住美食的诱惑。

2001年秋天，我随市妇联去陕西考察，在延安的枣园，有专门卖大枣的小店，新鲜的红枣、蜜枣、充满了烟火味的熏枣等等，塑封在结实的包装袋里。那是我第一次品尝延安的大枣，第一次知道延安也是盛产红枣的地方，那些枣子经过人工精选，分级，个性化包装，形成了一系列红枣加工产业。看同伴们纷纷采购，我也满怀欣喜地每样买了一些，每一样都有不同的口味，遗憾的是，没有发现我所喜欢的醉枣。

山东大枣，应该数乐陵的最好，乐陵是金丝小枣的主产区，是农业部命名的金丝小枣之乡，红枣质量好，是有名的富硒枣。金丝小枣个头不大，咬开来，能拉得出长长的甜丝，故而得名。乐陵小枣不仅鲜着好吃，晒干袋封后还可以长期贮存，国内各大超市都有出售。其次就是沾化冬枣，沾化冬枣是21世纪之初在我家乡推广才家喻户晓的，不仅在山东知名甚远，还运输到全国各地广为销售，甚至推广种植，至现在，市面上卖的沾化冬枣，几乎是我们当地出产的果品。

沾化在山东的东北部，属于滨州地区，那里很大一部分是盐碱地，2012年夏，我们去鲁北采风，在林业部门的安排下，专程参观了沾化的冬枣。在博物馆里，长长的标本架上排列着不同种类和名称的标本。沾化冬枣是山东滨州的特产，肉多皮薄，脆甜可口，是赠送亲友的佳品。展厅里，展出的有冬枣酒、冬枣奶、枣汁、冬枣干红等等，受到大众的欢迎。通过冬枣的展出，有力地促进了冬枣的产业健康持续、快速发展。

我有一个朋友，家住山东宁阳，那里有个叫葛石镇的地方，相传种植大枣已有三千多年的历史了，现有十多万亩枣林，树达一百万株，被誉为大枣之乡。这样多的枣树，年产若不上数千万斤是称不起大枣之乡，葛石镇却能担负这一盛名。此地的大枣果肉甜脆，似有化不开的蔗汁。南宋时期，这里的枣子就闻名于世。文天祥曾写诗赞曰："桑枣人家近，蓬蒿客路长。"每年春天，山上山下万顷枣花盛开，引来蜜蜂绕花嘤嗡采蜜，香飘万里，形成一道亮丽的风景。

每年秋天，我都贮存一些干枣，用来泡茶饮用。许是知道我的喜好，有年朋友约我去宁阳做客，遗憾的是事务缠身，最终没有成行，于是托人捎来一些晒干的红枣，朋友之间的情谊，哪里是一包大枣可说尽的？为了那份感动，我特意拍下照片留念。也是去年的秋天，小妹去新疆出差，通过快递寄回一箱鲜枣，由于气候干燥的缘故，就是不用晾晒，那里的鲜枣采摘下来也没有多少水分，正好贮存。这些大枣直到现在还在贮藏柜里放着，尽管已经完全变成了干枣。

古人说："一日吃仨枣，终生不显老。"红枣中含有丰富的 VC 和糖类，常食能增强人体免疫力，饮食男女若常食枣，可补脾益气，养血安神，特别是对女性，起到很大的美容养颜作用，因此女人们会对红枣特别的钟爱。有文字这样形容优质的大枣：皮薄而久煮不裂，核小而敲之脆响，肉厚而坚实细腻，味甘且浓香爽口……短短数十字，仅从字面去理解，也能让人垂涎欲滴，陶醉于臆想中的甜蜜里。

月是故乡明

冷露乍起，鸿雁远飞，夜晚一觉醒来，发现书房里电脑还开着，自设的主页上，弹出一封电子邮件，打开来，是一张中秋贺卡，深蓝色的边框内，天幕深邃，安详纯净，一枝桂树旁逸而出，意境优美，宛若月宫。随着画面的变幻，一轮新月缓缓升起，皎洁圆润，悠然入云。与此同时，两行熟稔的诗句跃然而出："露从今夜白，月是故乡明……"有音乐渐渐响起，似秋风倏然漫过，缥缈而又空灵，是一曲古筝演奏的《花好月圆》。

邮箱是陌生的，收信人的名字也不是我，显然是对方发错了地址，只是这封信，这份心，令人可钦。生活在当下，有着如此怀乡情结的人，已经不多，传统的家信越来越看不到了。人们用网络和手机发送祝福信息，于是便有了错发的贺卡，有了粗心的不曾谋面的人。而我却在怀念着书信，除了书信，不能期望其他的方式，能够驱散眼前的牵念，还复心头的相思。

每年的月圆中秋，总会给我带来许多的心事，越怕触及，越是无法逃避。当芬芳的年华像花瓣一样层层剥落，在尘世和心上刻下斑驳的伤痛之后，眼前的中秋明月，亦在我的心中变得洁白芬芳，它像一朵盛开的莲花，在我远离故乡的心头兀自生长，生长出一缕乡情、乡思且昼夜不息，无法找到一个隐蔽的角落安存。

老家峪北，是个不大的山村，风景秀丽，依山傍水，生态环境非常优美。这里的山上遍布着沙枣树，山头黝黑的寨墙经过风雨的剥蚀，就掩藏在这些长满沙枣的灌木里。八九月份，热辣辣的山风将沙枣吹熟，一枚枚娇媚动人地荡在枝头，人们上山采摘沙枣，把它们晒软收藏，留做月饼之用。

峪北的中秋，家家户户都要做月饼，饭菜可以不丰，却不可没有月饼。唯有月饼供在桌上，焚香拜月才显得虔诚，这是峪北古村流传下来的风俗。小小的月饼不仅象征着团圆，它还象征着富足。峪北人做月饼，把上好的面粉油酥烘炒一下，和成软硬适中的面团揉成长条，掐出相应的等份，分别擀成中间厚四周薄的圆皮，将月饼馅包在中间，按进木制的模子里压扁，倒出来摆进平锅里小火烤熟，就变成了香甜的月饼。

最讲究的是包月饼的馅，以木槌捶沙枣、核桃、冰糖、蒸熟的米粉成泥，用来做枣泥月饼馅，撒上切丝晒干的青红萝卜丝点缀，精细复杂的月饼馅做出来，不仅口味独特，包在月饼里也非常好看，色彩美丽。父母在这里教书时，我们跟着住在这里，小脚的阿娘怕我们冷清，常把我们喊到她的家中，大家围在一起过中秋，做月饼，我们称作团圆饼。

那一年，阿娘家的新媳妇回门，从娘家带回几包月饼，这包月饼让阿娘好一阵喜欢。她把一张方桌安在天井中间，将月饼四角端庄地摆在盘中，旁边衬几枚水果，然后让我们围坐在葡萄架下，或露天席地而坐，虔诚地欣赏天上的月亮。阿娘说，月亮里主着我们遥不可见的神仙，阿娘常讲的人物是花前拜月的貂蝉，月中砍伐桂树的吴刚，还有《西厢记》里的崔莺莺。

从那时起，我便记住了峪北的月亮，便记住了为张生牵线西厢的红娘。我甚至猜想月宫里的那棵桂树，经了吴刚不停地砍伐，为何能够刀口自愈，经年不倒。仰望那轮明月，不管走向哪里，感觉都不如峪北的圆满，当然也不如峪北的明亮。它映在水里时，用手荡一荡河水，明月哗然，轻轻流动出一种琥珀的光晕，很像一方不规则的砚台。峪北人崇尚文化，喜欢读书识字，旧时村里曾办过私塾，得以书香延续，出过秀才和举子。后来村里办起学校，母亲就是学校的老师。

喜欢峪北的月饼，主要是喜欢月饼里面的青红丝，它那丝丝缕缕的形状，仿佛一种情绪的缠绕，让人不觉生出遐思——万千韵味，万千悠长。峪北人种萝卜，春天种下，秋天收获，加工成萝卜丝晾在竹席之上，染成青红两色拌进馅里，象征着节日的喜气。峪北的月饼味道纯正，样式简单，没有当今月饼味道古怪，各种创意包装令人眼花缭乱。峪北的中秋清醇、朴实、恬淡，就像代代相传、无法割舍的田园。峪北的中秋，既是收获的积蓄，又是收获的开端。

而今身在异乡，月亮还是那个月亮，却已是"秦时明月依旧在，朝起朝落意不同"了。面对意外收到的电子贺卡，我的心里涌出一份莫名的感动。不知那位陌不相识的人，是儿时的玩伴，还是别人的红颜？是近在眼前，还是与我相隔万水千山？

这张小小的电子贺卡，赋予的是一种怎样的特殊含义，在那层层叠叠的画面之上，有莲花芬芳，有桂子飘香，如诗如画的景象里，寄寓了怎样一种深厚情意。苍茫无际的季风，不知侵蚀了多少岁月，却无法侵蚀我们的记忆，就像侵蚀不去我对峪北的思念一样。它是生长在心头的一颗朱砂痣，是我四十余年里的深藏。

在我国，以书信作为交往沟通的方式已有两千五百多年，古时每到中秋，游子都以书信寄怀。人间重视欢聚，更重视离别之苦，每念及此，便会附注书信，托人辗转送回故乡，表达内心的牵挂，也报自身的平安。用情真挚，词意隽永。即使没有邮差，也要托付空中的大鸟，衔信而往，谓之鸿雁传书。这样的书信，每逢团圆佳节更为频繁，更为厚重，于是便有了"风清月正圆，信是佳时节"，"南都从事莫羞贫，对月题诗有几人"之佳句。

曾几何时，我每月都要寄封家书，一切安好，让家人知悉放心。而今身居城市，信息发达，所看到的人们都日夜匆忙，白发渐密，书信渐疏，纵有欣赏书信之人，也宁愿耗费时光研磨笔法，不会满怀深情修书一封。柴门虽然简陋，却还有人情世故，书信往来。现代的人们，只能在网络面前模拟贺卡，廖寥片言，只希望乡愁自有别续。人心不在，这份情意也就淡了。

露冷星稀，月已中天升起，我关闭了电脑，走向窗前，抬头仰望猎户星云。城市里的灯光，似乎永远亮着。嘈杂的夜音里，有搅拌机的声音传来。城市里的中秋，原来是这样冷清，又这样繁忙。许多人家已不再为这个节日杯觥交错。不管怎样，且把它当作远方的祝福吧，那份贺卡，在这样的夜晚，这样的时刻，在远离故乡的每一个角落，还有多少人在月下默默祈祷：家事顺心，花好月圆；多少人在月下对酒当歌，畅谈豪情。同样在这样的夜晚，如我一样漂泊的游子，也将会把一腔积攒的思绪托付明月，捎回故乡。

母亲的腊八粥

　　母亲的电话打来的时候，我正在上班。电话里的母亲一再嘱咐，让我记得第二天回家。母亲的固执惹得同事发笑。我问，是什么特殊日子吗？母亲无不夸张地回答："我熬好了八宝粥！"我暗自笑了。八宝粥，对于母亲，那是不同寻常。腊八节的热闹，已经渐行渐远，但是母亲做八宝饭的兴头依然没改。她知道我喜欢喝八宝粥，每隔几天就打来电话，用调皮的声调说，香喷喷的八宝粥在等着我。

　　母亲的八宝粥，是从腊八节那天开始的，八宝粥在那一天里便叫作了腊八粥，之后三百六十五天几乎天天不断。腊八节在记忆里还没有忘怀，只是时间流淌得太快。单调的日子，像冬天的苍白，泛不起一点绚丽的浪花，了无浪漫的色彩，对于岁月更迭，对于生命怎样鬓飞霜，发如雪，还只在眉梢，未上心头。繁忙的工作和家务，模糊了时间的概念，也冲淡了节日的心情，年轻的心几乎板结，那种很小时候对它们的盼望，早已不再。甚至有时抱怨，中国的节日，怎么总是以吃为始，又以吃来结尾？过年要吃得花糕，过腊八要喝腊八粥，清明节得吃红鸡蛋，八月十五吃得月饼圆，正月十五吃元宵……周而复始。祖先们把烹饪水平推上了一个高度，成为节日最重要的内容和高潮。

这个拥有一千多年历史的节日，我国人民历来就非常重视。文字记载，在我国远古，"腊"本是一种祭礼。在商代，每年人们用猎获的禽兽举行春、夏、秋、冬四次大祀，祭祀祖先和天地神灵，其中冬祀的规模最大，也最隆重，后来称为"腊祭"。因此，人们就将农历十二月称为"腊月"，将举行冬祭这天称为"腊日"。腊八节，民间有食腊八粥的习惯。相传腊八节是佛祖"成道"之日，佛寺要仿效牧女献糜的故事，取八种香谷和果实制粥供佛，故腊八粥也叫八宝粥。其实在我国，真正的春节是从腊八这天算起的，腊八来临，年也就随之到了。从腊日往后算，是小年，小年过后是除夕，正月十五闹完元宵夜，方宣布年从这一天开始成为过去。

太年轻的，对腊八这个节日大概都不太知晓，只有人到中年、到暮年的时候，才把这个节日看得很重，光阴开始珍惜起来，并对这个节日念念不忘，谨记于心。记里腊八节那天，母亲把小米、大米、糯米、芸豆，杂七杂八，摆在桌上，一只八角形小笸箩里，盛满了圆润而光泽的大红枣儿。屋子墙角，支起一架正旺的火炉，炉火之上，一锅热气腾腾的腊八粥散出浓浓的米香。鬓发如霜的母亲，坐在炉火面前，一边续煤把火燃旺，一边不时掀开锅盖，用勺子在锅里不停地搅动。腊八粥，它们仿佛早已迫不及待，等待母亲将它们搅拌一下，再搅拌一下，但等锅里的腊八粥黏稠适度，才算最佳。锅盖每掀开一次，蒸腾的热气，顿时把母亲扑面包围了……这是童年的腊八节的印象。

自以为，母亲与腊八粥是最亲密的，母亲不但喜欢腊八粥，还喜欢喝白米粥、小米粥，对粥的喜爱几乎到了嗜好的地步。母亲体弱多病，常年吃药打针，不见效果，便对药物治疗失去了信心。再后来，母亲订了一份《中老年保健》杂志，偶然看到某期刊有一则关于饮食疗法的方子，不禁眼睛一亮，从此悉心琢磨，精心匹配，终于熬制出一手好米粥，每日以粥当饭，代替一日三餐。早饭是白米粥，中饭是红豆粥，晚饭是山药粥。母亲的哲学是：白米粥清淡，喝了利于身，红豆粥利心，山药粥利肾，并且以此津津乐道。

每日粥三餐，餐餐粥不同。独居的母亲，熬粥只用一把很小的钢精锅，粥做好，能盛粥三碗。两碗自己用，一碗备来客。母亲不仅把粥分三餐，有时干脆把各种杂粮一锅熬，红豆、绿豆、小米、大米、糯米、芸豆、豌豆、豇豆，山药等，杂粮各取一把，山药去皮切片，加水浸泡之后一起慢慢熬。熬好的粥，香甜适度，滑腻可口，再就一点小咸菜，菜肴一般不讲究。母亲的咸菜有榨菜、芥菜，甚至她自己用淡盐腌制的白萝卜、青菜梗。

小米、大米、糯米、芸豆、豌豆、豇豆、红豆等等，是熬制腊八粥的好材料，爱吃粥的人，自会对这些杂粮有感情。超市离得远，母亲平时出门少，买粮食成了小难题儿。儿女每每回家，送鸡送肉不欢迎，送一袋半袋小杂粮，母亲便会喜出望外。节假周末，往家打个电话说准备回家，双脚刚踏进家门，一锅八宝粥便端上了桌。老老少少一家人，围着餐桌团团坐，喝得津津有味。我们喜欢的饭与菜，母亲几乎不动箸，母亲喜爱的，我们却谁也不能不喜欢。母亲做粥做出经验来，结果把做饭菜的手艺扔掉了，如果谁想单独吃小灶，那也得自己动手下厨房。莫说是山珍野味、生猛海鲜，光是那西兰、冬瓜、青菜萝卜，母亲的厨艺也不敢恭维。

尽管年头到年尾，母亲三餐不离粥，但是每到腊八这一天，母亲仍然郑重其事过节日。提前好几天，就把做腊八粥的原料备齐、选好、淘净，然后掰着指头算日子。

母亲的腊八粥，手艺是从乡下带来的，当年在乡下教学时，母亲就学会了做腊八粥。那时的腊八粥主要原料是大米、小米和绿豆，偶尔放一些豇豆。材料少，米下锅便稀。为能熬出粥的浓度，便在头天夜里把粥熬出来，腊八的早上再一热，那粥就变得稠得多。米香、豆香、枣甜，再放些冰糖进去，尽管是个大冷天，也会喝得浑身暖，嘴巴香。乡下人不懂现代居家流行时尚，过日子却比城里人过得精致得多。我一直在想，如果没有那些乡下人，古人传下的节日风俗谁承袭？

我们小时候，并不知道腊八节的意义，更不知这个节日对我们有多么重要，只为美食一碗腊八粥。腊八粥端上桌，盛在碗里豇豆白，绿豆绿，红的枣，白米像珍珠，五颜六色很好看。母亲一边往碗里盛，一边轻轻唱歌谣："小孩小孩你别馋，过了腊八就是年。腊八粥，喝几天？哩哩啦啦二十三……"看一家人喝腊八粥喝得那样甜，父母露出欣慰的笑。如今的腊八粥加冰糖、加豇豆、加莲子等等原料，味道却敌不过童年时候的腊八粥，大概是物质的丰富惯坏了敏锐的味觉。

随着生活一天天地好转，母亲熬腊八粥的原料不断增加，什么核桃、花生、薏米，什么冰糖、荸荠、莲子肉，逐一入锅，把个腊八粥熬得晶莹剔透，香味诱人，入口更香滑、温润。尽管近几年人们对各种节日淡了，但母亲熬腊八粥的习惯没改变，过节的心气儿没有减。谁要说这些节日过时了，母亲就会和他理论说，日子天天过，吃的天天有，老百姓讲求的就是一个心情，一个乐子。母亲说，外国的节日倾向浪漫，中国的节日倾向亲情，是为有一个让家人聚在一起的借口，说得我们心悦诚服。

看过一幅字画，福字旁边一对福娃守着一堆金元宝，欢呼雀跃。凝思一会儿，我笑而摇头，突然想起清贫的童年，再反省母亲说过的话，如果那福娃身边不是金元宝，而是一碗八宝粥，会怎样？金钱换不来幸福，享受换不来快乐。如果说幸福是什么，我希望幸福是一件童年时候蓝印花布的新衣，是一碗母亲亲手熬制的八宝粥，是全家聚首的一顿平常晚餐，是四季往复花季已过的坦然，是朋友之间的一个眼神，一抹微笑，一句问候，是人到老年携手夕阳的温馨与从容，它平凡而又深刻，丰富而又简单。

　　粥香弥漫，是母亲的幸福，而母亲的幸福，又何尝不是我们最大的幸福！

第三辑

有鸟栖于梦

诗意的村庄

逝水流年，时光易老，辞别 2014，不觉又迈进 2015 新的门槛。元月的扉页刚刚翻过，就收到朋友热情的邀请，趁此佳节期间去乡下采风，那是他的乡下老家。人到中年，许多人开始恋旧，有人回家修缮起老屋，把原本弃之不用的老屋修缮一新，以备在城里住腻之后回去小住，在春天的泥土里踏踏脚，夏天的河滩上兜兜风，看泱泱漾漾的河水自村头流过，湛蓝的天空旷远纯净，便烦恼忘却，乐趣顿生。

村庄不大，却很古老，村庄的后面，是座不太峻拔的小山。山呈"箕"状，山顶为内弧形的长崮。整个村庄被半月形的山体包围着，就像一位母亲张开温暖的怀抱，轻轻拥着自己心爱的儿女，不离不弃。山峪和村庄，也是这样亲密地依赖着，在静默悠长的时光里，互生共存。特殊的地理环境，让人产生出风水宝地的联想。也不是没有道理。这里有"五世进士、父子翰林"的江北望族公氏家族，明代著名文学家、诗人，万历前期"山左三大家"之一的公鼐后裔。从公鼐高祖公勉仁开始，代代蝉联进士，近六百年来，无论怎样易朝换代，都没有打破他们精诚的团结，治家的信仰。特别是在大敌当前的战乱时期，他们仍以一族之气，聚起全村村民之力，抗敌于寨门之外。他们或武功，或文治，彪炳海内，多有建树。

我喜欢这样的村庄，干净利落，整齐有序，一座座房屋错落有致，保持着传统村落的自然和地域特色。院与院之间或相互衔接，或留有夹墙，但户与户之间，绝对单门独院。在这个村里，有百年前的老屋，也有刚落成的新房。老屋肃穆端庄，新房屋脊高挺，门楼高大，美观气派。走近老屋，院内院外，都能找到前人的遗迹；迈进新房，白墙红砖，明瓷亮瓦，凸显新的时代。村庄的好，是既不繁华，也不冷清。乡下的村庄，有的只是时光的安稳，岁月的静好。寂寞时，抬头向村头寻找，在那蜿蜒细长的小路上，不期然就遇上一位荷担的男子，或者推米压碾的女人，他们专注的神情告诉你，乡下的生活并不像你想象的那么复杂，那么沉冗。他们从容不迫，却又都那么执着。执着，才能把繁杂的农事做得有条不紊。

村庄的主道为村级路，路面不太宽，水泥硬化，笔直平坦。几条小路纵横悠长，穿行于田野、村庄。走在路上，不经意间发现一盘古老的石碾。进了院门，站在台阶上回望，阳光很好，如镶在玻璃上的一汪金水，跳跳跃跃，透着明媚，闪耀着粼粼波光。院中安着一盘年久的石磨，几只鸡在磨下觅食，两条狗在台阶下闲逛。石磨曾经是生活中最重要的工具，在过去，家家户户都离不开它，而如今，现代化机器代替了石磨、石器，人们依靠电动机器推米磨面，而忽略了石磨这个古老而又文明的产物，使它成了见证乡下岁月的一个鲜明印迹。

一切如旧，一切也便熟悉于心。打开房屋的正门，紧靠厅堂北墙，八仙桌、条山几、太师椅还依原样摆放，一幅三联的字画高挂中堂。走向前，面对洞开的屋门而坐，耳房，石磨，影壁，赫然入目，果然有一派威严之气。这个位置，旧时只有掌管家事的老人才有资格去坐，再后来，年轻人能坐，小孩子也能坐坐。规矩破了，就再也回不去了。

灵活的折叠椅，舒适的沙发，是那么顺手而随意。天井立起一张桌，磨盘做了桌面，碌碡当了座底。午后阳光下，沏一杯春茶，这就是人们所追求的、远离城市的慢生活。

阳光灿烂，天气和暖，宁静淡然。门角以外的黄土是平整的，阶前的菜园已收获一空。院墙的周围，大都种着树木，桃树、杏树和槐树，一株株遵规守矩，在主人规定的范围内生枝散叶，就像邻里之间的约定，和睦相处，不逾半步。那些树木，枝干圆润饱满，枝条伸展，花蕾微鼓，年华正轻。可以想象，若有一日枝头盛开，它们的花朵，足以把一座小院点亮，一朵花开，就是一片无限的春光。

这些懂得生活的人们，守护着家园，守护着村庄，点种着自己喜欢的树木、庄稼。乡间的泥土味，清香的庄稼味，和他们身上的汗珠一样，和成一股乡村的气息。远远望去，各家各户的门楼上，都悬挂着一对大红灯笼，这些新年的余庆，既照亮了街道又装饰了门面，让人感受到一股乡村的喜庆与温暖。村庄朴素的本性，就在于夜晚的柔美，白天的安宁。不由得让人想象，夜晚的村庄，风儿是那么轻轻，月色是那么朦胧，群星眨着晶亮的眼睛——乡村的夜，是尘嚣之上的一瓣心香，让人沿着它的踪迹，寻找美好往事的影子，心底也终于绽出一朵，在时光峭壁的边缘上生长。

趁着和煦的阳光，老人们从自家的院里蹰步而出，坐在随身带来的小凳上，一根摩挲油亮的拐杖停放怀中，目光平静、安详。一条眉头生着白色花斑的小黄狗伏在老人的身旁。见我们过去，温顺的花狗摇尾和我们打着招呼。老人因为小花狗的关注而开始用目光关注起我们。这位原本表情木然的老人，目光一闪，昏花的眼神亮了起来，慈祥地对我们每人看了一眼。当得知我们的来历，老人轻轻"哦"了一声，饱经风霜的脸上露出笑意。渐渐，这笑意淡去，复又归于平静，任我们蹲在他的身边，感受村庄的静谧，时光的从容。悠长的岁月，让他们早已看淡了一切，平静的乡村，波澜不惊的生活，就是生命里的一道沿途的风景。

在我们去的这家院门的旁边，有一个小小的菜园，菜园的周围，石头垒起一圈矮矮的墙坝，有三位老人在坝上坐下，不久又加入进来两个。五位老人，围一圈在阳光下，下起五子棋来。菜园的墙坝由石块垒成，黄泥嵌缝，时间久了，黄泥从石缝里脱落，正好用黄泥来画棋盘。村庄里的黄泥不掺杂质，土质很硬，浅黄色的方格画在水泥地上，格外醒目。他们用草梗和树枝来代替棋子，一方为树枝，另一方为草梗，下棋者运筹帷幄，观棋者饶有兴味，他们把这种游戏叫下"五虎"。

一位老人刚走出一步，想了一想，抬手又拿起刚刚落下的"棋子"说，那一步下错了，要重新走。这么公然地悔棋，竟然也没有人反对，看来这种悔棋的行为，对他们来说早就习以为常，并不拘于我们是否在场。从他们若无其事的目光里，我看出了他们的宽宏，他们的礼让，他们的质朴与厚道。这样的举动，若发生在城里老人们身上是做不到的，他们总会有些争执，有些脸红。他们定会搬出诸多弈棋的规则，并且认为输赢在此一举，风雅趣味，有如尊严。而面前这些可亲可敬的老人们，却依然能够埋头下棋，全神贯注，一点也不因悔棋影响情绪。冬日的乡村，老人们除了下"五虎"，就是像前面那位老人一样，蹴在自家的院墙外晒太阳，双眼微眯，无关乎心境，无关乎回忆，关乎的是安然的处事，饱和的阳光。乡村闲人少，春禾才了，桑田又忙，只有这个时节，才能让人悠闲一些。

尽管是在白天，村庄里也十分静谧，闻不见鸡犬喧闹，没有人声鼎沸。村庄以南，是一片辽阔的田野，绿油油的冬麦随风拂动，细细的波浪层层翻卷，柔软似铺在大地上的绸缎，那是书写在大地上的诗行，在田野山水间无声地吟唱。再向南，一条拦河坝长贯东西，坝南是一座著名的省级水库，保证着农、牧、渔业的丰收，以及周围县市区的饮用水。在麦苗与麦苗之间，散布着淡绿色的鸟粪。一看就知道曾经有大雁在这里栖落。这片麦田临近河岸，大雁从这里飞过，在这里歇脚，在这里觅食，在河面没有冰冻之前去补充水分。

大雁是人类的朋友，它能用叫声给同伴鼓舞，鼓励同伴奋力飞行，属国家二级保护动物。不拒大雁的村庄，才是一个纯朴的村庄，自然的村庄，完美的村庄，充满文明和生态意识的村庄。善良之人，美好的日子才能山高水长。在麦田之外，低矮的果树上，几只小鸟落在上面，不知是什么鸟儿，身量如掌，有人说是斑鸠，有人说是鹁鸽，还没走到跟前，它们就扑棱棱地飞了，不知悄悄落到何处。

沐着新年的阳光，我们在田野里漫步，享受清新的空气，展望无际的风景。如春的暖意，就如古老机杼上织出的丝线，随着东风一点点拉长。这样的佳期，不适合深居城市，适合在山冈，在河畔，在草地，在田野，盈一袖清风，守一方净土，体验一种超然世外的生活。天寒了，水瘦了，落叶凋敝；天暖了，春来了，花开锦绣……乡村的诗意，就在岁月的更迭、四季的往复之中。生命的愉悦，不只是弄花香衣，掬月在手，而且还要把恬淡而悠然的生活，编撰成生命的音符，才不负岁月。

想起一位久居济南的朋友，前不久回到老家定居。他说，哪里也不如家乡好，民风淳朴，乡土气息浓厚，在外面找不到根，根就是我们的村庄。一直以来，我们把乡下的村庄，称之为根，它根植在乡村、根植在田野、根植在浓浓的亲情之中。作为故乡的载体，它就是一种信仰，是幽暗人生中的光亮，每去一次村庄，都是一次灵魂的涤荡。

村里的井

井口朝天，对着遥远的天空，不知它深邃的心底，是否还有泉水的涌动，以及水花的奔腾。过往的行人不看它一眼，鸟儿也不在它身旁驻足，甚至井台上的石缝里，都没有一簇青青的苔藓，绿莹莹的，昭示着井水的旺盛。

井，曾经是村庄的见证。许多年前，当村子里还没有人烟的时候，这个地方也还没有井，直到有人从遥远的地方迁徙而来，在这里搭房建屋，圈养牲畜，成立家庭，井也才在这里安家落户。井是新井，也很浅。实际上，它的前身原本是一眼泉，泉水叮咚，流淌了百年千年。村里唯一的人家，将泉的周边进行垒砌、加固，使它不致在天气干旱的时候一点一滴地流失。

每天早上，年轻的男人在这里取水浇地，瓦做的陶罐挑在宽厚的肩上，在坑坑洼洼的田埂上行走，一颤一摇地颠出水花。水花打湿了窄窄的田埂，打湿了蜿蜒的小路，洒在一串串初生的草芽上面。通向井的方向，便延伸出一条明显的小路。这是一条绿色的路，开花的路，有青草覆盖，有鲜花簇簇，于是村庄，于是井，以及与之密切相关的山山岭岭，就都有了人气，有了生命。

　　年轻的女人提着瓦罐来这里打水，光洁的额头上，青丝油亮，粉红的小袄下面，裙裾轻曳着浅草。她只需轻轻地蹲下，将一只水瓢伸向浅浅的井口，荡一荡水面上的浮物，微微抖动一下手腕，一瓢水就从井里舀到了瓦罐之中。她用井水淘米，用井水浆洗，在注满井水的锅灶底下升起炊烟，一个温暖而朴实的家，便撑起了希望。黎明是这样，黄昏也是这样。

　　男人在这里安家筑园，开垦土地，播种庄稼，女人在这里也几乎无所不能。她们一手淘洗着日月，一手拥抱着生命，从此一代一代的人，便在这往复无声的岁月中，繁衍生息，让村庄和这石砌的井壁、井水一样，开始了血脉相承。在那一双淘洗的手中，不仅有米粮和菜蔬，还有对男人的依赖，对儿女的呵护。男人的肩上，担着的不仅是庄稼、田地，还有对女人的疼爱，对家庭的责任。

　　人口多了，仅一眼井供不应求，村里的人，便想着在其他地方找水，慢慢地，村里由一眼井变作了两眼，两眼变作了三眼。不光饮用水需要井，淘洗水需要井，灌溉田地的水亦需要井。前往水井的老老少少愈来愈多，那里就成了热闹的场所，人们在井台边聊天，传播与庄稼有关的信息。有意无意地到井边走动，放下担子，摸出一袋老旱烟抽上几口，嘴边的话匣打开，一身的劳累就随烟雾散去了。

　　村里人崇尚团结，井边传播的消息，大都是村里人家的正气。家家户户必知的事宜，发生在村里的新鲜事情，都是从井边传开，成为佳话。女人们家长里短，孩子成长，女红针线，从炕头谈到井栏旁边，谈着谈着，便潜移默化进年轻女孩的心中，让她们悄悄汲取一些生活经验。东家女孩出门担水，西家男孩随即前往跟随。勾担吱呀，柴门半开。一个圆月的天空，云下，一份朦胧的爱情，在这里萌芽。

　　井边的菜园，几乎每日都在变化，辣椒、茄子，豆角、白菜，五颜六色，美不胜收。除了冬天，一年三季都离不开井水浇灌。取水，拎水，倒水，来来往往，一趟一趟。石井台上，每天都是水淋淋的，日久天长，黝黑的井壁便生出了苔藓，苔藓上面淋漓着水珠，站在井边，总有一种声音在"滴答滴答"，就像井在和人说话。老人们就说，井是活的！活着的井，也会时深时浅，干旱天气，土地皲裂，井水也会变得浅而浑浊，一条长长的绳索，探向深深的井底，却绳短汲深，于是人们对水，就变得格外珍惜。

使用了一辈又一辈的取水工具，在更新换代，铁皮做成的水桶，取代了笨重的瓦罐，男人们依旧是一副挑子担在肩上，女人们端着烙有牡丹图案的瓷盆，走上井边的小路。一行大大咧咧，另一行袅袅婷婷。脚下踩着的浅草，不知生生死死了多少个春秋；低浅零散的花朵，不知停歇过多少美丽的昆虫。蚱蜢在这里起落，蝴蝶在这里追逐。活着的井，给远离村庄的田野，润泽出一幅优美的风景。

无水的村庄，是留不住人的，村里的女孩找婆家，都要找一个水草肥美的地方。这样的地方，才能拥有金子般的人心，拥有金子般的土地。村里的男孩娶亲，都愿找一个温柔如水的新娘。水，于无形中，成了一个与生活密切相关的字眼。一日的炕头坐完，新媳妇下地，都会先问一下老井所在的方向，从此，原本枯燥的日子，便在新媳妇的手里，点化成了甜美的味道。她们承接着老一辈女性的事务，承接着与水密不可分的家务，日复一日，开始了山高水长。有水的村庄，喻示着幸福，也喻示着岁月的安详。石砌的老井，给她们带来了希望。

井的历史由来已久。陶和井，历来是分不开的，从有井的那一天起，便牢牢地与井连在了一起。在一千多年以前，井是用陶器一节节套叠起来的，一节一节的陶圈，用泥土烧制而成。春秋时期和西汉时的井，大多就是陶井，陶井圈上，印有美丽的纹路，清澈的井水，就蓄积在光滑的陶井之中。时隔千年，在某些地区出土的陶井圈上，依稀还有席纹和绳纹图案。井的发明，是古代社会迈入文明的标志，它减少了人们对江河的依赖，为人类的生产和生活创造了有利条件。

有人说，当世界有了男人之后，男人觉得寂寞，便用自己身体的一部分造了女人。男人是土做的，女人是水做的，所以瓷器比陶器更有水色，也通透。我却喜欢陶。在这些器物中，只有陶能有种说不出的意味。在陶上面，我能看到生命的原初，那是任何事物无可比拟的，有烟火色。陶笛、陶埙，都是陶做的乐器，它们的音色悠扬哀怨，如泣如诉，总能打动人的心弦。瓦也属于陶器的一种，曾几何时，它是农户须臾不能离开的盛器，所以它的美，在于需求、实用。陶，又让人想起紫砂，它是陶的姐妹，却也质感温润、细腻，散发着高雅的气质和诱人的魅力。

如今，陶和井，都离我们渐行渐远。失去了村庄的青睐，井的容颜一天不如一天。井寂寞，从来没有进过村子的井，便想象着村庄的模样。井并不知道，那个村庄的人，那倾尽乳汁养育的村庄，比井还要孤独，寂寞。年轻人远走他乡，老人们坐在街上。身边没有了孩童的玩耍。爱情走远，就像井沿没有了陶罐和铁桶的碰撞。井寂寞，不是因为它老了，而是因为石砌的井壁上，没有了泉水的滴答，孤独的井台上，已经没有了打水人的欢笑。有井的村庄，再也没有了往日的热闹。偶尔，会有一两个过路人，发现了它，他们很想知道里面还有没有水，投一枚石子于井中，探头看，浑浊的井底叠起的，都是苍凉的褶皱。

湾湾的水　湾湾的岸

我喜欢电脑写字，偶尔上网，但凡文学论坛，是我每天必去的地方，那里的文章风采绮丽，令人爱不释怀。一日去逛论坛，看到灌水区里有文字接龙游戏，一朋友接了七字，末尾是一个"湾"字，我随手打下"湾湾水边湾湾岸"，本字虽短，却是有我的生活渊源。接下来，是朋友巧妙的回复，"岸柳垂丝抛青眼"。一个抛青眼，立刻使文字接龙的戏玩，变作工整的七字令了，感觉有点像联对，读来很是顺口。眼前仿佛展开了一幅风景画，就是不工笔重描，简略到只有几笔，都那么浓淡相宜。

青眼喻指柳叶，出自南宋著名词人、书法家张孝祥的《生查子》："远山眉黛横，媚柳开青眼。"谓柳叶初生，细长如人之睡眼初睁之意。在词人的眼里，柳叶是那般饶有媚态。谁人不知，媚一样的柳叶，在风中摇摇摆摆，便使得一株绿柳，有了扶风的意味？谁人不晓，近看游鸭戏水，远望烟波浩渺，岸边杨柳藏鸦，就有了倒映水里的妩媚？更何况一湾碧水，一环堤岸，有钓鱼之岛，有捶衣之石，有浣纱女的笑语，有吱呀作响的舢板渔舟，有锁链高击船舷的琅琅之声……足够了，这恬静悠然的自然之美！

　　记忆的风景里，几乎没有故乡这个词汇，搜索到天边，也只有和父母居住在异地他乡的日子。父母是公家人，工作调动频繁，因此从零岁到十五岁，像燕儿一样跟着父母不停地迁徙。次第的辗转，每一次，乡村都是我们最后的落脚点。村前有河，村后有山，无一不是山清水秀，风光旖旎。在隐隐缥缈的景色里，生长着些许的春草，些许的花苞，些许的树木，透露出点点生命气息，吐出淡淡微微的清丽芬芳，令人心旌荡漾。我在这样的村子里长大，于此，那份记忆就如山岭上的岩石，执拗地立于心版并且日渐清晰。不用说水之清清，岸之湾湾，就连高低错落，红灰间杂的农舍，都与我有着挥之不去的情感。柳是岸上的风景，岸是画里的屏风，千般风情，都储存在抹不去的脑海之中。那份记忆，就如一坛经年的老酒，一旦启开，醇香丝丝缕缕，在心海漫溢。

　　那条童年的河流，夏肥冬瘦，于日月之间，无休无止地朝东奔流。白天的河面，泛涌着粼粼波光，到了夜晚，月的清辉笼罩下来，便有了一泓柔媚的光感，荧荧幽幽，像印象派大师画笔下的光影布局。岸堤有两米多宽，岸堤之下，杨柳成行，杨柳之外，是一箭湿地，再往远去，是更加裸露的浅滩。湿地适合水草生长，绿草葱茏，从春到秋。草中坑洼不平，雨水多时，凹的部分水光照眼，无雨时候，放眼望去，一片草滩，遍布泥丸。下河的乐趣，也就在那片湿地：春天有水蒲，蜻蜓落于水蒲的叶尖；夏日有莲藕，小荷钻出泥丸的水面；秋天有弱不禁风的纺织娘，有悠然栖于草丛深处的无名鸟，一袭白色的羽毛，一脚站立于水中，另一脚曲缩于腹下，头缩至背上呈驼背状，长时间呆立不动，像垂钓的白头渔翁。清凉的夜晚，这里便成了昆虫们的天下，倘若你来此聆听，可到处寻访到它们的秋日私语，在寂静的黑暗里此起彼伏。

　　小时候，只要母亲去岸边洗衣，就喜欢跟着。个头小，还不能折柳拧笛，便和小伙伴们钻进湿地，追着揪蒲公英的花茸。喜欢一首诗，小时候经常背给大人听："漂亮的彩虹挂在空中，蝴蝶在草丛里翩翩起舞，五彩阳光照耀大地，蒲公英的种子奋力向上……"一边背诵，一边模仿花茸飞翔，双手却在身体两侧摆呀摆，不像飘飞的花絮，倒像一对鸟儿的翅膀，却模仿得饶有兴趣。又喜欢过一首古诗："两个黄鹂鸣翠柳，一行白鹭上青天。"尽管那时还半懂不懂，但知道它给人们以美的启示，给无忧无虑的童年之心，赋予了几多诗情画意。

　　十三岁时，开始在河边洗衣，穿过那片依依的杨柳，我能把手伸进清浅的水里，娴熟地支起一块洗衣板，临水探身，有如惊鸿照影。然后双脚踏在水中，随着身体的摆动，双手在衣服上揉搓出一种节奏。在这一条宽阔的河流之域，我学会了各种生存能力：捞鱼钓虾，采剜野菜，用结实的洗衣棒捶打被面，像抛洒一条彩虹一样在水里浣洗一件被单。累了，就抬头观望一会儿打鱼的船只。船行时，矫健的渔人手执一根长篙立于船头，休息的时候，蹾在小船中央悠闲吸烟，烟雾缭绕在他们的眼前，起网的时候，船上的人手风雷劲，吆喝震天。小船悠悠荡荡，终日像一枚柳叶飘零在水上。

　　也曾学深沉之士，找一个借口，带一本书，避开烦扰到绿荫深处读书。还是刚刚懂得情思的年纪，微笑里暗含心事，眉心里藏着忧伤。知道所谓"秋心"，就是一个"愁"字的拆开。知道在日记本里写诗，写花朵有情，绿草无意。林深幽静，草气芳馨，独坐草丛，无意间，一朵野花触碰了脸颊，感觉那花似温暖的抚吻，心头一动，掐下一白一粉的两朵，将两个芬芳的生命，夹在书页之间，合拢抱在胸前，让一缕暗香氤氲于怀。

　　山村少雨，也有干旱的时候，河水瘦如白练，却仍像无瑕的翡翠，清澈透明，望得见水中的游鱼和细石。因了这一河瘦水，开始懂得什么叫作涓涓细流。有涓涓细流，才能积得海纳百川，过尽千帆，终是无垠河汉。从小懂得节俭，可能就缘于那时的启迪，我对那条河的感情，也就是这样一点一滴培养起来的。想起，这世上还有一种心情叫感恩，于是，感恩父母；给我生命，感恩一条河的馈赠，赐我沁人心脾的甘泉；感恩花草，为我增添生活的情趣；感恩红尘有爱，赋我以温软之心，对世间万物，传递难以言语的情怀。这样一条河流，这样一种相遇，怎不令人魂牵梦萦，心之潮汐？

　　风迎面吹来，岁月往复，年龄如春天的柳叶，在季节里日渐长大，那袅娜的垂柳，那弯弯的河水，那此岸与彼岸，那些湿地和沙滩，也离我渐行渐远。然而我对自然万物最初的热爱与认识，却永远地保留下来。在未来的时光里，我将还会渐渐变老，花开深秋，暮落苍苍。然而无论多大年纪，柳岸于我，就如同青梅竹马的伙伴。竹马可弃，换以新枝，而柳岸却无可代替，多少的欢乐，多少的忧伤，多少的酸酸甜甜……一切与它有关的事物，都永远难以忘记。

菊子的乡愁

要怎样去喊，才能够让这个名字更加亲切、响亮？

菊子，菊子，菊——子……

这是一个温柔的名字，带了一缕浓浓的乡土的气息，像一枝素然挺直的花朵，生长，向上，让人想起北方的菊，在田间，在地头，在河畔，在山上，哪里有土壤，哪里就有她的身影。菊子说，起这个名字，就是因为喜欢这种花，这个字。这个字，总会让她想起家乡，想起家乡的菊……

菊子来自大连，来自大连的菊子，牟平是她的故乡。

在去参观新农村建设的路上，往返的途中，就能看到菊子的村庄，一排排房屋在车窗外一闪，一闪，菊子就认出了它的模样。光阴为它披满了沧桑，它却仍然坦然、慈祥，静谧地坐落在故乡的土地上，宛若已到暮年的老人，在漫长岁月中，已习惯了质朴如山，沉默不语。

那一排排房屋，总有几间是菊子所熟悉的。菊子在那里出生，在那里长大，十七八岁的时候，随父母移居大连，从此别离了故土。故乡的山水，也从此化作了永远的梦境。大连给了她女性的成熟和甜美，给了她不凡的成就和丰富的阅历，而家乡的这个村庄，却给了她天真的童年和快乐的记忆。

菊子在采风的车上看到路边的村碑时，眼就红了，眼睛里仿佛陡然飞进了什么，菊子紧张而羞涩地躲闪着，不让别人发觉。猎猎的风也助她，用扬起的秀发遮挡着，遮挡着红了的眼眶。是多么难以言喻的悲喜！菊子躲闪的目光不会让你看到。但是一扭头，菊子的眼睛里就盈满了泪花。

菊子说，她离开家乡已经有二十多年了，二十多年里，这是第一次踏上故土，看见自己曾经住过的村庄，村外的小路，以及村旁沿着岁月生长的植物。菊子的双脚一踏上故乡的土地，便捕捉到了家乡庄稼成熟的讯息。

菊子曾去找过童年的房屋，想去看看那些熟悉的邻居，然而她没有想到，无数次在梦里回放着的村子，在她就要走进村口的时候迷失了方向。她不记得自己的家了，二十多年的变化太大，变得让她找不到童年的街巷，童年的家门，找不到自己曾经住过的那几间低矮的平房。多少梦里曾经云锦书寄的地方，在菊子的眼里顿然陌生起来，是村人长长的目光把她迎进了家门，并伸出温暖的手，紧紧地握着。菊子哭了，抱着故乡苍老的亲人。

我坐在车子的后排座上，探头，也望见了菊子的村庄。不过是粉墙灰瓦的一片房屋，偶尔间杂着几间红瓦的房顶，这是岁月与时光的交替，是新房与旧屋的区别，是生命与青春的印记。与乡村不大相同的是一座座屋檐下，巷道里，看不见人影的走动，村里村外亦是整齐，干净。菊子的村庄，显得特别的温馨、寂静。

麦子黄了，快要收割，村庄和麦子，都在等待着挥动镰刀的最后的时刻。

问一问身边懂得农活的人，麦子是哪一天收割？他们说，现在黄梢，麦秸还青着呢，不忙收割。我们等不到麦子开镰，许多的农事，都不属于我们。

菊子记得，当年的麦子，是铺天盖地，一眼望不到地边的。

菊子说的，好像是我的经历，我的故乡，我的童年少年。

村前的河，悠悠地从村前穿过，掬一捧家乡的水，喝上一口，可找得回童年打水、挑水的记忆？

临行，菊子在村碑前拍了几张照片，通红的脸颊上满是夏阳映照的红晕。这里属于海洋性气候，田野里的风大，强劲的风吹动着菊子的衣裙，吹乱了菊子的头发。菊子低头，颔首，目光深沉地望向身后的那块村碑，望向村碑上雕刻的两个凝重的红字，眼帘垂下。

那一刻我想，会不会有两行泪花吹落，濡进土地？我望了一眼菊子，背转过身，我已察觉了她的深藏的悲欣。

对于土地，对于故乡，我和菊子一样，也有着相同的、血脉一样的情结，相同的漂萍一样的岁月。

都说，故土难离，离开故乡，就再也找不到可以深深扎根的地方了。每个人，或许只有一个故乡，这个故乡，只能是生命里最初的那个。就像余光中先生的《乡愁》一样，情意深长，在灵魂里，在精神上。

终于知道，她为什么叫作菊子，菊子，大连——菊子，这风物里两种情态各异的标记，它像坐标一样，延续着也丰富着诗人的记忆，塑造着一个真实的自己。如果一切都可以虚构，唯有地理的乡愁与文化的沧桑，让我们难以虚构。

人生在世，在行走的大地上自由来去，唯一不能自由来去的是一颗怀旧的心。漂萍漂来荡去，可以天涯海角行走，唯不能天涯海角行走的，是它的根。

漂萍也离不开故土，它的故土就是那片域中的水，生它育它的水荡就是漂萍的故乡，是它生命里的珍贵的土壤。任何人，任何植物，只要有故乡在，他的心就会在，根就会在，无论走到哪里，都会与故乡紧紧相依。

依依地瓜情

清明之后去乡下采风，看见几户人家的大棚里正培育着地瓜的秧苗，那裸露着的地瓜的尖顶，已被胖胖的嫩芽儿包围，遂对它们产生好奇起来。估计不久也由小芽而变成茁壮的瓜秧，先后栽进早就耕耘一新的肥沃的田垄上。

在我居住的这个城市，每到秋冬季节，总有一种声音从窄窄小巷中传出："卖地瓜，香甜的地瓜！"这时候，如若你在旁边，定会被这声音拽得脚跟发沉，脑海浮现出地瓜金黄绵软的形态，诱惑着不太坚定的味蕾。对北方人来说，地瓜的香甜无法抗拒。不管身处何地，只要听见烤地瓜的叫卖声，就会不约而同地去寻找，远远等候那个一边吆喝一边推车而来的人。随着车子的近前，地瓜的香味便在身边绕裹了。

地瓜收获的季节，也是他们最为活跃的时节。一个或长或短的小推车，载着一个圆形的烤炉，几袋红瓤或者黄瓤的地瓜，便是他们全部的家当。炉上十余只铁屉在火焰上紧闭，一炉炉香甜的烤地瓜便出自这些久经烤炙却又简陋的桶状工具。他们有时在闹市，有时也停留在远离闹市却人群聚集的幽街僻巷。每年秋天至春天，用地瓜做饭几乎成了我每天的习惯，它经储存，耐加工，蒸、煎、烹、炸，样样称绝。它像一篮稀有的美味珍馐，一旦那抹香甜落于舌尖，之后的诱惑便再也难以抵挡，令人无法从欲望中挣脱。

地瓜最早种植于美洲中部墨西哥、哥伦比亚一带，明朝万历年间传入中国，明人徐光启在《农政全书》中有所论及。在我国，不同地区的人们对地瓜的称呼不尽相同，据说河南人称其为红薯，北京人叫白薯，山东人和东北人称为地瓜，细数下来，或许更多。去年六月到来安，在那山岭逶迤的土地上，发现有一片片地瓜地，不过在这里人们不叫它地瓜，也不叫红薯，而是叫山芋。山芋栽种到地里，风一样拖蔓、生长，在与家乡不同的泥土地上爬呀爬，如同移居他乡的山东人，开荒种地，甘苦共尝，繁衍生息。真正的南方人，是不这样广泛种植山芋的。

任何一个家国，在饮食上都有一种偏好，中国人也不例外。中国人的生活方式，不只体现在各类价值观的变化上，在对食物偏好方面也有更多的选择。我国地大物博，资源丰富，不同的背景下促成了不同美味的诞生，是它们给了我们生命的颐养，给了我们传承中的饮食文化。

史书记载，民国十六年间，山东屡遭灾害，加之匪祸连连，有些百姓只好怀着对故土的深深眷恋，拖儿带女南迁，历尽艰辛来到安徽省来安县的长山村，靠勤劳战天地，靠坚强觅生存，他们保持着山东人的生活习俗，在异乡的土地上不改乡音，搭起在故乡住惯了的房屋，播种着在故乡吃惯了的庄稼，形成了如今的"山东村"。来安的山芋，就是山东的地瓜。

近年来，超市里一年四季卖一种个头很小的地瓜，名字叫紫薯。2012 年 7 月我去北戴河开笔会，吃过一次紫薯，那是我第一次吃紫薯，以前并不知有这么个品类，眼看着紫薯流着绵软的甜汁，濡濡地把盘里的饭菜染成了红色，甚是吃惊。据说这些紫薯都来自秦皇岛，那里有个地瓜育秧基地，规模之大远近闻名。紫薯的名字听着新鲜，自然也有很好的口感，还有浓浓的薯香。

无论是红薯、白薯还是紫薯，它们都在春天育苗，夏天栽种。每年寒意未尽，农人就开始准备培育秧苗了。先是在垒好的温床中育苗，把保存完好的地瓜种放进温床，撒上泥沙埋过瓜身，浇遍水，不久便生长出一枚枚芽苗。它们日夜成长，逐渐整齐繁密，等芽苗长到十几厘米高时，把它们从母本上掰下，栽进整好的田垄里，从此便进入地瓜的生长期。

这个垄，我们这里叫地瓜沟。说是沟，其实又是起的垄。每年春天栽秧时，都要经过田地刨平、松土，方能顺利地起垄。在垄上刨窝、施肥、浇水，把苗子插进去埋好，这道程序叫作"掩种"。在整好的垄沟上挖个小坑，浇水，趁泥土湿润插上秧苗，种在挖好的坑里轻轻压实，叫作"封掩"。乡下人有一个说法：三犁耕，四犁冲，意思是种一沟地瓜需四犁组成。高的土层叫地瓜脊，低的土层叫地瓜沟。

等全部掩栽完毕，过几天再去地里察看，此时的瓜秧已水灵灵地昂扬挺起，比在温床里还健壮结实，这说明秧苗已顺利成活了。秧苗成活后，长到七八月份会拖秧，绿油油的秧蔓在地里牵牵绊绊，布满整个垄沟，站在地头看去，只见地瓜的秧叶波浪般铺展，仿佛有一种精神，使它们努力爬行，有一股劲头，在拉着它们顽强生长。望着它们，你能体会到一种称作生命的东西。

这个时候的地瓜秧，最易生出根须，需要动手把秧蔓扯起，翻一翻秧苗，不让贴在地面上的叶茎生出旁逸的杂须，以保证结出大个的地瓜。会过日子的人家一边翻地瓜秧，一边掐一筐叶茎回家，洗净切碎，或做成小豆沫，或酱成美味可口的地瓜秧。

酱地瓜秧，需要取鲜嫩的秧蔓，摘去叶子，洗净控水，切成八厘米段长装在容器里，一层层撒盐封口，腌制一周后取出，清水净洗，挤干水分，放阴凉通风处晾晒一天。将酱油、花生油、清水和在一起烧开，凉透，倒入容器，拌入味精、辣椒粉，将地瓜秧顺头顺尾地放入，第二天便可食用。酱好的地瓜秧呈褐红色，鲜咸柔软，别有一番风味。

这道鲜美的食物，现在已很少吃了，繁忙的日常事务，使得少有为自己加工美味的时间。以前，每到翻秧的时候，乡下亲戚就会掐一些进城，送得多了，我把它切碎晾干，放进冰箱进行储藏，谁家有三高病人，还会与他们一起分享。

地瓜秧营养价值很高，久负盛名，联合国亚洲蔬菜研究发展中心一份抗氧化蔬菜报告表明，地瓜秧以富含多种于人体有益的矿物质，而跻身十大抗氧化蔬菜前列。美国把红薯的叶、茎、尖加工成绿色蔬菜，并列为"航天食品"，日本则把红薯叶当作不可多得的保健食品，被视为"蔬菜皇后"。

在生活艰苦的年代，有人把地瓜切成片晒干后储存起来，留作一年的口粮；有人把刚挖出来的地瓜窖在地下，等冬天煮熟再加以咸菜下饭。家中的老人还记得当年粮食短缺时，人们把地瓜干在碾上压碎，抓几把放进清水大锅里，与豇豆同煮为地瓜粥，冬天天寒的时候，一家人一边以煤炉取暖，一边围坐在桌边喝得不亦乐乎，这种吃法一直延续到现在。

在山东临沂，地处蒙山景区的百花峪有一些特色饭店，他们把地瓜饭当成一道吸引游客的美食，它是由红豆、地瓜干、玉米碴小火慢熬制作而成，其制作方式比当年的做法又精进了一层。无论怎么个吃法，地瓜都脱不了它自身的朴拙。它们最大的美德，不仅是味道甜美，而且还给人类带来温饱，带来人间的烟火和不可缺少的生命能量。

有鸟栖于梦

　　冬天的早晨，我从来都不愿意早起，这个"早"是指清早五点之前，迟了就不让人待见了。对我来说，这个时候的时间最为宝贵，打开温和的台灯，依偎在橘黄的灯照下读书，滑动机屏听一听音乐，就像品味一份美妙的甘饴。世间万物都还在沉睡，唯我却独独醒来，让文字走进心海，让音乐浸润夜色，给晨曦一份等待，等待天空慢慢明亮起来，你能想象出生活甜蜜的滋味。除此之外，我还喜欢听一听窗外的鸟鸣。

　　早上醒来，天刚蒙蒙亮，纱窗的空隙上初露微曦，这时支起耳朵静听窗外，总有一些声音穿过夜色飘然而来，那是一些住在附近的鸟儿。不是欢歌，不是鸣唱，而是它们身体摩擦的声音，它们聚拢一起的声音。翅膀与翅膀摩擦，身体与身体相偎，仿佛人类紧紧的拥抱。因为天气太冷，所以拥在一起保护体温。这是所有动物的天性。我听见了它们身体的颤动。然后，旭光出来，鸟儿醒来，伴着阳光的普照，这时候的窗外，才有清脆的鸟儿的歌喉。舍不得忽略每一次鸣唱，我总是把头轻轻抬起，决不把这样的机会耽于枕上，而漏掉其中的某一声啁啾，或许，那就是天底下最好、最美的一曲。

　　这是许多年前的事了。那时，我们刚刚搬进一座楼房，夏天炎热，就在卧室里安了台空调，"分体式"机上的连接管贴着窗台穿过，正好安在卧室的墙外。那个夏天是安然度过了，可到了冬天我发现，房间里有雪花样的物体不时从某处钻出来，跟随着人的脚步起起落落，尽管每天都在刻意地打扫，这"雪花"一样的东西却越飘越多。刚开始，我对这些"雪花"并没有在意，只是每天增加了烦琐的劳动，反复清扫那些不知何处飘来的异物，后来发现不是这么回事。

　　它们体积很轻，用扫帚轻轻一扫，就会纷纷扬扬，非常令人讨厌。我们不得不对它们的由来进行了追讨。经过几天的守候，我终于发现，这些"雪花"就来自空调通向室外的墙洞的方向，然后就搬了凳子爬上去检查，不看则已，一看大吃一惊，拖在空调上面的两根通风管道，靠近墙体的地方已经体无完肤，上面一层黑色保护膜没有了，白色的保温棉也已经绽露出来。

　　这个发现我不能放过，于是爬上窗去，蹲在窗台看向窗外，发现方正的压缩机上铺了几支鸟类的羽毛。这还不是鸟儿的小窝，它们真正的小窝不在这里，而是在管道口的墙洞下方。我不再怀疑是窗外的鸟儿，我已确定那些飞扬的"雪花"就是它们的杰作。我忽然想起，就在"雪花"飘飞的时候，每天早上或晚间，总有一些鸟儿聒噪的声音，就像揪住什么与之奋力地撕扯，原来，是它们在用这样的方式拓展栖身的领地。

　　不知当年的安装工人花费了多大的力气，将那个通向室外的墙洞打得除了能够穿进管道，简直还能伸过拳去，怪不得屋里的窗帘总会无端地掀动，像被风轻轻吹起。这个秘密被我发现之后，便找了几张报纸揉成团，找人小心翼翼地爬过去，把墙洞多余的部分堵住了，报纸却由此成了鸟儿们的"扩音器"，但凡有它们弄出来的动静，都被那团报纸扩大了声音，躺在床上都能听见，夜晚睡意蒙眬，窗外的"窸窣"之声就在耳畔。

如果不去注意，你是觉察不到这些的，一旦注意上了，那声音就声声在耳。然而，我并没有赶走它们的意思，而是选择了与它们相安无事。从此每个黎明和夜晚，都有窗外的鸟儿做伴，它们成了我与晨昏共同起舞的伙伴，我开心时，它们要放声歌唱，我歌唱时，它们就默不作声。它们开心高歌的时候，我就静静地聆听。时光慢慢走过，它们的声音被我捕捉得纤悉无遗。"嗖——"，那是它们飞出小窝又飞回来的声音，"扑棱——"，那是它们抖动翅膀，准备飞出窝去衔羽觅食的前奏。

直到数年后，我们把家搬走，我都一直怀念那些拥抱取暖的冬夜，和那些有着床畔灯照的时光。搬进新家之后，我仍住在楼上，这回是三楼，无论怎么把空调的墙洞打大，也没有鸟儿来做窝了，鸟儿不会重复做一件事情，尤其是人类所渴望所企盼的事。搬空的屋子不知住了谁家。空调已被我们挪走，再有冬天来临，鸟儿也不知还会不会住在以前的窝里，那户新住进来的人家，会不会和我一样充满怜爱地对它？

离开鸟儿的日子，有时去外地采风，会有意无意地去与它接近。如若住的是林间小屋，自然不乏鸟儿的啁啾。我追逐着，继续把它当成我们以前的邻居。总有环境优美的地方，有鸟儿在那里生活，并发出欢快的啼鸣，那声音更加悠长。有一天我走在路上，有只鸟儿竟然落在我前面的路上，我向前走几步，它就往前飞一下，我停下，它也敛翅，在地面上跳跃着，旁若无人。这样的情形足三四分钟，我突然想要落泪。它生得很美，我却叫不出它的名字。

近年，摄影爱好者颇多，认识两个喜欢拍鸟的朋友，和其他摄影家一样，他们喜欢去遥远的湿地里拍鸟，为了拍摄不惜枕戈待旦，跋山涉水，生怕忽略最好的一瞬。他们传给我的相片上，有鸟儿在荷箭上倒立，有鸟儿在树林中展翅，红羽、蓝羽、绿羽，大大小小各种各样的鸟儿集于相册，真是千姿百态。仿佛能够听见它们"唰啦"一下飞起、落下，春池湖畔剪水，花丛柳帘嬉戏。

也有让人痛心的时候。一次去江南出差，这个被誉为鸟类天堂的地方，竟然有人在饭馆前出售。走进饭馆，菜单上写着盘鸟儿的价格，令人颤抖。在网络上，也曾看到某地有人为了弘扬慈悲，准备收购鸟类组织人去放生，我就想，那鸟儿也不知来自何处，如果用罗网捕来再用以"慈悲"放生，那还不如不捕，须知道，那每一次的捕捉，要伤害多少鸟儿的性命？

佛教中，以追求慈悲及智慧为目标。凡之人情，皆出于仁，仁者，大抵心怀以慈，慈爱众生并给予快乐，才是善良的根本。我认为，买鸟捕鸟而后放生，不过是为了赎以往的罪，挽回一个好听的"名声"。

倾听蛙声

我居住的地方，本是听不到蛙声的，今年夏天，在一个雷雨过后的夜里，突然又听到了一片蛙声。我恍然记起，楼下是一块空地，零散地种了几架豌豆，豌豆在架上游移着，将那块荒地扯得散落，便有一些杂草蔓生，形成许多坑洼不平来，深深浅浅地积满了雨水。那些深夜里此起彼伏的蛙声，就是自那水洼里拥挤着出来，直奔我不眠的耳鼓。

其实真的怨不得蛙声，天气燥热，夜不能寐、卧之榻上，耳畔经常嗡嗡作响，仿佛置身于海边，聆听拍岸惊涛。睡眠质量不好，这是由来已久的事，如今早已不再为此焦灼。失眠的时候，习惯了想些心事，脑海里思绪翻跹，各种回忆纷至沓来。那些不曾在心头驻扎的往事，也一幕幕，在寂静的夜晚弥漫开来，生出些许的遐思。

在这样的时节，高粱应该有一人多高了吧？玉米也该长出饱满的穗了？还记得那矮矮的茅屋，那些静静地坐落在山野里的农家小院，便是在这样的夜晚，被蛙声紧密地包围着，不能挣脱。而那时却与此刻又有不同，尽管是蛙声一片，睡眠也是好的，安稳香甜。记得是七八岁的光景，白天玩了一整天，晚上贪睡的梦里，一般是不会在蛙鸣声里醒来，就是辗转着醒来，也是片刻复又回到黑的夜里，不消半个时辰，便又沉入到梦里去了。

那是儿时的记忆——池塘、荷花、蛙鸣，三者总是有机地联系着的。是了，在那个小山村里，低洼的水坑里最多见的，是青蛙和蟾蜍。前者身姿是矫捷的，遇到它认为的危险，就能连忙逃走，一下子蹦得很高很远；后者身体是笨拙的，不管境遇有多危险，也只能很费劲地慢慢爬行。然而它们，却是与自然界口其他物种一样，和谐共生了亿万年。在泥里，在水中，在一道道的沟洼里，在荷塘的叶子底下，在我们眼睛看不到的任何一个地方，都是它们的藏身之所。

记忆里的那片池塘，就在家的南边。出了院门往左拐，大约一箭之地，是一片很大的菜园，不经意地进去，但听得有窸窣的声音，用脚荡几荡时，就能荡出一些不知名的飞虫，肥硕的蚂蚱也在其中，它们比草虫更敏捷地从菜叶下突飞出来，一下扑落在你的身上，刚要伸手去捉，它们却又迅速飞向更远处的草丛去了。

那时种菜，还不曾有上化肥的习惯，也或许根本买不到化肥，耕作好的田畦里，就那么撒点沤肥，便把菜籽均匀地散上，到收获的季节，青白相间，叶宽体厚。没有化肥，倒也长得好菜。青虫虽然是有的，但吃起来放心，绝对不会像现在这样担心污染。因为种菜，地里挖出一眼井来，天气干旱的时候，就一桶一桶地把水从深深的井里汲出，浇灌到干渴的菜畦里去，一般一天浇一次水，多是清晨或下午，从不间断。菜与粮食作物不同，它们需要大量的净水滋养，这样才会长得青绿鲜嫩。其实乡人最多种的也就是南瓜和倭瓜，这两种瓜不太用人照管，田垄调好，种子埯上，便任其爬秧上架，开花结瓜了。

蛙鸣大多是在夜里，在与菜地毗邻的池塘边上。白天人走近时，是看不到蛙们的，只有晚上，它们才趁着夜色呱呱乱叫，此起彼伏。

蛙们的鸣叫，伴随着荷花的生长。满池的水，撑起着亭亭的荷叶，荷叶与荷叶之间紧密相连，高低错落，清香四溢。或浮在水面，像舞女的裙铺展开来。荷花却是菡萏着的，时而并立成花，姿态别致，优雅可人。皱起的绿波间，分别是大朵大朵的白，大朵大朵的红。找一朵将败的荷花，轻轻地用手抚摸，花瓣便零散落下，捡起花瓣，舀起一洼水，托着，复又放入池塘里。水流缓缓时，便会浮在水面缓缓地走，或者悠悠地转啊转的，十分有趣。

我喜欢把败了的荷花瓣收集起来，小心地叠成一摞，然后带回家中，想尽办法拼成原样，放在一个很大的碗里，添满了水置于桌上，栩栩如生，似乎又恢复到生命的原初，能观赏许久。这个办法，替代了我因对它过于的喜爱，而每日对它觊觎的满足。

曾经惧怕过蛙鸣，小时随父母住在乡下，茂盛的高粱地里，也经常听到蛙们的叫声，那时却一直误以为是怪物发出的声音。从此，就是不在雨天，天上悬着的是如洗的月亮，只要听见蛙鸣，也不敢深入到那片高粱地里。蛙鸣着的深处，总是给我一种幽深的幻觉，就如暗伏着一个隐约的谜底。

春天去过一个景区，山下有一潺潺水流，夏天还没有来到，水里只能看到许多的小蝌蚪。曾经把它们捞出水面，捧在掌心，感受它们腻滑的身躯。然而现在，只几天的时间，蛙鸣已经传到枕畔上来了。我不知道，楼下的杂草藤蔓里，是怎样驻扎进这些蛙们的，它们也在某个地方衍生，化作蝌蚪，再涅槃一般，变作蟾蜍或者青蛙的吧。有一天我到楼下去找，然而找来找去，翻遍了草丛，却什么也没有找到。它们和它们的声音，仿佛一下子消失得无影无踪了。

从书里知道，蛙的种类很多，而在我们这里的农田里，常见的只有金线蛙、花背蟾蜍。然而无论是哪一种，都主要以害虫为食，它们看似丑陋，在绿油油的庄稼地里，却是矫健英武的卫士，自古以来，人们就对它怀有了好感，有它们的地方，无不飘荡着生命的气息。辛弃疾在《西江月·夜行黄沙道中》写道："明月别枝惊鹊，清风半夜鸣蝉。稻花香里说丰年，听取蛙声一片。"在词人的感觉里，群蛙在稻田中齐声喧嚷，俨然是在争说着丰收，此时此地，词人与人民同呼吸的欢乐，尽在言表。

　　写到这里，蛙声又开始迭起，一阵响似一阵，紧锣密鼓一般。想着，有蛙的叫声，就有了庄稼收获的希望，能够听得蛙声，是一种享受，听蛙声齐鸣，不仅能够使人想起摇曳着的稻菽，还让人体味一种久远了的生活方式，在追求和回归中领略原始古朴的和谐之美。蛙鸣依旧，有如美妙悦耳的歌声，一首恬静和谐的田原之曲，汩汩泉流一般，滋润着的，是一颗板结的心田。

再见萤火虫

　　初夏的黄昏，到郊外公园里散步。四周是幽幽的静，模糊中能看到齐整的田园，一些新翻的泥土。这是我第一次在这条小路上散步，远离城里的喧嚣，田野里，满布着菜地、麦田。在这高高低低的植物里面，有树林集合成一排一排的绿，展示着它们的飒爽英姿，如同土地的卫士。夜风徐来，空气里散发着浓浓的绿色草香。真是个舒缓压力的好地方！夜晚来此放松心情，呼吸着清新湿润夹杂着一丝丝植物清香的空气，整个人都觉得轻松舒展，心旷神怡。

　　这些曲曲弯弯的小路，原来是没有的，有的也仅仅是些泥土小路，水沟上架设的腐朽木条，坑洼不平的泥土沙丘。转眼时间，这里变成了一座郊区公园，平展整齐的水泥砖铺砌的幽幽小径，砖面上清扫得干干净净，几乎没有一丝泥土，人踏在上面，心便仿佛盛开了一轮初晴的朝阳。路边种植着垂柳，远处有成片的速生杨，近处是高不过肩膀的马尾松，一团团蹲坐在渐渐降临的夜色里。中间有一条河，自东而西逶迤着，日夜不息地缓缓流淌。这些高低不一的植物、河流，把曲径衬托得更加幽静。

　　已经很少这样的散步了，平常，每当吃过晚饭，下了楼，从学校北边上路，然后沿着马路招摇。在路道上空白炽灯的照耀下，迎着比白天凉快不了多少的夜风，冒着车来车往卷起的灰尘往前走，直到腿脚累了，耳朵疲惫，再也不想听见路边扎堆的人们的谈话声，以及灯火辉煌的夜市的喧嚣，才步履沉重地走回家，等待了一天的悠闲的散步算是宣告结束。

而今天不同，脚下的幽径是才铺就的，阡陌纵生的道路衬以绿色的树林、庄稼，恰好给人一种进入深深田园的感觉，环境十分幽雅。两边的树木是早几年种下的，仿佛一直在等待这场道路工程的改进，园林一般的优美规划，使这郊区的每一片树林，每一块麦田、菜地，以及弯弯的河塘，都仿佛焕发出了勃勃的生机。草木旺盛的地方，必是虫子们的家园。在阡陌小路上行走，不时被一只蟾蜍惊吓一跳，有时走着走着，一只蟾蜍就会跳上你的脚背，那是它恰好也在路上散步，或者，急匆匆地正要回到它的家里去吧，它们的家，是否那片明晃晃的河塘？可能都是吧。蟾蜍是喜欢水域的，泥淖地可以做穴，泥水洼里也可以成家。它们吃菜地里的虫子，所以不怕，大家相互安慰着，继续往前走去。

人来人往，渐渐地，散步的人流汇成一支浩荡的大军。

在这里散步的大都是熟悉的朋友，不熟悉的，擦肩走过几次也就算是熟悉了，再见面时点个头，再见面时，就会问对方"吃得早啊"之类的话。我总觉得自己是突然冒出来的，在同伴身边走，总有眼睛躲闪着打量我。平时的这个时候，我与他们本不是一条道路散步的，理所当然地让他们感觉陌生。还是这里好，这片旷野自然，在自然的田野里穿行的小路，更是有它们的奇巧。这么优美的环境，这么有创意的田园小径，可见设计者的功劳。于是感激着那些不曾谋面的设计者，一边走一边赞叹着，一边一蹦一跳地舒展着腰肢。

正在惬意地走着，突然同伴喊了起来："看，那是什么？呵，是萤火虫呢！"眼明嘴快的同伴，竟然轻而易举地发现了一只萤火虫，我顺着她的手指往前看去，看去，再看去，终于看清，它躲藏在路边一棵小松树上，身体正使劲向树叶底下扎去。它的萤光明明灭灭的，不仔细瞅，在还略有些微光的小路上是看不出它们来的。同伴蹑着脚，大胆地走向前去，冲着发着幽幽绿光的地方双手合拢，我忙走向前去，拿出手机，掀开机盖，利用机屏短暂的荧光一照，发现一只小小的虫子在她的手心爬动，它前前后后地爬动，焦急不安，仿佛在找寻突破的道路。它能知道自己已经陷入危险的境地了吗？同伴把萤火虫轻轻地合往我的掌心，由我虚拢地握着，自己则再次向路边找寻。渐渐地，在萤火虫们的带领下，我们拐向了那条河塘，在这里，有更多的萤火虫在河面上飞翔。它们忽左忽右，一会儿向东，一会儿向西，时而上，时而下，从容自如地飘忽着，大肆招摇走过我们。偶尔在河边的矮松树上落一落脚，然后再次起飞，围绕着我们，若即若离，好像在跟我们调皮地捉迷藏。

突然疑心，萤火虫确乎是在这个季节出现的吗？记忆里，它们是在秋收之后，是在田野里堆满了高粱玉米秸垛和草垛的时节飞行的，我们有时就得爬上高高的草垛，把飞落在上面的萤火虫用指尖牢牢挟出来。然而，有儿歌为证："大麦垛，小麦垛，火亮明子朝我落。"是了，夜色来临，我看不清那菜地里的花到底是菜花还是庄稼花，但是，却明明白白地分辨得出路边的麦子，已经金黄。熟透了的麦子倒伏在地上，等待主人的收割。原来，这些萤火虫儿，在这漆黑的夜空舞动，也是有季节的呢，它们从初夏到秋天，寒露过后才悄然消失。

我松开紧握着的手，夜色里，这萤火虫，自手心向手腕的方向快速爬动，它探爬着，突的一下，起飞了一只。抬头，它已经匿迹在黑夜里。我望着天空，这天空，也好像是儿时的天空．它的深邃的明净，仿佛能够照得见我的来路，将那时的景物，那时的心情，那时的……将我的记忆一下唤醒。哦，这所有的一切，都与渐行渐远的童年景物慢慢吻合。原来，那萤火虫，是穿越过那遥远时空，飞来找我的，让我忆起那份故土之情。它们举着孤独的萤火，在我的手上慢慢地爬着，时明时暗的美丽的荧光，将我的记忆一丝丝牵回……

　　哦，那是小时候，母亲帮我捕捉的那只萤火虫吧？经常，为捕捉到它们，我和妹妹须绕过村边那条清亮的小河，穿过茂盛的庄稼，再走向很远的田野。记忆里，菜地里的萤火虫最多，不知道，那时的我们，为捉一只萤火虫踩坏过多少人家的白菜地呢？我的眼前现出当年牢牢握着它们的手，我还记得它们当年在我掌心的努力挣扎。也突然，现实的手中袭来一阵刺痒的感觉，那种感觉一下惊悚起一身疙瘩。我意识到自己正面临一场生死搏斗——幼小的虫子们与庞然的人类的搏斗。在这场搏斗中，我必是胜者，而手中的它们，唯有死……想到此，我把萤火虫轻轻朝天空一扬，可是它们却无力地坠向地面。正在我担心的时候，它们奋力起飞，带着一团萤萤之火迅速地移到附近的植物上，不一会，它们再次向高一点的树上飞行，等它们再次飞起来，已经能够张开翅膀摇摇地飘走了。

　　我笑了，很恬然，为放生的萤火虫重又找回自己的家，为不再因为想要得到窒息一个生命，而开心地笑了。这是童年时候所没有过的。这是活过多少日子所悟出的人生道理。暮色慢慢降临，远处的山丘开始变得模糊，有树的地方，一团一团的漆黑，天际有几颗星星眨着眼睛，时有薄薄的云雾飘过。直到我们走出很远，偶尔，还能看到夜行的萤火虫，在幽暗的地方拎着"美丽的灯笼"。月，是满月，明晃晃地，悄然挂在了西天一角……又是一度明月夜。

小小萤火虫，飞到东，飞到西，

这边亮，那边亮，好像许多小灯笼。

萤火虫呀歇一歇，给你三个铜钱买草鞋，

不要你的金，不要你的银，只要你的灯笼亮晶晶……

也许是因为田野离我们越来越远，这些童年的歌谣，已经很难再听到由孩子们清脆的嗓音传唱了。今夜，再见萤火虫，这些熟悉的童谣却还不会陌生，于是默念着，怀了对无拘无束的童年的深深忆念，得到心灵上的某种安慰。但愿这些幽静的小路能够与这些树木、田园相伴，给我们带来浓浓的绿，徐徐的风，给拥挤的城市带来凉爽的空气。但愿脚下的这些阡陌小路，以及小路两边的菜地、河塘、麦田，还有生活在这里的萤火虫和蟾蜍们，能够与我们继续相安无事地生存繁衍下去；但愿我们在尽兴消受的同时，不要惊扰了虫子们的正常生活，以及所有呼吸着的植物的梦。与自然界的一切生灵保持和平和谐的发展，这才是我们人类文明进步的初衷。谁能保证我们每一次的踏进，对周围的自然环境不是一种威胁和侵入呢？

夜深了，我还不想离去，那星星闪闪的萤火，伴着鱼塘泥水和原野青草的芳香，在夜晚的风中飘荡，唯有思绪绵延不尽。夜阑人寂，大地无声。

幸福的刺猬

那年，我们还在一所旧的平房里居住，房子狭窄，门窗低矮，采光也不太好，不过，门前有个院子，扯一道铁丝，随时可以晾晒衣物，便觉非常满足了。院外是片大的空地，经左邻右舍的开垦，周边围起一道竹做的篱笆，竟成了几块菜地。谷雨过后，翻土播种，从春暖花开到霜雪初降，一直青叶葱茏，倒也十分有趣。

豌豆爬上竹架的时候，天热起来，抱着女儿在院子里乘凉至深夜，一阵倦意袭来，刚想进屋休息，却意外发现了两只刺猬，呆头呆脑地依偎在我的脚边。我自然是惊得大跳起来，差点把女儿摔到地下。那是两只幼年的刺猬，身体很小，连那蓬蓬的针芒也算进去，才有握起的拳头那么大，甚是让人怜爱。从此，小院里便经常有它们的身影出没。开始，我还以为它们是来找吃的东西，可我实在不知道它们以什么为食，终于没有拿给它们。没有主人的殷勤款待，它们也不计较，依旧旁若无人地往来，在昏暗的角落里追逐或者玩耍。

刺猬的模样长得很怪，豆粒儿圆的小眼睛，嘴巴尖尖上翘着，显得调皮可爱，可浑身上下却长满了硬邦邦的刺儿，再看又像穿戴铠甲的武士了，我是不敢靠前的，总觉得那刺随时都可能扎了过来，一边想一边仿佛手心手背都在发麻，越看越胆怯了。尤其是两只刺猬在一起的时候，总替它们担心，生怕它们被彼此身上的锋芒所伤害。实际上，那两只刺猬都是一直形影不离的，却从没把对方伤害过。我观察了它们许久，每次它们都是一前一后，踮着轻快的碎步，旁若无人地跑来跑去，兀自玩耍。它们肩并着肩，头并着头，虽然刺与刺相抵，却从没流露出唯恐被对方刺伤而欲拉开距离的意思。在频繁的接触中，那一蓬看去尖锐锋利的刺，倒仿佛成了它们的温柔的手臂，是用来表达相互的抚慰和爱意的。这让我感到了某种慰藉——原来它们并不和人类想象的那样，因刺生怨，生恨，最终两败俱伤。

有一次，一只刺猬单独走来，它径直走向一个角落。那个角落也曾经是块小的菜地，菜地的边沿还种有一棵手臂粗的杨树。我们搬来的时候嫌它太单调了些，便想把它改造成一片小小的花园，又听说有树的地方是不长东西的，因为遮阳，长不健壮，所以就没有及时地种上花去。

却是不然，不久的日子里，那个角落渐渐生长出一片绿油油的青草，还有几棵野生的鸡冠花不知什么时候也生长出来，十分招人喜爱。夏天的角落，它们生长得更加茂盛，青草之上，鸡冠花的顶端已经冒出火红的鸡冠，吸引了蝴蝶飞舞，草虫在里面驻扎，绿色或赭色的蚂蚱倏地飞起飞落；秋天的晚上，有蟋蟀在里面欢快地鸣唱……这样的闲散自由的地方，于那两只刺猬来说，的确是个觅食和掩身的好去处，我无数次看到它们在那里快乐地追逐，简直有点乐不思蜀。

可是，就在那些天里，那个小小的角落，恰巧被我们拔去杂草和开败的鸡冠花用砖块垫平了，为的是让那棵杨树更好地生长。我看到那只刺猬闷闷地站在那里，站在那个曾经长满青草的地方——它们曾经的乐园，仿佛在回忆杂草时期的过去。望着那只正在伤感的刺猬，我们为自己的失误而后悔不迭。

　　这时候，我的女儿出来，把一只洗衣盆扣在了它的身上。我没有阻拦，因为我知道女儿并没有恶意，她只是想和它多玩一会儿，或者多玩一晚，明天就放它走。并且，那只刺猬也很温顺地待在铁盆下面，不发一点声音。

　　听不到它的声息，女儿便有些急了，生怕它会孤单死去，于是便用小手掀开那只铁盆。我们看到它依然呆呆地立在铁盆中间，小眼睛调皮地一闪一闪，不跑也不动，露出一点都不惊慌的样子。然而第二天早上，我们起床出门，掀开铁盆，刺猬却不见了。铁盆还是原来的样子反扣着，地面上也没有刨挖的痕迹。正在我们以为它出了意外而伤心不已的时候，第二天的傍晚，那只刺猬却又出现在我们的小院里了。刺猬的悄然遁迹给我们留下了一个很大的疑问，我们猜测是另一只刺猬"搭救"了它，至于"搭救"的方式，追根问底，请教了好些朋友都说不知道，直到现在还是谜一样困扰着我们。

　　冬去春来。又是一年的初夏。晚上，我一个人在家里洗衣，洗完后，当我起身打开路灯，正准备朝院子里泼出一大盆洗衣水的时候，我再次发现了那两只刺猬，不，还有一只小不点儿，懵懵懂懂地跟在那两只刺猬的身后，它们正顺着大门的墙脚朝院内的灯光奔来……

　　这刺猬一家，一定是从菜园子里出来的，曾经有人说看见过，并嚷着捉去杀了吃，我们非常担心，因此，刺猬到我们家里来的事一直不敢对外人说，怕果真被馋嘴的人循着脚迹逮去杀卓。这个秘密一直保守到我们搬了新家，老房拆除，园子荒废，旧址上建起一座六层的楼房，如今，那三只或更多的刺猬无处藏身，早已不知去向。

　　或许就是因为那对可爱的刺猬的缘故，在生活中，我和丈夫也经常拌嘴吵架，也有过摔盆砸碗发牢骚的时候，但无论怎么吵怎么闹，俩人就像约定好了似的，手指尖指着对方的鼻子，却绝口不说那句夫妻吵架最经典也最伤及情感的话：

你你你——这日子………我们就像一对容不下对方的刺猬！

因为，在我们的心目中，那原本就是一对幸福的刺猬。

倾听鸟儿的歌唱

在暮春时节去看一棵树，你会发现往日灰暗的树冠上，枝叶已经葱茏得恰到好处，大团大团耀眼的新绿，在染亮了我们眼眸的同时，也吸引来一些自由的生灵，它们似乎已经不再像以前那样胆怯，生怕被人类捉去所表现出的不安和恐惧，而是旁若无人地在我们头顶上翩然穿行。但是这种现象是有一个前提的，就是这棵树生长得不那么孤立才行，一棵单独的树是不会留住许多的鸟儿的，大概鸟儿向往森林里的生活，就好像我们向往繁华的都市一样。我喜欢的鸟儿是那种青鸟儿，它们的到来往往能够预知春天。燕子就是属于青鸟的一种，物种珍稀的鸟儿不大住在北方，燕子却能够记住旧时的家园。以前大家住平房的时候，经常发现燕子在清明时节飞至，在屋檐下衔泥筑巢，长辈们把它称作吉祥鸟儿。

在很久以前，我家的院子里也出现过燕子，它们在檐下飞来飞去，但终究没有把巢筑在上面，可能是人迹太多的原因吧，后来还是飞到别家去了，只有玩耍的时候才复飞回来。因此我把它们当作串门的客人，在台阶上撒些小米之类的食物，来弥补它们未能筑巢的失意。那时候，鸟儿的种类似乎还不是很多，树木的滥砍滥伐，致使许多鸟儿无家可归。听老人们说起花八哥，知更雀，胸火红着，在草地上跳跃，在枝头上站着，而我却感觉它们出自哪个美丽的童话。我对鸟儿的认知是摆在笼子里的鸟儿，它们在里面踩踏跳跃，急躁躁的，是在向往自由的天空吧。天空，那才是鸟儿的自由天堂。

近些年，随着人们环保意识的增强，树木栽种多了，绿意盎然，越来越多的鸟儿便投奔而来，开始了繁衍生息。在我居住的校园里，就看到了这样的景象。有一次，我看见几只柳莺在树梢上飞来飞去，就知道它们一定是有窝建在树上了。不久我又发现在一棵大树上，有种灰背长尾的鸟儿住在上面。它们不但在校园里觅食、孵窝，还要不停地扩大地盘。它们每孵一窝小鸟，都会衔来树枝将鸟巢加固一遍，数月之内，这个鸟巢就长大了一圈。曾经救过一对鸟儿的母子（女）。那天我从家里上班去，刚进校园的大门口，就听到附近的一棵大树上传来一只鸟儿的鸣叫，那叫声一强一弱，分明是两只小鸟的呼唤共鸣。然而那叫声又分明嘶哑、纷乱，没有往日鸣叫时的抑扬顿挫，听了让人不免感觉一下又一下地心惊。是出现什么异样了吧？我抬眼向声音传来的方向眺望，发现在身旁的一棵树上，有只灰色的小鸟正冲着我鸣叫，仿佛在告诉我它正处在危难之中。

我走过去仔细地观察，在它身上并没有发现异常，正猜疑着，突然它"簌"的一下向我飞了过来，落在了我的肩头，没等站稳，复又飞了出去，这回是落到前面那棵树的一根树杈上。它急促地旋飞着，奔向我又奔向前面的那棵树，约有好几次的来来往往。我终于发现前面那个呈三角状的树杈上，还藏着一只长得和它一模一样的雏鸟，这只鸟着急的样子不亚于它的母亲。显然这是一只走失的鸟儿，它从窝里跌到树上，它以为它能飞，飞得好远，它想飞，却还不太会飞，只好落在树上站在高处不停地对妈妈呼唤。我立时明白了，走向前去用双手托起那只小鸟，抚摸了抚摸它那未丰的羽毛，然后把它平放在办公楼门前的水泥地上。看见这只幼小的雏鸟安然无恙，这时另一只鸟也飞了下来，展开的翅膀轻轻拍打着雏鸟的脊背，好像一个母亲在轻轻"抚摸"孩子一样。我知道这是一对小鸟的母子（女），不知道什么原因吸引到雏鸟，使它到了"离家出走"的地步。幸亏有鸟妈妈的及时庇护，才使它们能够在偌大的校园里再次相聚。

　　雏鸟显然还不会飞，它展开稚嫩的羽毛试一下再试一下，就是飞不太高，只好在地上着急地跳跃。鸟妈妈也紧跟着它，一边用眼打量着站在身边的我，一边拿出随时起飞的姿势，却又无奈地不得不在地上陪着它的孩子。有同事前来围观，有人说逮住它吧，养起来一定好看。我这才发现，那两只鸟儿身上的毛羽，除了深赭和灰色相间，翅膀前端一排蓝绿的羽毛。它们的身体也十分的娇小，看上去不盈一握，真的是玲珑得可爱。望着惊悸不安的鸟儿，我只好把起哄的同事赶跑："养个孩子不容易呢，咱们谁也别伤害它！"我和同事悄悄绕过小鸟的身边，就像没有看见它们一样各回各的房间，却悄悄打开了楼上的门窗，从这里观察它们的行踪。我把头探过去，却已看不到那对鸟儿。我在心里一怔，暗自思忖了一会儿，在这几分钟的时间里，鸟妈妈已经帮助自己的孩子飞回它们的窝去了么？再等，再听，也没有发现踪影。也许是的，这样的结果最好，也是我发自内心的愿望。

　　我希望能看到鸟儿们的窝，我从小就对这个充满了好奇。那些羽毛与草茎的温暖缠绕，是一个怎样的使一对鸟儿留恋的家？然而小鸟们并不去满足我的好奇心，经常把那么小那么小的巢，建到让人不可目及的地方。有一日，我发现一只白头鹎在树丫上面，看来它也有窝隐藏在里面。在为小鸟觅取食物的路上，鸟妈妈发现我在看它，居然停下来站在一块假山石上，对我探头探脑。它头顶上的毛羽特别有趣，就像谁用白粉给它调皮地点了一笔。清晨，是鸟儿比赛唱歌的时间，它们一会儿挺立枝头，一会儿跃然枝上，歌喉婉转清脆，优美悦耳，仿佛在比试谁的声音更加嘹亮。

这让我想起了蕾切尔·卡逊。1962 年，这位身患癌症的美国女科学家发表了她的惊世之作《寂静的春天》，书中举例了她所掌握的许多由于杀虫剂、除草剂的过量使用，造成野生生物大量死亡的证据，大声疾呼人类要爱护自己生存的环境。她对公众和政府加强对环境的关注和爱护的呼吁，最终导致了美国国家环境保护局的建立和"世界地球日"的设立。如果美国生物学家蕾切尔·卡逊能够亲耳听到这样的歌声，又会写出一个怎样的春天呢？《寂静的春天》唤醒了人们的环境保护意识，它告诉我们在物质化高速发展的今天，我们不仅需要身体的栖居地，更需要有一个心灵的栖息地，这个条件不算太高，不过最基本也是最低的生命需求，人类往往得不到，他们把自己置身于逼仄的空间里，再向大自然抛去渴望的目光。

所以有时候，在剥夺他人人身自由的同时，人类也剥夺了自己的心灵享受。当我们还给鸟儿一个绿意幽静的所在，我们已然发现，所谓心灵当中最美好的幸福时光，莫过于在美丽清晨倾听鸟儿的歌唱，那百鸟竞歌万物擦响的声音，就是大自然赠予我们的天籁，它除带给我们安宁和谐的诗意栖居之外，还有健康愉悦的幸福气息。听，是什么鸟儿在歌唱？经常是在春天晨练的早上，有人莫不惊奇地这样问。止步伫立，侧耳静听，发现鸟鸣依然不歇，空气也在轻风中摇出花蜜的微甜，玉兰花瓣在风中萦萦颤动。这是一个不再寂静的春天，我希望这个春天以及未来的春天永远就这么自由热闹，让一切的生灵懂你心声，好在你的身边呢喃着春深的消息。

第四辑

朝开与暮落

杏花　杏花

　　一直认为，南方适合种梅，北方才适合栽杏的。梅花不畏南方的寒冬，杏花不惧北方的春寒。却不知道，总有一些江南的才子，痴迷于杏花的美艳。有一年去五台山，时令已是阳历的五月，沂蒙山区的杨柳都已扬花吐絮，五台山上的冰雪竟还迟迟没有融化，高山背阴的地方，仍能看到一片片残雪。那时以为，五台山的春天来得太迟。可当我们抬头，仰望峻拔陡峭的高山，却看到一蓬蓬的花树正开得如云似雪。从朋友们惊喜的目光中，我知道了那是些杏花，在海拔三千多米的"华北屋脊"之上，开放得洁尘不染，清丽脱俗，像一群坠入凡间的仙女。

　　山东蒙阴是我的家乡，这里也多见杏花。沿着城南 205 国道朝东行驶而去，约四十里外有一座大山，山里有一个村庄叫大洼村，家家户户院子里都栽种着杏树。有的种在院内的角落里，有的就种在夹道之中。每年春暖花开的时节，村外的柳芽冒出浅浅鹅黄，村里的杏花也从一座座院中探出头来，花团锦簇，适时而放，阵阵芳香溢满整个村庄。

　　蒙阴是算圣刘洪的故乡。刘洪，字元卓，是我国古代杰出的天文学家和数学家，自幼勤奋好学，知识渊博，一生为官十数载，清正廉洁。《后汉书》说，洪善算，当世无偶，被后世尊为"算圣"。不知当年他种没种过杏花，但刘洪的故乡，真的是杏树遍野。那饱满的花瓣均匀地反扣着，像美人指上的五枚指甲，花蕊粉中带红，每一朵花心里都像点进了一撮朱砂，越是新开的花朵，那一抹朱砂越是流露出血一般的殷红，殷红到令人震颤，令人感伤，那种冷艳的美，近乎决绝。

对于前来观赏的人来说，这样的美不是接纳，而是拒绝。然而越是这样，越是激发人们对杏花的喜爱，爱到痴迷，爱到忧伤，爱到在它面前徘徊不舍。望着那些杏花，心头总会漾出一丝幽怨的情绪。这种感觉，浅浅的，淡淡的，宛若离别。就如宋人姜夔的诗句：绿丝低拂鸳鸯浦。想桃叶、当时唤渡。又将愁眼与春风，待去。倚兰桡、更少驻。金陵路、莺吟燕舞。算潮水、知人最苦。满汀芳草不成归，日暮，更移舟、向甚处？那远去的花，便如离殇的人，虚虚幻幻，真真假假。

《甄嬛传》里有一个与杏花有关的情节，是让人醉到骨子里的——假装生病不见皇帝的甄嬛，在屋子里待得久了，感慨年华轻许，不得自由，无端生出无限的忧愁，为了释放心头的抑郁，和贴身侍女流朱来到御花园里，在满园春光笼罩下的杏花疏影中，一边情绪低落地晃着秋千，一边满怀心事地轻吹竹箫。一声轻叹，秋千架上落满缤纷的花瓣，仿佛是为美景消殒而幽落的哀怨……

镜头在这时徐徐拉开，箫声在这时低回婉转，声色空灵，正好是那旋律黯然、基调悲伤的《杏花天影》。真是"羌笛何须怨杨柳"，其时雍正恰好也散步在园中，听见箫声自然要闻声寻来。别说多情的皇帝，此景此情，任谁也会心下一动，涟漪丛丛。于是一场扯不断、理还乱的感情纠葛，始得拉开了序幕。从一场阳光普照的春光曲，最终演绎成冷若冰霜的秋寒图，你死我活的宫廷悲剧，妃嫔与妃嫔之间的明争暗斗。

《甄嬛传》自拍摄以来，每天都在热播。不知是人们看多了电视剧，有感于剧情的凄美，还是杏花婉丽的倩影，近年来有很多人追寻杏花的芳踪，每年春天杏花开时，游客纷纷驱车而来，把大洼里的泥土都踏实了，把大洼里的浮尘都带走了。他们集联搜对，赏花吟诗，守株待兔般睡在山里，蹴在杏花树下，等候抓拍饱满微颤的杏蕾，笑向人间绽开动人的一瞬。

那一日，我们也去山里看花，出了村子，顺着蜿蜒细长的山路走去，路旁不时闪出一两棵老杏树，有的树冠蓬松如伞，有的枝干长长斜向路面，像和进山的我们招手示意，热情地打着招呼。细数过去，每一个路口都有这样几棵杏树，枝节遒劲，树皮黢黑，经过了多少年的风雨沧桑，每年的花朵仍然层出不穷，盛开在那些黢黑遒劲的枝上，不失其花的清香，不失其花的绚烂。

大洼的杏树多是百年老树，树围一人多粗，双臂合围而不到尽头。听当地的人说，在没有这条上山的路之前，这片杏林除了当地人，再无外人知晓。近几年赏花的人突然大增，每当浅草初萌，柳芽青葱，杏花花期来临，各地游客闻讯纷至沓来，他们从山前山后而来，横穿竖行而来，苦于脚下无正道可走。为了方便观赏美丽的杏花，村里特意辟出一条山路，以招徕游客，缩短进山看花的路程。

我们抬眼往山上看去，果然有一大片杏园，坐落在数里之遥的半山腰上。望不见枝干，只望得见一团团素白，万亩杏花漫山遍野，浩浩荡荡，竞相绽放，于山风中声势张扬地渲染着春天的活力。它们有的生长在丘陵坝上，有的生长在山谷洼中，丘陵与山谷错落有致，杏树与杏树之间摩肩接踵。欣赏它们，必须时而抬头，时而俯首。无论是在丘陵还是沟壑，这些超然无瑕的杏花，都让人感觉到它的雍容华贵。

我们努力地往山上爬去，一步步接近杏园，把一棵棵杏树团团围住，仰头捕捉着花的清香，捕捉着花的意韵。那枝头的杏花，每五六朵形成一簇，每朵共生五个花瓣，在风中微微颤动，像对我们频频点头，表示问候。花香引来早春的蝴蝶，翩翩而飞，不知落下。这早春的蝴蝶，似乎找不到回归的路了，迷失在这漫无边际的杏花园中。这杏花，这山谷，便成了它的家，它的沾满花香的归宿。

想起小时候，我家院里也种着几棵杏树，花开时的苦香，至今在脑海里挥之不去。那时候，我常和小伙伴们摘花戴在头上，惹来大人的呵斥。仿佛当地有一种什么说法。后来我想，北方人忌讳发上着素，可能是由于杏花色白，桃花色红的缘故。人们宁愿插一朵桃花在头，也不能着一枝杏花于襟，这小小的偏见，多少令我们失去许多兴趣。

然而桃花有桃花的妖娆，杏花自有杏花的雅致，我总觉得，头插几朵杏花的女子，是多么娇美清丽！那素素的花，一定会在美人颊上染了红晕，从而变得婉丽高雅起来。在我年少的梦里，就有这样的情景多次出现，只是那些梦中的女子，她既不居住在北方，也不居住在南方。我找不见她的家乡。那梦中的女子，那染了红晕的杏花，宛若一朵浅红的海棠，将生命里的那份纯粹，漾成青春，漾成花样的年华，流动进无数艳美的目光。

烹茶时，想起"小楼一夜听春雨，深巷明朝卖杏花"。置身江南的陆游，大概也曾听过雨后叫卖杏花的声音，想象杏花插满美人头的曼妙，所以才在小雨初晴的窗边，看花开烂熳，告诉人们春已深了，让氤氲在诗歌里的暖意，冲淡人们心头上的炎凉，冲淡风尘里的世态。那一刻的杏花，不仅开放在诗人的笔端，更是开在美人的鬓上，开满大江南北，开满春天的大街小巷。

荷　醉

　　在我遥远的记忆里，那是朦胧而浅绿的一团，仿佛洇开来的水墨，带着湿漉漉的水迹，与梦、与醉联系在一起。荷便是这样。放不下的，自然不是迷人的国色天香，也不是古诗词里那些缠绵的句子。而是痴迷于荷的形状，还有那幽淡的气息。

　　有人说，荷，应生长在水乡。是的，它应生长在诗意的江南，在湖畔，在水泽，它铺天盖地，恣肆汪洋，那种天连着地，地连着天的气势，着实让人怔忪。但这里，我说的荷，是另外一个样子。我居住在北方。我的这个北方，是地道的沂蒙山区，高山薄地，夏天缺水，冬天少雪，河不丰沛，水不妩媚。在家乡，我见得最多的，是北方的莲，是一丛丛，绿茎托起的睡莲花。一片浅浅的池水，一只小小的泥缸，一汪如琼的清水，映着小片的蓝天。水中的莲，簇出数叶，懒懒的，闲闲的，静卧于水面——既非赏日月，也不是在翻阅诗卷，是一副对世间的漫不经心，仿佛是一种醉。

　　茎叶之上，缀着几朵粉红的花，两朵或者三朵，一朵是盛开着的，另外的两朵，依旧花苞青涩，挂在脸颊，都是醉的颜色。古装的戏里，偶有醉酒的女子，也就是这般模样，两盏淡酒，三分醉颜，往窗前的茶几上一倚，似睡非睡，这便是醉的境地。遗憾的是，泥缸太小，装不下太多的记忆。那小小的池水，也过于清浅，一阵风来，就扰乱了秩序。而我的怜爱却油然而生，感物神伤。不是元好问的"且酩酊，任他两轮日月，来往如梭"，而是白居易"冷碧新秋水，残红半破莲"。我稚气的情绪，粘在了一朵莲瓣上，若有一丝儿风吹，一声稍稍响亮点的言语，一切就打乱了。就像我的那份乡愁，在心底轻轻地摇动，却怎么也掩藏不了，亦排遣不去。

这不是江南，这当然不是江南，这是我的北方。没有浩渺的水域，没有无边的荷花，供我欣赏，供我陶醉，供我聆听佛前的梵音，作心灵的和唱。也没有累累硕果，任我收获，任我喜悦。我见到的荷，是生长在山地之上，就在那一方方偌大的池塘。

那天早上，我们去乡下的村庄采风，却一下撞见了满池的荷花，醉醺醺的荷——红荷、白荷。不是池塘野生的，而是当地人工养殖的，就在河堤一旁，梓河坝下。夏的背影还在，秋刚刚开始。一条弯弯曲曲的小路，蜿蜒于田垄之间，长长地伸出热情的手，把我们迎了过去。先并没有注意那荷，视线被当下遮蔽：这路，这田野，这粉墙红瓦的乡村小屋。乡间的气息，亲切而又熟悉。

记忆，是这样还原的，在小路的尽头。按照友人告知的地址，我们找到了坦埠镇下东门村。这里紧邻梓河。旧县志上说，梓河，发源于沂水县甄家疃，东流至上旺村，折向南流至尹家洼村，后再入沂水县境，继而南流至坦埠村东南。这样的七弯八拐，这村那山，不经意间，又走进了童年的水，和水中的荷。

在长长的时光书卷里，时代在变，村庄在变，地域地貌也在悄然改变，只有梓河的方向一直没有改变，它在沿着大自然安排的河道几番迂回之后，几经周折，千百年来仍然不息不止，汩汩而流。2013 年某月，沿河的居民曾在梓河河底二十多米厚的泥沙之下，挖出一株罕见的枣树，古老的树木，见证着这条河道的悠久历史，也见证着这条河两岸的繁荣生态。

当然，没有改变的，还有荷，她的华贵，她的娇美，她的醉。"镜水夜来秋月，如雪，采莲时。小娘红粉对寒浪，惆怅，正思维。"温庭筠是懂得醉的，荷之醉。无论是男人女人，其实醉的背后，都是孤独与寂寞。而荷，却不属此类，荷的醉，是雍容，是一种内敛的本质。

沿着一条乡间的公路北上，不多会儿就到达了莲藕养殖基地。梓河岸上，约有百亩，由人工挖掘成的一块块方塘，方塘之中，灌之适当的培土和河水，撒下莲藕的种子，于是，一池池的荷生长出来了。那硕大的叶片，有的叶茎高挺，有的斜曳水面，绿意盎然地显示出蓬勃的生机。荷花则兀自嫣红，亭亭立于茎叶之间，像娇妍初绽的新妇，洋溢着青春花样的饱满。

我低下头去，弯腰抚弄她的花朵。我在记忆与现实中穿行，一副陶醉的样子。池中的水，仿佛一面镜子，深情款款地凝望着我，它让我看见了痴迷的自己。可我，还想努力看清自己的眼睛、神态。然而，最终，它模糊了。微风起来，吹绉了那水，清波漾起，把所有的映照都弄绉了，绸缎一般地晕开，晕开。既没有让人清醒，也没有让荷清醒，而是加重了我的醉意。我在心里轻轻叩问，记忆中的荷，你怎么醉在这里？

好多年了，乡村在变，城市在变，许多地方都物是人非，可荷花却一直未变，仍是那一份淡雅，那一份恬静，那一份高贵，那一份嫣红的醉态。正午的阳光，烤灼着皮肤，无奈中，我们摘了几枚荷叶，顶于头上。想起孩提时候，在河边遇见荷花，也是观赏个够，摘了莲蓬解馋，折了荷叶遮挡太阳，若是遇见雨来，还把荷叶举过头顶，望着叶檐上的雨珠，目光离乱……

　　山里的荷，到底还是土薄水少，虽然引来了河水，但毕竟不如江南那样，让人可以在荷塘与荷塘之间，尽情地流连烟波。然而，尽管是土薄水少，尽管是路远地偏，它都能坦然地扎下根来，像山里的女子，顶破一片瘠薄，开出花来，结出果实，在这里葳蕤生长。问当地的朋友，这荷若在夏天，是不是开放得更多？他说，夏天的荷花开得是很多的，那种洁白和妍丽的红，几乎把一池绿意淹没……

　　拭去茎叶的残妆，仍能看到晚开的荷花，青青的浮萍，和荷叶上面的青蛙，圆而籽实的莲蓬。等到明年的花季，我想我不会错过。我希望，菩提树下与她结伴而坐，红尘路上与她结伴而行，不辜负这一山一水的美，这一花一木的情，这美丽乡村的独特风景。

朝开与暮落

朝开暮落，是一种花，这种花的学名叫作木槿花。

唐代才子诗人崔道融曾在一首诗里写道：槿花不见夕，一日一回新。东风吹桃李，须到明年春。这首诗便是描写的这些树，这些花。

在县城之北，有一个新辟的公园，建在一座风景秀丽的山上，夜晚散步的人，不分远近地拢来，总能为散心寻找一次机会。他们或住在附近，或驱车数里，将车停放在一个平坦之地，然后再登山而去。山上幽静，空气纯净，庄稼的气息清凉怡人。观景也好，散步也罢，都各人行走各人的路，很少有人对话。默默地，仿佛每个人都在想着心事。

这种游园，不似在县城的广场，一边是音乐喧杂，一边是百人有余的广场舞，一旦亲临其境，就会激活满怀的热情。平日里，难得些闲情，自然也很少去，唯一日，想起这个公园，便和家人驱了车，也是找了块平坦的场地，停下车来，沿着蜿蜒小路向山上走去。正走着，忽听有人叹，呀，木槿花！

这声音如此轻，又如此的静，像丝竹，纤指轻抹了一下，那"铮"的一响，像是一阵风的叹息，又像是一滴雨的落下，虽然不铿锵，但却悠悠有声。我分明感觉到，那一尾柔柔袅袅的余音，包含着内心的喜悦，掷地有声。

是停不下来的脚步，只把头扭向身后，发现一位白衫蓝裙的女子，正站在一个不盈尺高的坝上，仰头欣赏着。高耸的发髻，显示出她的沉稳，也显示出她的个性。而那道低矮的坝下，果然有数棵开花的树，大朵的花，复瓣且复瓣，开得水灵鲜活，向路人展开娇艳的笑容，仿佛等待一场花与人的奇遇。

恰夕阳西下，八月的彩云，将光亮亮的夕照，组成一幅人到中年的剪影，留在了寂静的山林，留在了那些被她赞过的花上。它们在僻静的山头，在新开垦的园圃之内，不妖娆，不喧哗，如处子般地静立着。不用怎么费力，我就一眼认出，那就是女子口中轻轻叹道的木槿花。哦，木槿花！

从童年时代，我就认识这种花，只是我所知道的名字，与现在的略有差别。那时候，大人曾多次告知说，这种花叫"木根花"。它们要用花枝在泥土里扦插，经过雨露浸润，吸收泥土里的养分，渐渐长出根来，以此延续生命。那时以为，这花是不结籽的，后来才知道，这花也结籽，只是以扦插为主，扦插而长的花，才开得更奇特更妍丽，生命力也更坚韧。

曾奇怪它的花期，好好的花儿，却开放在灼热的盛夏。北方的天气，暑热难熬，只要不出外做事，一般都躲在屋里避暑，哪有心思专门去室外赏花？所以说，木槿花从盛开之时，便是让人辜负的，辜负了那么圣洁的白，那么温情的粉，更辜负了它的短暂的花期。

然而，美丽的木槿花啊，却任天气怎么灼热，空气怎么沉闷，雨季怎么难忍，都兀自绽放，且开得稠稠密密，大朵大朵的花，安于现状，雍容满枝。

少时的家中，没种过木槿花，倒是同学家里种有数株，粉、白搭配，笔直地排在天井里。花开时，一树的粉，又一树的白，在那少有绿色植物的庭院里，煞是美丽。娇嫩的花瓣，让人望一眼不舍，再望一眼还不忍离去，每每隔了院墙痴痴呆望。梅雨时，花正开，总是担心地想，花在雨里，还不开成了泪人儿？遂跑进同学的家里，站在院中，巴巴地看那雨中花。在我凝视的目光下，一滴滴的雨珠儿缀在瓣上，垂在叶下，在花叶间辗然抖落，就象是花的魂灵，晶莹剔透。

就这么神往着，直到雨停了，乃呆呆地站在树下，听那一树雨珠的滴答。那时，同学的家里有书，她的哥哥就喜欢在院子里晒书。阴历六月，是当地百姓传说中晒龙衣的日子，一箱子的旧书，也可以在院子里晒晒了，于是木槿花下，便有了一张兴趣盎然的晒书图。所晒的图书，有线条生动的画册，也有厚重大部头的小说。不知是为了去看书，还是为了去赏花，同学的家里，一时成了我的念念难忘之所。

曾为了去看书，假借去赏花；为了去赏花，又假言去借书，像逐花的蜜蜂一样，在人家的院子里流连忘返。有些要求，很羞于出口。且不说我是个女孩，而对方是个青涩少年。《鸡毛信》《雷锋的故事》《小萝卜头》《林海雪原》等等，就是在那个时候借读的。正午的阳光毒毒地浇在身上，青春的脸庞挥汗如雨，只要有书读，也在所不惜。

因为这些书，和那一院子里的花，这段美好的经历，从此便刻进了记忆。而美丽的木槿花，她那美好的名字和花朵，也从此走进我的心里，稔熟而亲切。而如今，如果我会画，定会画一幅《木槿花树下》，画一株粉色的木槿花，再画一株白色的木槿花，花树下，一只打开的木箱，两行平摊的图书，几个恰青春年少的学生，低头翻看着书页，长发低垂，身影单薄。

木槿花还有一个名字，叫"无穷花"。叫这个名字的木槿，是韩国的国花。还有一些通俗的名字：白槿花、桐树花、大碗花、篱障花、清明篱、白饭花、鸡肉花、猪油花、朝开暮落花。《诗经·郑风》歌曰：有女同车，颜如舜华。有女同行，颜如舜英。诗经里的舜华、舜英，指的就是木槿花，在这里，它比喻的是女子的美貌；而古代齐鲁人对木槿花的称谓，叫"玉蒸"，是言其美而花朵繁的意思。

木槿花和树皮均可以入药，清热止咳，凉血止血，清热燥湿。处方名为"木槿花、槿树花、鲜木槿花，白槿花"，性寒微苦。小时候嘴馋，听说木槿花的花瓣好吃，顽皮的我曾采摘品尝，有点微甜，有点绵软，咀嚼着倒也不苦。后来慢慢长大，知道了花的妙处不在于吃，而是在于赏，便再也不随便吃花了。一朵花，是一种芬芳。一朵花，也是一种生命，它们是高贵的，可以任意枯萎、开放，可以接受世间的无视，却绝不可以忍受人类的践踏与亵渎。

任何一个地方，都不乏生命，不乏岁月里的花朵。我居住的小区里，也有一些木槿花，每当进入炎热的夏季，就一树树开出花来。每天从楼下走过，我都会看到它，不妖不娆，不蔓不枝，静静地，仿佛与人对视。它们就那样安静地生长着，开放着。黄昏里，它们满树娇态盛开，而在清晨时，它们满地芳华零落，而那一树的花朵，仍然鲜活如昨。它像一个懂得掩藏的女子，朝开夕落，却又不让你看见生命的伤口，内心的失落。仿佛它的每一次凋谢，都不是因为愁苦，不是因为生命的完结，而是为了下一轮的新生，下一次的绚丽征程。

闲暇时，喜欢在木槿花的树下流连，看那一树的花儿，开得舒心，开得舒展，更开得安然，它们不惧炎热，不惧风雨，在炙热难耐的天空下，开出一树的繁荣，一树的芳华，那时刻，满怀欢喜的心，便又生出一份深深的爱惜。恍惚中，总有一缕花香书香，从脑海里萦萦而出，缭绕心间，而眼前，是一幅旧影的片段，数十年前的记忆，便又会在这些斑驳的影像里，诗意映现。

悬崖上的树

　　北方许多地方多山，我的家乡更是处于沂蒙山区的腹地，在我的印象里，这里的山是巍峨壮观的，尽管没有南方的山的飘洒俊逸，却有着与众不同的景观；树木也不及南方的葱茏，然而北方的树，却挺拔俊秀，千姿百态，这些树，皆因自然环境的影响而生长得与众不同。

　　北方少雨，干旱使树生长缓慢，在风沙热浪的摧打下，树形随着时光的雕琢渐渐扭曲、弯折，它们似乎用形态的变化证明着大自然的作用。随便在山路或树林里漫步，都会发现一些枝干变异的树，有的如游龙向上攀生，有的因山口的走势生长，怪异嶙峋，仿佛暴风雨的怒吼，挟着狂风在树枝间穿行。

　　世间万物，从来没有什么亘古不变，在树的身上，也会发生意想不到的变迁。它们不知在岁月中经过了多少次风雨，最终以乌龙绞柱之势定格在峭壁山崖。越是往高处行走，越能发现它们的奇形怪状，是山里的风塑造了它们。特殊的地理环境，产生旋转的风势，树的枝干也因此被强劲的风扭来撕去，在纵行嵴起的裂纹下，绕出一道道黝黑的筋骨。

　　秋初去山上游玩，发现在万丈悬崖上，斜逸生长着一株野榆树，枝干仅有手腕粗，却宛若一棵经年的老树，根须从裸露的岩间伸展下来，又终向悬崖深处扎去，扎进那片瘠薄的土壤，而在美丽的树冠之上，丫杈交错如飞天壁画，展示出它优美的姿容。我曾站在树下打量，那长长的根如果能够连接起来，长度肯定会无尽无穷。

它用细微的叶接受自然的光照，用干涸的根须吸吮泥土中的养分，用顽强的姿势显露出生命的坚硬与柔韧。若是在肥沃的土地上生长，它或许会生长成一棵参天的大树，世界上会有一棵更高、更大、更有生命力的树在天地间屹立，让每一个春天都能看到绿芽的萌出，每一个秋日都能听得见落叶的飞舞。

然而命运就是这样的不公，造物主把一粒不幸的种子撒落在了这座片水难留的悬崖上，本来就活得艰辛的这株树，恰好被开辟成供人观光游赏的风景区，身旁的土石被挖掘，平铺，拓宽，修建成能够容纳两人并行的步游道，居高临下地撑起一条凌空而起的游龙。从此之后的这条路，只能婀娜多姿地环绕在山腰上，而那株幼小的树，则成为这条观光路上必经的风景。

此后，游者从此山穿行到彼山，穿行出一种登高望远的体验。无论是形态各俱的树木，还是五颜六色的花束，从这里远望，都可以欣赏到不同的景色，欣赏到更多的奇山异峰。唯这棵树不同。它除了经受风雨敲打的磨砺，还有那些对任何事物都充满好奇的游客的滋扰。每一次的指间的晃动，对于这株柔弱的树来说都是一种考验，一种威胁。只要你握住它的枝干稍一用力，就会将它连根拔出。

站在树的一侧去看，那摇动的叶片、纤细的枝干、裸露的根须，对人类来说莫不是诱惑，森林里，有多少和它同样境遇的树木就遭到了如此的毁灭。我因此而为它担心，担心它在一夜之间枯萎，叶片不再葱翠，山风成为它生命的挽歌。然而，我的担心还是多余了。

看去幼小的它，将根深深地扎在悬崖上的土壤里，扎在紧紧逼仄着的岩缝里，哪怕是很小的缝隙，也在努力，不悲伤，不放弃。当我慢慢靠近它，轻轻晃动它的树干时，这才发现它的根系竟那么发达，一般的气力是撼动不了它们的。它们就像护卫在悬崖上的勇士，紧紧拥抱着裸露的石壁，尽管有三分之一的根系被无情地斩断，与主枝剥离，连同泥土一起被拓成了窄窄的路基。

看来，当初挖掘这条栈道时，那些吆喝着号子开山铺路的人们，就知道它能安然无恙地适之，所以才只取了它的部分必须伐掉的根须，把这棵树以及一半的根留下，使得它在以后的日子里依然成活。可是我知道，它最终也长不成一棵参天大树了，它只能在这样的环境下生长，生长得更嶙峋也更苍劲。它会蓄起更多粗壮的根，而不是纤细而娇嫩的叶和枝。

我曾在山上，见到过一些被垒进石阶里的树，碗口粗的主干被砌进依山而建的石阶里，站在低矮的地方往上看，它们仿佛一队行进中的士兵，层层石阶跳动出节奏明快的音符。大概这也是建设者的好意，让这些顽强的树得以继续安身，免于砍伐。不可否认，树是山的精魂，留下了树，就等于为这片山林留下了绿荫，留下了山的青春与活力。

行走在错落有致的石阶上，身边的树木被石阶挤迫，正惋惜，突然看到几处被树的根部挤歪了的石头，很不情愿地在为生长着的树木让路。在看去弱小的树木上，我看到了生命的坚忍与不屈。无论现实有多么残酷，它都要生存，要生长，它以滴水穿石般不懈的努力，战胜了坚硬无比的石头，用被巨石挤压着的身躯，抗争着突如其来的命运的转折，就像我们平凡而卑微的人生，演绎出生命中的另一种风景。

在我们云蒙景区的山麓里，有一种石上柏，这种柏，不是李时珍《百草纲目》中记载的那种梭罗草（石上柏俗称），而是生长在石头上的真正的松柏。它们的根一半探向石缝，一半蔓过石块扎进泥土。而它的身体，却是剑一般横贯在悬崖。

在植物的王国里，造型奇特的崖柏就是如此形成的：越是经受了大自然的磨炼，它们的枝条才越是虬曲，姿态越是自然，枝干越是苍劲古朴，望着这棵树，你会感受出它独特的风骨。每当看到它们，我都会不自觉地，用目光向它们问候，那是我对它们的由衷的礼赞。

欣看绿萝萦数匝

　　喜欢绿色的植物，不光是喜欢它们冬夏常青，还喜欢它容易管理。喜欢的不仅是这个名字，还有交叠缠绕的枝叶，青青绿绿的枝叶，一盆绿萝放在书桌边上，修长的叶下簇出一根根枝节，不攀缘，却像瀑布一般垂下，看见满满的那盆绿，在百花之中曳着水样的光华时，只一眼便跃然于心了。让人想起南朝梁江洪的《咏蔷薇》："当户种蔷薇，枝叶太葳蕤。"

　　它色彩明快、极富生机，更为重要的是它遇水即活，不需要繁杂的管理程序，只要室内通风，稍有阳光照射就行，曾因顽强的生命力而被称为"生命之花"，并赞美它"坚韧善良"。就像人类，无论遇到什么挫折，都不会放弃自己的理想。那份看去静止的、却兀自生长的悠闲的状态，与它"守望幸福"的花语非常恰当。

　　之后，这盆可爱的绿萝，从原先的一小株逐渐长大，将一只精美的花盆一天天占满了。从早到晚，它始终绿意照人，让我原本有些沉重的心也昂然向上起来，压在心头的沉重消失殆尽，感觉生活里满满都是幸福了。等我伏案写作累了，就转过头去看它，念一念它的名字，便觉生活是美好的，时光也是美好的。作为植物，它既可以装点居室，又能够净化空气，指尖与之轻触，再低迷的心境，眼前也会豁然开朗；目光与之相遇，再炎热的天气，心头也会生出一丝清凉。有它为伴，总能平添一份情趣。

绿，在我的心中是那样神秘，格调清新而不流世俗。"绿萝"，宛若蕙质聪明的女子，温柔、谦和，心态轻松，知足常乐。是这样的淡泊，不像尘世里的其他颜色，粉的媚俗，红的妖娆，紫的浪漫，黄的孤傲。绿，是一种矜持。因此，我喜爱绿色，喜爱大地上一切自然之色，这自然之色便是绿。绿色，在人生中象征着青春，象征着朝气；在植物中象征着活力，象征着旺盛的生命力。

大凡绿色的植物，可以不开出花来，但往往，生长到一定的年龄，一定的季节，也能真的开出花来。它们开花，只是花朵很小。绿植的花，大部分都是白色、浅黄色，有的甚至看不清花瓣。然而，它就那么开了，一朵一朵地开，一瓣一瓣地落，悄然盛开，又悄然落去，晨开暮合，无声无息，仿佛一场短暂的旅行。花落后，枝头结出小小的果，却也只是默默在生长，仿佛红尘中的一位超然的过客。

绿萝的成长过程，是整个藤叶向上生长，等攀缘到一定的长度，又从上而下地倾覆下来，那些枝叶，并非把花盆里黝黑的泥土都覆盖了，而是腾出一些空隙，疏朗得如国画的留白一样，任美的想象在其间穿行，毫无遮挡。而那些枝叶，宛若珠帘，能打开窗，让清风进来，让窗外的风将它们轻轻摇晃。它们有那么旺盛的生命力，不管怎么剪下一枝置于瓶中，只要渍之清水，都能生出新根，长出新叶，这就是绿萝。

除此之外，一盆绿萝安于房间，就相当于一台空气净化器，能有效吸收空气中的有害气体。去植物园，看那些护园莳草的工人，顶着强烈的阳光埋头种植，身后一大片草坪绿起来了，一盆一盆的花绽开花朵，汗水浸透了他们的衣裳，汗碱地图一样一圈圈印在黄色、蓝色的旧背心上，汗水顺着他们的脸颊流下来，砸进小心翼翼踩在上面的脚下的土地，曾经体验过户外劳动的我，就更加爱惜那些长在身边的花草了。

可以想见，绿萝，以及那些鲜活的绿色，已融入无数人的工作中，生活里，与环保、生态、生命双赢共进。张爱玲说："因为懂得，所以慈悲。"这话之于植物，也未尝不可。因为慈悲，我从不伤害一株植物，不被美丽的花朵所吸引，而去破坏马路边、街道旁、公园里的花草。创造绿色生态环境已经是人类跨世纪的追求，生命不能轮回，每一种植物的生长都那么不易。多一些绿色植物，就多一份生命健康的保障。所以我们一再提倡爱护植被，任何一个热爱生活的人，都应该热爱生态，维护家园。

绿萝不单是一种生长在小小泥盆中的植物，根据品种的不同，有的绿萝可以攀缘很高，开元进士刘长卿有诗云："心惆怅，望龙山。云之际，鸟独还。悬崖绝壁几千丈，绿萝袅袅不可攀。"晚唐诗人杜牧也在诗里写道："绿萝萦数匝，本在草堂间。秋色寄高树，昼阴笼近山。移花疏处过，劚药困时攀。日暮微风起，难寻旧径还。"盛夏之时，公园的篱笆下种着，假山上任它攀登，把绿色的瀑布洒在游人身旁，行走其间，沁肤生凉，让身心充满了惬意，不由得感叹，这是多么独有创意的点缀。

花　邻

　　母亲在大门外的空地上，种了一行不知名的花苗，望着母亲开心的样子，我暗自思忖：好多年了，年迈的母亲已经很少种花，今春何以有如此兴致。问她，说是邻家的女主人来帮着种的。除了花草，墙角之处还有两墩丝瓜，两片胖乎乎的幼芽毫无保留地展开着；自来水管旁边湿漉漉的砖缝里，一蓬野草正生机勃勃地戌长。母亲说，那是她嫌院子里的花草太少，故意给这些野草浇了水，这才旺盛起来的。它们看起来不起眼，可细观，在这初夏绿意渐浓的日子里，满含着大自然的生机。

　　想不到，这些看去普通的野草，在母亲这里乜享受"贵宾"的待遇。花草的世界，和天下万物一样，本没有什么高低贵贱区分的，只要你去热爱，愿意欣赏，每一种生命都有它的美丽所在。看看母亲，望着院子里的"花草"，我輾然而笑，心想这是好事情呀，说明经过几年的调理，母亲的身体确实有所恢复。几十年慢性气管炎的煎熬，母亲的身体一直弱不禁风，如今老病根轻了，她也能在阳光灿烂的天气里走出屋子，在自己喜欢的事情里找一乐趣，种植花草。

　　我们以前的家里，是少不了花草的，父亲太喜欢种花了，几乎每年春天，院子里都葳蕤着一片绿色，为炎热的夏季或萧瑟的秋天，发挥着不可或缺的作用。比如夏天太阳当头，整座院子暴露在骄阳底下，父亲一声令下只几天的工夫，便让这些植物摇身一变，从那浅草丛中生出柔韧的枝蔓，展开浓绿的叶片将院子的角落爬满，为炎热的夏日遮蔽住炙热的光线，若是萧瑟的秋天，深且浓绿的叶和繁而妍丽的花，同样点缀着季节的颜色。

在早，父亲是不种花的，尽管我小时候生活过的那所大院里，到处都开满了鲜花。到现在，我还对那些花儿深深地怀念着。有木瓜花、芍药花、芙蓉花，还有满树满树的杏花、梨花。曾经在某些年代，种花一度被认为是小资，热衷种花的人每每备受冷眼，仿佛本身就是一株吹风就折的花草，禁不起任何季节变化的。然而我却对它们另眼相看，在我的心目中，无论是花还是绿色的树，处处都充满禅意，那么令人喜欢。

父亲退休后才开始养花。这时他老人家已年近花甲，每天除了到运动场打打门球，就是看一些养花的书，渐渐开始养起花来。他不像有些人，兴致旋来，立即种些名贵的植物。父亲一开始趋向平凡，然后再朝名贵的花草"转型"，以求技术渐进少走弯路。文竹、吊兰、火鹤花等等，都是父亲种过的，江南江北的名花，都说种不活，他也屡不悔改地拿来试种，在父亲的精心管理下，几乎没有种不活的花。

有个爱种花的父亲，自然就有了满院的芳菲，与人生缓慢的时光一起，分享着家庭的温馨与和睦。是花草温暖了我们。什么令箭花、蟹爪兰、金钟花、香雪兰……沁人心脾。父亲说，养花也是一门艺术，掌握了花开的规律，才能让花期在一年四季不间断。不知是花吸引了大家，还是由于父亲的带头推广，大院里风行起养花来。年轻人把种花当成了时尚，老年人更是把莳花当作了生活的乐趣，院里院外一片盎然，就连新春大红的对联上，传递出的也都是红情绿意。

父亲的花，引来满院邻居的赞赏，父亲也免不了跑到左邻右舍一边欣赏，一边交流指导。大家学会了扦插和根茎分生，到后来又学会了嫁接。凡是种花的人家，几乎都成了父亲要好的朋友，我们把这些邻居笑称为"花邻"，凡是大家共同喜欢的花，只要一家栽种，过不多久就家家栽种起来。

记得在乡下居住的时候，有一个邻家的二婶，为人直爽，个性很强，每有遇见不平的事，必上前出手讨个公道。对自己如是，对他人也是如此，轻也能说，重也能骂得出口，村里人都不敢惹她。那时我年幼，对她的行为不太理解，有些怕她。隐约记得她喜欢种花。我喜欢模仿，她种我也跟着种。看她从海棠花上掐下一枝种在园子边上，我也将开得好好的马苋菜花揪下一朵，种在打破的黑瓷碗里，花没有叶，开一天也就败了。她从山里挖来杜鹃种在墙角，我也找些植物枝干插在地里，期待它能生根发芽，开出美丽的花朵。结果可想而知。

有次我问母亲，还记得这个二婶吗？母亲说记得，不过母亲对她的印象很好，母亲美好的记忆里，是她曾养过的一缸花，那花是荷花，在我们北方也叫水莲花，尖尖的叶芽打着卷儿从水里浮出，舒展开来就成了圆圆的叶，泊在平静的水面，状态凝定而安详；花朵也是先在水底发出一枝青箭，突然于某一个清晨，悄然生成红绿分明的花蕾，将硕大的骨朵露出了水面，在小小的泥缸里亭亭玉立起来。水不多，也不少，恰到花茎的一半，在水光的反射下，潋滟如缱绻的画意。

村子坐落在大山脚下，自古以来就少雨缺水，这小小的一缸莲，每日在焦渴的村庄里红英照日，绿叶翻风，简直就是一片绝美稀世和风景。每年的夏天都这样艳艳地开着，开得那么饱满，那么安静。在那样一个经济窘困的年代，在那样一个贫困的农家小院，这一缸的花，让教学的母亲产生了好感，由此萌生出对这个小村的热爱来，这份热爱促使母亲不遗余力地去工作，含辛茹苦，教书育人。在母亲的眼里，二婶是美的，是否因那花，成就了二婶的美？我不知道，却知道因那花，母亲才鼓起了战胜命运的勇气。

晚年的母亲爱花草，也爱画画，画柳燕，画山水，今年八十二岁的她，每周去老年大学上半天课。母亲说，她遗传了外祖父的天赋，外祖父就喜欢画画。外祖父画的多是梅花：含苞而笑梅花丛里，两只可爱的梅花鹿偎依在梅枝底下，活泼着也喜庆着，暗含着美好的寓意。可外祖父却不是什么画家，他是一位雕刻手艺精湛的工匠，能用珍贵的木料打造成令当今收藏家颇为眼热的家什，能在一块没有生命力的木料上雕刻出栩栩如生的动物、花鸟，使整个家具图案与形态自然天成，古色古香。

外祖父出身于木匠世家，明清时候就以镂花雕刻手艺声名远播。晚清时期经济萧条，家道中落，经历了谁都逃不过的国难家难，为远离战火，四处躲藏，做过清朝女人的花盆鞋底，到外祖父这辈已勉强糊口了。外祖父没上过学，但识字，四书五经在家里藏着，闲暇时拿出来读几页。他有个性，脾气倔，读多了"之乎者也"，偶尔赏赏花，画个画，为的是生计，更好地雕刻创作。

我没有见过外祖父，在我没出生前他就去世了。我见过他做的两把太师椅，椅背中间雕梅刻凤，细致到不露刃迹，可见非凡的画技与刀功。三十多年前，有人出高价上门求购，可老人们都不答应。不知那对太师椅为什么木材打造，岁月的蛛网使老屋在漫长的时光里年久积重，而那把太师椅，却以天然的木质和独有的灵性，在屋子的正堂前威严肃穆，如新的一般光亮，散发出一种古典而优雅的气质。

梦里桂花又重叠

　　金秋时节，丹桂盛开，古人说"闲看桂花落"，然而赏桂之后，我却对它有着别样的感受。桂花于我并不陌生，许多年前，父亲从战友那里带回一株葱苗大小的桂树，在他的精心侍弄下，几年便枝繁叶茂起来，随着季节的来临，掀起一帘的幽香。我所生活的这座小城，人们自古喜栽桂花，2007年春天，当地农民还在蒙阴境内发现一株已植数百年的桂树，桂冠硕大，花开之时香飘十里。受前人的影响，这里无论是乡村农舍，还是机关大院，无不是栽种着几株桂树。出城向东二十余公里有个界牌镇，突出特色，大力发展休闲观光农家乐旅游，成功打造了"东夷部落·蟾宫遗桂"生态旅游区，初步建成了桂花博物馆、"齐鲁第一桂"等桂文化特色景点，将这种来自南方的娇贵植物培养到极致，把一个深居山中的村庄，成功开发成蒙山桂花基地。

　　提起桂花，人们常把它和月亮联系在一起，编织了不少经典神话，尤其是吴刚伐桂的故事更是在民间广为流传。据说月亮里有一座广寒宫，宫里长着一棵桂花树，树身高达500余丈，玉皇大帝怕宫里容纳不下，于是就命人去砍。此人姓吴名刚，是一个曾经触犯了天规的人，为了惩罚便让其去砍桂树。尽管每日伐树不止，只见那树在斧下随砍随合，依然如故。从此，吴刚也就只好长期过着"金风玉露伴素月"的生活。听老人们说，如果中秋月圆之夜好生去看，是能看见月宫里的嫦娥、玉兔、吴刚，甚至能隐约辨出瑶台楼阁，曲径回廊，还有那棵硕大的桂花树，天上人间，可说是花香遥寄。

桂花栽培历史悠久，最早的文字记载是公元前 3 世纪，那时的典籍中就有桂花出现，屈原在《九歌》中有"援北斗兮酌桂浆，辛夷车兮结桂旗"。唐代白居易做杭州刺史时，也喜欣赏三秋月夜的桂花，曾咏诗一首："子坠本从天竺寺，根盘今在阖闾城。当时应逐南风落，落向人间取次生。"由此可见，在人们的心目中，桂花已成为美好的化身，最受崇尚的花木了。"桂"又是"贵"的谐音，古代有把"桂子"暗喻"富贵"的意思，古人梦见折桂，便以为是科举及第，记得一个典故，是说郭沫若幼时上私塾时，有学生偷吃了庙里的桃子，先生责备，便以联为问：昨日偷桃钻狗洞，不知是谁？郭沫若即刻对答：他年折桂步蟾宫，必定有我。表现了幼年郭沫若的幽默与机智。

桂花虽是名花，却只以芳香著称，从不以外貌炫耀。清代李渔品花时说："秋花之香者，莫能如桂。"因而桂花又有"独占三秋压众芳"的赞誉。我小时候长得瘦弱，缺少女孩颜色，在同学面前就自卑了些，于是父亲就以花为例，给我讲述人生道理，我由此记住了桂花原来是这般的好，不哗众，不取宠，只默默地生枝散叶，吐蕊开花，寂寞当空，馨香渐远。用另一种方式花开绚烂。于是又多了一重爱好，用心灵流淌的文字，超度生活中的窘困与苦难。

因为对它的喜爱，2010 年的秋天，我和文友去蒙山桂花培植基地赏桂，汽车在山村小路上七拐八拐，竟把我们带进一片桂花的世界。那大片大片的桂树，或种在地里，或养在缸里，方式各一，株不相同，有丹桂、银桂、金桂、月桂，多得容不得你来细分。乡村的八月，空气温润，秋高气爽，春光已经走远，花事不繁，然而桂花，却将数不清的金花银蕾瓒于墨绿色的枝叶之间，在这万物萧索的季节，演绎生命的轰轰烈烈。每次与它相遇，都有一种桂花香若如初见的感觉。

　　生活在这个世界，就如我们注定要面对许许多多难以抗拒的诱惑一样，在经过了万物张扬的春夏青葱岁月，桂花在暮春时节悄然开放，这让人觉得，无论是人的世界还是花的世界，都是少有的谦逊。在酣畅的赏花之后，它让我忽然地潜心静气，气定神闲起来，它让我终于意识到生命不可虚度，时光更不可浪费，只有努力于一切的目标，才能一步步登上成功的殿堂。赏桂回来，拣得一些零落的花瓣摆放在桌上，晚来坐在桌旁敲打文字，恰好夜风来袭，满屋花香已是，眼前复又浮现它那美好而绚烂的花朵，那一夜，竟能在梦里也这般重重叠叠。

入秋丝瓜

　　大凡居家太久的女人，可能平常最喜欢的事情是凑热闹，最好的方式，是去商场或闹市，在熙熙攘攘的人群中穿行，内心总有一种自由自在的踏实。能把日子过得自由、平静且又踏实的女人，眼下实在是不多了，紧张繁忙的生活与工作，铸就了她们急三火四的性格。我居家的日子太短，所以我羡慕着她们，就像羡慕数十年来我的众多女邻居们。

　　出门，我不过是来去匆匆，买几样青菜。一场秋雨过后，天气极好，这成了我下楼购物的理由与借口。我去买蔬菜，照例是要选一点丝瓜的。拥挤的集市上，到处摆着卖瓜果的小摊。秋天，很多果实成熟了，乡下的秋天，成熟的果实占据了摊位的多半，它们是秋天集市上的宠儿，是秋天集市上的半爿天。它们无愧于这个收获的季节，把沾着泥土的花生、飘着"胡须"的玉米摊于人们面前，饱满的果穗就是劳动者的荣耀呢！乡村厚重的土地上，盛开的不是闪亮的奖杯，就是美丽的花环。

　　时光进入季节的尾端，这个时节的青菜已基本结束了生长期，唯丝瓜和南瓜还在市面上抛头露面，追逐着一个个前来赶集的人的身影，不肯离开。我的目光是被它们吸引而去的，我的脚步也是被它们吸引而来的。集市上，总有一些拥挤的路细长且有些婉转。一堆堆瓜果摆放在脚下路边，各种各样浑然天成的形态，宛若精工细琢的玉石的雕刻。不管它们有着什么样的颜色，总有两枚碧绿鲜亮的叶片仍然挂在上边，浅秋的凉意，还没来得及给这些年幼的叶片磨砺出沧桑之感。站在集市的夹道上，空气中弥漫着庄稼成熟的味道，那是一种叶之气息以及果香，让人不由得弯下腰去挑选抚弄一番。

在每一堆成熟的果实旁边，都坐着一位乡下的男人，抑或是女人。卖丝瓜的男人很少，多是那些穿戴朴实热情洋溢的妇女，她们不仅是这些丝瓜的主人，而且还是唯一的播种者，丝瓜生命的创造者，那些丝瓜往往是她们唱着歌谣采摘下来的。不只是乡下，北方每一个县城街道上，任何一户居住在平房的人家，那长长短短的院墙外，定有一蓬蓬的花藤爬出来，斜斜地挂在温馨灿烂的阳光下。就像点缀在家门前的瀑布，那一朵朵金黄色的花朵，便是飞扬在上面的花朵，高悬低落，顺流而下。

它们也好似女人的脸庞，笑容可掬，喜悦在眼角上上挑着，眼神里作诚挚的模样，邀请顺道而来的人小坐，以便得到一份岁月的赞赏。这时的你若走上前去，便会发现那一丛丛的花叶间，早有蜂儿在上面忙活，携着一双翅膀在那里恭候着了。这些勤劳的蜂儿，像极了主人的忠仆，它们忙忙碌碌，为的是让花儿得到授粉，让果实生长饱满，景象却是十分有趣。这还是在城里，如果是在乡下，这样有趣的景象到处可见。

我就是在丝瓜秧蔓的缠绕和陪伴下长大的。在乡下居住的时候，母亲就喜欢在院墙下种丝瓜，春种秋收，年年如此。在那浅浅泥土的墙根下，相距不远种下一棵，每一棵都种在一个花样溅开的坑洼里，那是母亲用一把小锄头一点一点抠出来的。乡下土地瘠薄，石子深藏其中，每一次的挥锄都能听见石子磕着锄刃的声响。母亲不仅喜欢种丝瓜，她在乡下教书的课堂上，教孩子们画的也是些瓜果，用两三支黄、红、绿色的彩笔，简单且轻轻地勾勒，一朵丝瓜花便在笔下栩栩如生了，一枝枝瓜藤在她的笔下悄然结果，饱满的果实仿佛还流淌出成熟的气味。除了吃丝瓜，母亲还喜欢丝瓜络，老去的丝瓜在季节的高处悬挂一冬，等它干枯了，再用竹竿打下来，剥去枯朽的外皮，用剪刀把它剪成段，就成了一块天然环保的洗碗擦。

母亲深信"入秋丝瓜女人菜"，我却知道丝瓜的藤络是可以入药的，曾在某些文章中看到过。丝瓜水治疗咳嗽，亦是众所周知的。我小时候体弱，动辄感冒伤风，咳嗽不止，母亲就用丝瓜水为我清热止咳。她将经霜的瓜藤从根部剪断，在上半部分的断口处接上一个细颈的酒瓶，于院中放上一晚，第二天早晨去看时，悄然浸出的丝瓜水，已将空的酒瓶接满了，瓶内瓶外，流溢出浅绿的汁液。

丝瓜水能为女性的脸颊补水美容。我在当地日用品商店里常看到用丝瓜水做的面膜，还有为肌肤补水制作的美肤露等等。母亲种丝瓜，不是为了美容，而是为了改善我们的一日三餐。很早很早之前，有些人家种丝瓜就是为了一日三餐的温饱。而如今，温饱是不用操心了，但这已形成了习惯。丝瓜在墙根种下，爬在墙上，悬于院中，绳索之上，开花结果，不占空间。

缘于此，母亲的丝瓜总会在春天从一抔小小的泥土里生长出来。泥土的颜色黝黑，一看就饱含着足够秧苗生长的养分，那是母亲为播种而使出力气从外面寻来的肥土。为了能让丝瓜更好地生长，母亲特意在院子里扯上几道绳索，从院前扯到院尾。这些满满缠绕在绳索上的青藤和花儿，经过一个又一个夏日之后，已在母亲关注的目光里深深扎下根基，再也不怕炎炎烈日和恶劣天气的狂吹乱打了。

在我的记忆里，有好长的一段时间我们把丝瓜当作主菜，将丝瓜去皮切片，清油热锅，依次放入葱花和丝瓜片，在锅里翻炒至七成熟，加入清水，等锅里面的水烧开，浇入搅拌好了的蛋汁，清汤寡水的丝瓜汤，顿时被金黄的蛋花包围了，浓香扑鼻，我们美其名曰丝瓜羹。我小时候挑食，却唯独对丝瓜情有独钟，从来都不挑剔，不管怎么做它，或汤或菜，或粥或饭，都能吃得津津有味。

不仅种瓜得瓜，那些怒放的花朵，还能入画。母亲的写意丝瓜，在所有画作中是最为得意的，可见母亲把丝瓜的形态已熟记于心了。丝瓜也可以入诗，宋代诗人君端留下的一首描写丝瓜的诗写的应该是春日吧！"白粉墙头红杏花，竹枪篱下种丝瓜。厨烟乍熟抽心菜，策火新乾卷叶茶。草地雨长应易垦，秧田水足不须车。白头翁妪闲无事，对坐花阴到自斜。"宋人岩南吟咏《寄柳道传黄晋卿两生》时也正是个秋天："盈盈黄菊丛，栽培费时日。依依五丝瓜，引蔓墙篱出。于今想新花，于今长秋实。花实岂不时，灌溉尚期密。毋令根荄伤，委弃等藜蕨。"

在所有咏丝瓜的诗中，我独喜欢杜汝能的"寂寥篱户入泉声，不见山容亦自清。数日雨晴秋草长，丝瓜沿上瓦墙生"。一个"秋草长和瓦墙生"，让岁月添了些烟火，可见当年诗人的情怀，也是与生活息息相关的。就像耕种离不开男人那样，丝瓜的种植也离不开女人。男人不屑于从小小的墙角下省出几顿蔬菜和口粮。女人的日子，却永远是期冀着细水长流。希望家就是藤蔓下的那面墙，在她累了倦了的时候，是份坚实的依靠；希望生活就是一根常春藤，如果爱，就要坚实而悠长。

花一样的灯盏

　　山坡不高，能在上面跳跃，我们边走边唱，轻盈地走上一个山坡，一朵花就在眼前意外地一亮。知道那花叫步步登高，红红的颜色，像太阳一样，迎着你的目光。

　　是一路欢愉的模样，在秋天，大凡走进山野，总能看到一朵红红的花，寂寞地开放着，让波澜不惊的目光，闪出别样的光芒。简直不相信自己的眼睛。秋已深，树叶早已经发黄，田野里的许多花儿，都已凋谢了，只有苍老衰败的枝棵捧献出饱满的果实或者种子。那果实就像一枚枚五颜六色的珍珠，种子则像生命摇动的精灵那样，随时都可能投身风中不知去向。我曾为它们担忧，担忧它们在山风中零落，会被一阵又一阵的风带走。担心它们在播种的季节中找不到一个停靠的地方，鲜美的草地或肥沃的土壤，将那一枚枚种子妥帖地收存。

　　野花是夏天的景致，而果实则是秋天的骄傲。只是这田野里的花，只对着山野妩媚、歌唱，少了些亲近人类的机会，少了些爱美者的赞赏。不过也不要紧，它们正好有机会开得恣意，开得泼实，可以不担心外形的完美与丑俊。无人欣赏的花，正好安静地生长。它们是一群一起来又一起走的淘气的孩子，粗粗拉拉，大大咧咧。或直立而起，或匍匐下自己并不高贵的身体。从从容容，超脱于凡俗之上，不以物喜，不以己悲。

放眼山谷，悠然蓝天白云下的山坡上、乱石中，除了太阳花样的野菊便就是它了，只是它的花，比夏天单薄了些，低浅地开着，花盘若拇指般大小。它们不聚众，开得零零落落，泼辣而又陌生地与你擦肩而过，近在咫尺，却又远远躲避着你那惊讶的目光和眼神。

起初我没认出它是什么花来，它的花，在万叶苍黄的土地上太过于醒目，使我误以为它们并不是山野里的一丛普通的植物，能够经风吹，经霜打，禁得起势不可当的寒流与冬雪。谁曾想它就是一株普通的花，毫无规律地在这秋深冬浅的季节开放。然而就像山里的菊花那样，你对山菊花有着怎样的赞美，就可以对步步登高花有着怎样的褒奖。

听朋友说，步步登高花并不是纯粹的野生花，而是一种需要人工种植的植物，它们大都生长在城市和村庄。或许，它生长的地方原本就是一个安静的庭院。是它开花结籽后，由风将它们的种子带向了山野，使其在那里安家落户，生根开花，繁衍走远的。沿着通向村里的田径小路窈窕而去，夏天的村庄里总会盛开着一些花，其中就有步步登高花。

很小的时候就认识这种花，当年一位要好的玩伴，她的母亲喜欢花，每当春天来临，便要在小院里种上它，沿着低矮的窗户，种下整齐的一排花。一边是绿色的菜畦，另一边是各类的花株。植株长起来，花盘搭在窗下，高而修长的腰身，几近石榴树的眼眉，举目望去，简直就是一道色彩变幻的篱笆。这个来自热带的花卉，开放起来也是这么奔放，这么热烈。

年轻的语文教师兼音乐老师喜欢它。那年他的妻子怀孕了，不久为他生下一个漂亮的女儿，他高兴地指挥我们唱歌识字，用一根尺把长的教鞭打拍子，舞得呼呼生风。在黑板上敲敲点点，一节课点击音符，另一节课点击汉字。我听见他和他的同事们说："生活就像花一样美好。"同事说："那得看什么花。"他回答"步步登高"。他的话，总能引来一些欢愉和开怀。

这种花还有一个名字叫"百日菊"，不知是否取其一旦长成，百日有花的意思。它们的花有单瓣、重瓣、卷叶、皱叶和各种不同颜色的品种。原产于美洲热带的菊科植物，因其花期长，花朵硕大而被广泛栽种，现已成为园林之中常见的夏季草花。书上说，百日菊喜温暖、不耐寒，在这萧瑟的秋天，它的叶花也开始苍老，没有夏日的水灵，风雨中的它们却仍然能够开得安静如诗，惹人爱怜。

许多年前，我居住的大院里也曾种过，那是一个不为私人所有的院落，成簇成片的花盘在阳光下昂扬着，花朵艳丽，非常别致，母亲说，可以做成干花装饰在衣帽上，或许非常的漂亮，我听后曾经跃跃欲试。点缀在衣帽上的干花可是生命的再生呢！那略有些陈旧了的颜色，只要注意环境不受潮湿，历经数年也不会褪色。记得一位作家写过一篇满怀深情的文章，她对一位匆匆而过的妇人多少年后仍然能够记忆犹新，就是因为抬头看到她的第一眼，发现她的头上戴着的草帽的边沿上，插有一束鲜活美丽的小雏菊，黄色的几枝，典雅而富有贵气。这段文字也让我记忆犹新，十几年了一直到现在还默念不忘，只因它是一枝干花，又因有我童年记忆有关的"菊"模样，尽管不是我所见过的这种百日菊。

母亲也喜欢叫它"步步登高花"，说这花名寓意好。我长大进城参加工作时，母亲一针一线帮我缝好被褥，拿上所需的用品，挥手就把我赶进了一个遥远的城市。她说年轻就得多摔打摔打，对花季之年的锤炼有颇多的好处，母亲所指"颇多的好处"就是希望将来我能像步步登高花那样，身体结实，日子过得扎实，且有好的前程。

如今人到中年的我，仍能对生活非常满足，无论是生活条件也好，工作也罢，从没让自己陷入窘困，真的像母亲所期望的那样，在人生的每一步中都能够行走得踏踏实实，步步稳健，才是她老人家真正的期盼。这里所说的"步步登高"不是花也不是职位，是人生的幸福与欢乐，安稳与平静，经得住岁月的漂洗。不是花，却胜似花，收获的不是权力和财富，而是情感和友谊，是生命的优雅与精致。

相声演员冯巩的母亲早年毕业于辅仁大学，是一位卓有成就的人民教师，前不久看电视节目，发现她在一次访谈中谈及对儿子的期望和态度，年逾花甲的老人面对台下的观众说：留给他万贯家财，不如留给他幽默感。因为她知道，作为相声演员，幽默才是冯巩取之不尽，用之不竭的财富，比之不劳而获的物质，它才真正福及人的一生。可见母亲们有多么睿智，她们希望中的儿女们不是轰轰烈烈，而是一生安稳。

步步登高是一种极其普通的花，它夏秋开花，深秋就凋谢了，就像田野里许许多多的小草花一样。它不碧绿，也就没有青翠欲滴之感。它只是花形修长，不蔓不枝。它的身体一节节往上生长，每生长出一节，就有两瓣叶子披着一层柔软的绿茸对生出来。只是花朵大，像小孩子的手掌。花儿高举，鲜艳夺目，笔直挺拔，像一盏灯亮人眼眸。仿佛对我们说，在任何时候都不要放弃，对他人，也对自己。

花名香鸢尾

　　我刚调入新单位上班的时候，就看到四壁皆橱的办公室里，栗色的桌椅板凳间摆放了许多花，它们从此陪伴着我，让我扎扎实实做着属于我的工作范围之内的事，而不再让心灵游走于从前的工作环境，以及四季的变化。那些花不是什么名品，无非是冬青、兰草之类，大概是为了让它们吸收办公室装修的气味吧。有一种叫满天星的花，茎叶纤小，整个叶分裂为三瓣，每瓣都有一个状如心形的叶脉。它的根须发达，枝叶茂盛，很像是苜蓿草。这种花可观赏，只是因为不是开花的季节，整个植株除叶茎的绿色之外，再无其他可观的颜色。据说开出的花是粉红的，如果是在花期，花儿多得就像满天的星星，故而叫它"满天星"。

　　还有一种花，它的模样更像是一把草，从外形看像极了田间野地的小麦草，同事告诉我说这是香雪兰。我到办公室的时候是秋天，香雪兰已生长有两寸高，看样子它还要生长，那碧绿的生机告诉我，它绝不会停留在这样低矮的高度。果然一个月之后，它又长高了十多厘米，并且从青葱簇新的枝叶间，斜斜地窜出几枝花穗来，上面布满了花苞。最初的花穗是绿色的，花穗越长越大，花苞越显洁白，又过半月左右，花苞开始抽蕊开花，次第绽放。它的花色开始有了变化，花瓣洁白，花蕊则微黄，一副干净无瑕的状态，在绿意盎然的花丛中，高过枝头，在洁白与浅黄两种颜色的濡染与过渡中，尽显其典雅与高贵。

香雪兰形若萱草，但比其小，花瓣顶端饱满，具有浓郁的芳香，在花开的日子里，何止是办公室啊，整个楼道都弥漫在它的香气里。从那时起，我认识了一种花叫"香雪兰"。我还知道，香雪兰的花种是根茎球形的，十月种下球茎，十一月份就会发芽，及时搬到通风透气的地方，一二月份便会开花。在我们北方，春节至正月十五，花期最盛，洁白的花朵，象征着岁月的安详，也象征着主人无上的气质与精神的高贵。因此爱花的人，喜欢在这个时间种上几盆，装饰新年的房间。打扫一新的客厅里，一边是墙上张贴的红"福"字，另一边是花香扑鼻的香雪兰，给朴实平凡的小家增添许多的温暖。

香雪兰花期过后，就不用再浇水了，等待花叶自然干枯，从干透的土里把花种取出，或者将整个花盆闲置一处，不再动它，任其安静地待在土中，做着属于植物的甜蜜的梦，单等秋风再次吹动。我到单位的第二个秋天，便得到香雪兰球形的花种，开始在家里进行自己的盆栽，种了两盆还是三盆？或许是更多吧，二十年瞬间而过，记忆变得模糊。那时住的还是平房，每天想象着住上楼房的滋味，香雪兰种子撒下不久，便顺利生长出来，那抹单一的绿色一直持续到秋后，冬季来临，有花穗从叶腋下钻出来，清新可人，高贵典雅。

那年冬天，外面天寒地冻，香雪兰在并不亚于室外的寒冷里经受严峻的考验。没有取暖设备的冬季，许多花都落光了叶子，冻得瑟缩，有叶也紧抱着枝干，像冬天穿戴单薄的女孩，冻得铁青着脸。而那一年，我的香雪兰却从容地开放了，冷雨、冷雪、寒风中，开得香气四溢，美丽嫣然。冬日阳光下读书、写字的时候，香雪兰就陪伴在旁边，伴着我将一篇篇文稿誊写、寄出，然后是漫长的等候，这一陪，就是三四个秋冬。

春天过后，夏天来临，香雪兰逐渐花叶干枯，整个植株自然而终，整个序幕华丽而落，而我这时却要搬家了。无花的陶盆，被我带到新居住的楼房，在温暖的室内和阳台置放，繁衍、播种，继续着香雪兰不息的生命，直到我第三次搬家。这一次，我忘了哪个花盆是它的寄身之所，因为盆中无花，鬼使神差般将一棵带刺的仙人球种进去。仙人球不需要勤浇水，仅凭湿润的空气和泥土，也能汲取良好的水分和养分。这可苦了香雪兰，试想在干燥板结的泥土中，得不到一点水分的香雪兰，会怎样在这种环境维持崭新的生命？

这年初秋，当我再次为仙人球浇水后，花盆里竟萌出针尖般的绿芽来，继而是大量的绿叶生发。香雪兰强大的繁衍力，使整个花盆都布满了它的种子。丛生的芽苗，几乎把那棵仙人球给淹没了。只是随着时日的生长，它变得越来越纤弱，叶片完全不如单独种在花盆里长得宽硕，毕竟是与其他植物竞生的地方。多少次我想把它挖出来，让它拥有单独的花盆，但这个念头被各种原因冲淡了。香雪兰，就这么生长在带刺的仙人球旁边，一晃就是十几年。这十几年里，因为仙人球能够吸收辐射，又往往对它高看一眼，最大的约束，就是对它剪了又剪，以防带刺的外表，触碰更多的空间。而香雪兰却由于得不到养分，不能成功繁衍，从而零落，棵数越来越少，花株越来越小，年年递减。

去年秋天，香雪兰再次生发，在庞大的仙人球边上，它只生长出几棵。在与仙人球的生命竞争中，它倾斜着身子，冲刺而出，几乎倒伏在了盆沿上。我终于被它震撼了，震撼之下，打定主意把整盆花土全部倒出，重新对香雪兰和仙人球进行分类栽培，挪走仙人球，保留香雪兰在原盆之中，并用一根木棍把香雪兰固定，这样一来，我又看到了它的洁白、清秀，为了不让它们孤单，我又打开淘宝网站，在上面买了几种颜色的花——原来香雪兰，还有多个不同的品种，红、黄、绿、白，五颜六色，并且，我知道了它另外的一个名字：香鸢尾。

最初知道这个名字，是在今年的腊月，我在网上百度，得出这种花的底细：香雪兰，属鸢尾科，学名 Freesia hybrida Klatt，是多年生球根草本花卉，百度称它"花似百合，叶若兰蕙，玲珑清秀，花色素雅"，有镇定神经、消除疲劳、促进睡眠的作用，是人们喜爱的冬、春季室内观赏花卉。得知它是鸢尾属这个名字后，突然感觉它变得陌生了，那些不同的花色，姹紫嫣红啊！原来香雪兰如此的高雅，而我自己的学识是多么谫陋。

许多年来，实在是辜负了这花，怀着深深的忏悔，我开始动手种植香雪兰，并且在淘宝网上，购买了各种各样的花色。想起二十多年前，同事把花种送给我，说它生命力顽强，不用太尽心去管理。有一年秋天，我种下的香雪兰出苗不久，在一次换盆中不小心碰断了一枝，心疼好不容易长出来的花枝，扔了可惜，就顺手插到花盆里了，两三个月过去了，插在花盆里的花枝竟然没死，到来年的春天换盆时，把那根断枝挖出来一看，发现上面已经长出白嫩的根须了。

我喜爱香雪兰的泼辣，更喜爱"香鸢尾"的雅致。它还有一个十分好听的名字，叫"小苍兰"，二十多年的四季轮回，朝夕相处，主人渐渐老了，而"小苍兰"却依然美丽，年轻着，芬芳着，馨香不绝，生生不息，怪不得古代的神话中，有不死的苍兰花之说。

第五辑

城市的韵脚

乡村慢板

　　我在一位朋友的博客里看到这样一个签名："慢下来"，有一刻钟，它让我陷入了长长的沉思。多么好的一个签名——"慢下来"。尽管它是那么简短，却能瞬间走进我的心怀，暗合我的心意。它让我想起了一些美妙的画面：一袭优雅的长衫，一根飘逸的彩带，一幅不可多得的人生风景。

　　慢下来，它舒缓，娴静，田园，像音乐家的指间弓弦，胸有成竹地轻轻拨动，便慑住了我的敏感的心田。慢下来，它是原始的、纯朴的，没有化工污染，没有机器隆隆的旋转，没有矿藏被从地下挖掘出来，植被被连根拔出逐一掀翻……

　　慢——就好像，我的电脑桌面上收藏的壁纸，有着大俗大雅的绿色基调，复式的或者整体的乡村风格。它是意大利画家笔下的田园油画，《诗经》里的关关雎鸠，缤纷多姿，妙曼多情。总之，慢下来，就是让花香沾满鞋底，小路隐于乡间，森林蔽遮灼日，鸟鸣深入幽谷。

　　在泉庄，我们去参观了一座桃花山。与其说是一座桃花山，不如说是一片桃花海，一座山漫及一座山。天气乍暖，有些冷，桃花却盛开得如火如荼。在春风摇曳的花瓣里，似乎还藏着前夜侵袭的桃花雪。

寒冷没有让它畏惧，整个山谷都是桃花浓郁的香气。

　　与满树的桃花站在一起，花色染红了身影，染红了脸庞，染红了整个桃花峪，像铺天盖地撒下的一场胭脂粉。除了游客啧啧的赞美，就是手中的相机连续"咔嚓"的声音。一个小女孩被抱坐树上，摄像机留下了甜美的笑容。

　　我注意到一条铺在桃园里的路，它顺着山势，像一条水草在桃花的海洋里左右摇摆，从山脚开始向上延伸。我踮起脚，看不到它的始地，也看不到它的终点。它让人想不起所来的方向。它弯曲的是那么好看，像一幅简笔画上似有若无的场景。是总以为能够省略，却不可省略的那部分线条。

　　站在桃花山顶，仿佛你在天上，它在凡间，你等着它腾空而来，它等着你下凡而去。而它的路面正铺着一些桃朵，把它打扮得粉红、妖冶。桃花落向它的每一次飞翔，都是一种美丽的生命之舞。在这片桃花山上，这样的路我只发现了一条，可我知道，更多的路在桃花源里数不胜数。我看到，它负载笨重，车辆形影匆匆，来去是那么神圣。

　　俯视它，路很孤独，我也很孤独。因了这份孤独，我才感觉到它的静穆。慢下来，其实也就是一种孤独，我喜欢这样的孤独。如果情况不特殊，我会一个人找到那条山路，沿着触角一样的它深入山中，到另一片桃花源中，我深信那里的桃花也在盛开，那里的人们也会酿制桃花美酒。那里有一个俊美少女，她的眸子里怀着爱情，对整个世界露出迷人的笑容。

　　这一片桃林，我赋予它一个共同的名字——桃花源。

　　躲进这片桃花源中，风变得清香起来，空气里都是花的气息。早春的蝴蝶敛了翅膀，隐在低矮的叶下喘息，啜次花叶上的露水，补充初生的疲惫。在人们争相与桃花拍照的时候，我透过浓密的花叶空隙，捕捉到这样一个纤小的生命。

我听到一个细小的声音——嗨，慢下来，我怀疑这就是它的声音。杨柳，春风，桃花烂漫，山村温馨而宁静。周围没有人和我交流。或许，它来自我的幻想，来自我长期压抑着的内心？

怀着这个小小的疑问，十几天后的一个阳光午后，我再次探访绿色的泉庄。山桃花落了，路边上，又开出洁白的山楂树花，浓郁的槐花，梧桐树花。这些花，无不掩映着红墙灰瓦，掩映着村人的幸福时光。沿途是蓝瓦、白墙、灰裙的景观墙，每条路都蜿蜒向远方。

我听到人们开始讨论，如何等待果实成熟的时刻。这时我才知道，我为什么喜欢这些路。这一条条的山路，它不仅是为我，也不仅是为所有观光的人们，还为这些每年成熟一次的果实而筑。它可以载着人们进入采摘林里，可以载着人们到各个景区，可以从山村走出，也可以从城市回归。

它给村里的人带回新气息，向城里人输送旧时光。承载和输送，就是乡村赋予它的使命。它蜿蜒得那么的精致，以致让我很想着一条长裙，踏一踏它平坦的身躯。在乡村所有的风景画里，它因此而得到不可或缺的一笔。

它隐没在那条山间小路，隐没在那片桃林之间，隐没在与人类生息相关的炊烟之间，直至视野的尽头。有了它，泉庄佃坪的景色更衬托得山明水秀。日月星辰，绕着它轮回而行。

五月的中旬，天气已经大暖，阳光如常的明媚，桃花早已经不见，剩下的是茂密的叶片，摇曳在低矮的枝头。来到这里，就可以不去思考，可以挣脱那个纷扰的世界。浓浓的绿，依旧让人想起桃花的身影，想起那条蜿蜒的山路。在绿色浓重的村庄衬托下，山路更显清瘦。它悠长，平展，起伏，仿佛在对我们说，嗨，慢下来……

　　慢是一种生活，是一种奢侈，是你对自己生命的一场变革。当你希望慢下来时，哪里能够真正慢下来！忙碌的工作，木马一样旋转的人生，跟随着你，逼迫着你，毁损着你原本健壮的身体，绞噬着你的各个原本鲜活的细胞。

　　走进泉庄，走进这片生态园，农家院，这时你才知道，慢下来，是种莫大的享受，它检阅的是你的生命，节省的是你的时光，蓄积的是你的生命的能量。慢下来，是习惯了高增长，见惯了飞速运转之后的田间小路，鸟语花香，淙淙山泉，晨曦暮霭……

　　我在泉庄的桃花源里，产生了这样一种愿望——慢下来。

　　慢下来，是一种回归，也是一种选择，它让更多的人享受改革开放带来的成果。它是积极的，美好的，是为生命和健康所提倡的一种生活方式，而并不是那种无药可救的惰性。慢下来，它已不再是一个单纯的签名，而是泉庄生态旅游的一个文化品牌，是我走进泉庄学到的一种新的生活理念。

　　慢下来，从脚下美丽的土地开始，从乡村旅游和生态文化开始，慢慢欣赏，慢慢感悟，沿着一条从城市通向乡村的路线，且行且歌。

　　循着这个行动和路线，我希望多少年后又回到这片桃花林，听从导游的传授，等待殷红的花开，掐一把花瓣，就能酿成一坛桃花酒，味道像爱情一样浪漫醇厚。

海湾的早晨

广阔、苍茫，天壤相接，那是海，给人朦胧又壮观的景象。

下车，沿着站牌向海岸线走去。远远地，我闻到了一股咸腥的味道。这一定是海水的味道，因了海水的缠绵，海风也变得多情、潮湿起来，潮出一片明朗的海，梦幻之海。

风轻软得像真丝绸带，一下一下地，温柔地轻拂着裸露的肌肤，撩得人心软酥酥的。温软中，它竟带了一种无形的力度，像扑面而来的一张大手，挥手间，透出一份不可改变的坚持。衣衫和发丝，便在这样的风中不停地扬起。云浪在天上翻滚，周围的一切都在这样不停地颤动、变化。在这样炎热的夏天，这种被风猎猎飘起的感觉，有种说不出的快意。

目光便会在这样的情况下举起，遥望海边，忽而被早起的游人吸引，忽而又被巨大的岩石掠走，即便几声鸥鸟的鸣啼，也能掀起心中一阵阵的惊喜。压抑在肺腑中的沉闷一下被驱逐了，周身上下的神经，仿佛，都被海风海景激活了。

巨大的岩石之上，雕刻着几个深红色的大字，被朝阳染红了的海水，把它映得挥金描彩，越是努力去看，越是被灿烂的晨光耀着眼睛，耀着眼睛。终是看不清了，看不清了，可我却记住了它，这块海边的巨石和巨石上方红色的字，记住了这个海域，这个并不唯一的标志。

这是一个八月的清晨，我是远道而来，寻找一处放飞心灵的地方。在日照，在那片平展如毯的金沙海岸，我和我的同伴一起面朝西北，看尽游人与海花的嬉戏，怀着一颗无拘无束的心。无拘无束地，将自己肆意放飞。

目光里的海天，气吞山河、极尽辽阔。

天空不是很蓝，海水也是浅蓝色的，近乎灰白的天空，容纳着浩渺浅蓝的海。因了它的容纳，海，方透着海的宁静。激浪竞相涌向沙滩、游人，涌向此起彼伏的海岸。沙滩被踩出片片坑洼、只只脚印，一次次被海浪抹平，就像抹平生命里的每一丝记忆。记忆大约三种，一种写在纸上，一种写在心里，一种撒在风中。有苦，有乐、有甜，有若咖啡滋润唇间。每一丝记忆，都充满了人生的曲折与传奇。

人声鼎沸。浪花翻卷着，激起游人一阵阵的欢笑，激发了前赴后继的冲浪者。浪涛山一样卷起，海鸥被浪花之下的串串尖叫惊起，它们，穿过密集的、各形各色的人群的头顶，于低空中奋起而飞。尽管，他们身着遮蔽极少的泳装，斑斓如花。没有人讪笑，没有人相互打量。没有任何负担的赤裸，也是一种原始的美。

海水波涌，海面旋起巨大的浪花。就是这无数的雪浪，把海面掀起一道又一道更高的浪潮。海风在海面上拍打，形成无数浪花的轰鸣。这就是海的声音，浪花的声音，沙砾经海水摩挲的欢快的声音，声音挟起浪涛。

浪头骤起，海风以拔海之力，试图将海倒卷起来，将其鲁莽掀起。浪花和风，奏响海面又一种新的潮声，哗、哗……浪涛打在人们的身上，赤脚的人，赤裸的人，还有那些没来得及穿上泳装的人。浪涛在追逐，在与接近它的每一个物体嬉戏。哦，这就是海，卷起风、卷起浪，卷起远方招展的彩旗，卷起人们飘扬胸前的丝巾，也卷起人们敢于冲浪的意志。

一块块沉默的礁石，宛然安卧。在它面前，海浪就像调皮的顽童，围着它，不分轻重，不分昼夜地嬉戏捉弄……

海岸上，种着一些青幽的松柏，一些无名的小鸟在这里隐匿而居。这些隐匿而居的小鸟，被从海面袭来的晨风惊起，顿时，脆生生的鸟鸣四散开来，一边鸣叫，一边用力地翱翔天空。太阳挂在海的尽头，就像被一只无形的巨手托举着一般，四围现出层叠的重影。这些重叠的影像，幻化成一层层云彩，使天空更加立体、高远，天之阔，海之蓝，使大海更加生动，由浅及深，渐次分明。

上午九点，阳光开始照耀在建筑之上，在周遭的窗玻璃上，金光熠熠，光芒刺眼，碎金一样的跃动，灼疼了行人的眼眸。面对朝气蓬勃的晨景，我站在那里，迎着风，在腥咸的空气中欣赏了半晌。有人和我一样从身边走过，时尚的遮阳帽下，深藏着一双双好奇的眼睛。

阳光，海岸，沙——想象不出，大海原来是这么的美！在这里，它不是江南的款款情调，不是江南的含蓄、温婉，而是北方的山水的粗犷和野性。它，让人想起奔腾的骏马，激越的腰鼓，咚咚、咚咚、咚咚作响。这就是北方的大方与豪气，这就是北方之海的美。

亲临海岸，几乎没人忘记试一试海水。

卷着泡沫的海水，是极为凉爽的。双脚踏入海的波浪，顿然感觉细沙的拥吻。散沙在脚心流动，仿佛轻踏着一个个细软的生命。是那么美妙的感觉呵，它们，是否可以呼吸的海沙之魂？其实我也知道，这是海水浪涌的结果，这种细微的感受，恰好证实了大海的温软与活力。

我一直认为，海是难以接触的，海的威严，海的神秘，海的变幻莫测，不是凡人可以掌握。对生命而言，它容纳了太多，太多的新生，太多的死亡，太多的不可想象。对人类来说，海有海的冷酷，海的多面性。对于大海来说，或许，这才是大海的包容与侵入。

清晨的大海，万物苏醒，就连海鸟，也像是大海里的信使，飞翔如斯。

在松柏翠竹的树林，我找不到这些鸟儿的巢穴，只看见它们飞翔的身影，箭一般从身旁穿过，那般肆意，那般纵情。它们，一会儿飞向深海，一会儿又匆匆低身迂回，一会儿又冲向长长的海湾，在密密麻麻的礁石间盘旋穿梭，隐入，再也找不见它们的影子。它们的目标不是那么明确。

很久很久以前，听大人们说，精卫是海鸟的前身，为报葬身之仇，衔石填海，不知填了几千年。精卫是上古传说的裨鸟，原是炎帝的小女儿，名叫女娃，一日游于东海，溺水而死，后化身为精卫鸟，每日填海不止。

这些海的鸟儿，我宁愿它是上帝的使者，吉祥的化身，就如凡间的喜鹊，给人们架起一道吉祥的彩虹，以它那纤弱的翅膀拍打海浪，为渔人传递平安的信笺。让那些远海捕捞的人们，有个在远方叙叙亲情的机会，叽叽喳喳的，全都是渔家收获的喜讯。而我愿，与它们共同栖息着的，是一排排停靠在岸边严阵以待的渔船，桅杆林立，船帆悠闲。

面对大海，你也会，不知不觉，变成大海的一只飞鸟，大海的俘虏，或者亲信。

浮龙湖览胜

从济南出发去菏泽旅游，第一站是单县的浮龙湖。车行驶不久，天空就下起雨来。春雨贵如油，这不能抱怨，怕只怕雨中不能很好地浏览。这个南北宽 2.5 公里，东西长 10 公里的浮龙湖，是原中国古代四大名泽之首的孟渚泽遗址，明朝时受黄河决口的冲击，逐渐形成了这片湖泊水域。这里土地肥沃，环境清幽，各种农作物生长茂盛，被誉为"江北西湖，故道明珠"。后经当地政府进行湖区筑岛、开挖航道等各项基础配套设施工程，逐步达到现在的规模。

初踏上这片土地，远远望见碧波荡漾的浮龙湖，脑海里闪出两个熟悉的词语：土地和水泽。土地是神圣的，它具有创造并且丰富生命的能力；水也同样是神圣的，它可以流散，也可以汇聚，能泽被万物而不争名利，既能滴水穿石，也能百寒成冰。一滴水也许微不足道，可一旦汇成江河就会波澜壮阔。土地和水，都是我们赖以生存的重要资源，它们自然生成，却又不是取之不尽，用之不竭。土地沙化，水就变得硗薄；水受到污染浪费，也会造成严重的后果。

一路上的淅沥小雨，刚到浮龙湖区就停了，风却猎猎的，有些凉意。不期而遇的雨，倒是把路边的花草濯洗一新，红的玫瑰，黄的月季，都缤纷耀眼，绿艳红浓。到达目的地后，导游并没有带我们去游浮龙湖，而是先去参观四君子藏酒基地。何为四君子？李白、杜甫、高适、陶沔四位诗人是也。单县是座历史悠久的古城，早年不乏文人墨客在这里游历、隐居，除了写下大量传世不朽的诗歌，还给后人留下他们相约梁园，同游孟渚的典故。

县志记载：孔子的弟子宓子贱任单父宰时，"鸣琴而治"，政绩卓著。后人为凭吊宓公，在其抚琴旧址筑起一座半月行的高台，名曰琴台。唐代天宝年间，时任单县县尉的陶沔喜欢作诗，与李白、杜甫、高适都有交往，经常结伴畅游单父，登琴台饮酒赋诗，成为千秋佳话，四君子酒也由此而得名。有八字名言："四君子酒，君子承诺。"意为"言而无信者必不是君子，做人应像君子那样对待自己的承诺"。在单县，人们以各种文化形式体现君子风度，其中包含中华民族传统的忠、孝、节、义四字美德与良善。

单父是单县的古称，因舜帝的老师单卷曾在此地居住而得名。这位远古后期东夷族中影响较大的政治领袖和氏族首领，数千年前曾带领他的部落在这里耕作、渔猎，繁衍生息，因才德兼备而受人尊敬，被尊称为单父。历来厚德者皆受拥戴。舜帝对他十分崇拜，不仅拜他为师，还有意许他天下，却被他婉言谢绝。单父生性淡泊，漠视名利，满足于春耕夏种，秋收冬藏，逍遥自得。后人为了纪念他，就把单卷故里以"单父"命名，或以单父当作姓氏世代传承。史载，单父东周春秋初期属宋国，后为鲁国单父邑，也就是今山东省菏泽市单县，别称单州、湖西。

旅游大巴沿着湖坝行驶，透过车窗，能居高临下地观赏浮龙湖。但见湖面开阔，一览无余，片片新芦葳蕤丛生。大自然给这片土地带来了水患，也带来了难以预料的奇迹，这便是得天独厚的生态资源。

浩荡的河水浸润着这里的土地，使每一捧泥土都含有适合植物生长的水分和养分。浮龙湖水质清澈，碧波荡漾，是全县最大的鱼虾养殖基地。在苇草众多的地方，水纹轻荡，浮标逐波，有人张网捕鱼，黝黑的网竿倒映水中，像一幅岁月宁静的佐证。

按照以往的习惯，我的目光寻觅着湖中的荷花。我以为，四月的河中是看不见荷花的，可绿波一闪，隐约看见湖面浮出零星的叶片，然后又闪出几片，这就是新生的荷叶了。尽管叶片很小，大小如孩童的手掌，有的边缘还卷曲着，只在水中探出鹅黄的尖角。随着汽车的行驶，旧年的叶茎也逐一呈观，沿途尽是枯荷的残梗。想来不久，它们一定会在这里蔓延，以顽强的能力生存，以粉红的花和碧绿的叶，将这片水域占据，且亭亭玉立。

抵达水上会务中心已是下午三点，匆匆步行浮龙湖广场。打量四周，云水苍茫，视线有些模糊。游人以年轻人居多，他们领着孩子在这里休闲游玩，放眼远眺，远方的生态岛和汉贤茶楼以及美丽的浮龙湖尽收眼底，三万多亩水域拥抱着一座座景观小岛。这时候，太阳也从云缝里露出笑脸，把温暖和光芒洒满湖面，就像在水样的锦缎上跳荡，一切是那么安然、静谧，那么美好。

东、西、北三面是人工筑起的大坝，南是高出地面坚固的大堤，碧波粼粼，湖水荡漾，湖中蒲苇成方连片，面对眼前浩渺的水域，不知老子当年的"上善若水，水善利万物而不争，处众人之所恶，故几于道"之句是不是在这里悟出？在道家的学说里，水为至善至柔之物，有滋养万物的德行，它使万物得到利益却不向万物索取。以水为镜，总能消除烦恼，照耀我们的心性。

在湖的南侧，是老子曾经居住过的李集，虽然老子曾经在这里住过，但仍是一个不太张扬的村落。老子一向不喜定居，每每骑牛云游四方，却有那么一天，不经意间路过孟渚泽畔的李集，见这里烟波浩渺，古朴清幽，负阴而抱阳，中气以为和，遂"结草为庐，束苇成墙"定居下来，从而在这里"观水悟道，醉里著经"。据说老子酒量很大，"饮可百觚"，与孔子的"惟酒无量"、庄子的"醉者神全"相媲美，并列为"酒中圣者"。如今的李集依然民风淳厚，人们安居乐业，过着与世无争的生活。

不亲临湖面，是体验不到它的微妙的，我们从旅游中心雇了游船，乘舟驶向浩荡的湖心，湖水被船桨冲出波涛，翻卷的浪花拍打两侧的船舷。而远处的湖水则平静如初。坐在画舫之上，透过舷窗深深望向湖水，真想轻轻拥它入怀，伸出手指搅动它的柔波，让它自指缝间飞溅而出，溅成无数五光十色的珍珠，亲着它呼唤着它的名字，可我只和同行的朋友一样轻轻地赞叹了一句："好柔的水呀！"声音仿若游丝。这是醉了！

就这样曳着宛如绸缎的水面平缓而行，突突的马达声响不断惊起苇荡里的水鸟，那些白的、灰的水鸟，被马达和浪涛之声惊起，展开翅膀奋力向远处飞去，船上的人们发出一阵阵欢呼，相互提示着水鸟的目标，目送美丽的水鸟消失在殷红的夕阳里。直到我们下了船离开，回头看，湖水仍然静静的，就像一块古老而偌大的翡翠，闪耀着绿色水墨以及飘金的光泽，它向我们展开历史任其翻阅，海纳百川却波澜不惊，像一个大智若愚的长者。

梦幻中的彩云之南

  两千一百多年前某一个慵懒的下午，阳光斜斜地照射着，在长安城阴冷的深宫龙榻上，一个中年皇帝在睡梦中露出了一丝笑意，梦境里在南方未知之地，竟然出现了流光溢彩的满天祥云，在大汉王朝开疆拓土、江山永固的梦想中，显得是那样的美丽诱人。"梦彩云，大吉之兆"，那个被称为汉武帝的皇帝醒来之后，从此便多了一桩心事，他要找到梦里彩云南现的地方。

  皇帝梦中的那个地方就是云南。云南历来是躲避战乱的地方，在中国的版图上，云南的分量之重不容忽视。云南起源的地方在哪里？茶马古道最繁华的驿道在什么地方？国内第二个出土佛祖舍利的地方在哪里？这些都与云南有关。然而这些，都还不是于你最紧要的事，最紧要的是柔媚的云南的古朴风情和妩媚景色，那些能够让人享受清静惬意时光的云南古镇，美丽的纳西族少女，孤独的舞者，街边静默如一尊雕像的老人，清晨的丽江四方街，被古人踩磨平滑、泛着油光的石板小路；你甚至觉得，只要任意推开一扇门，走进去你的生活就是简单、幸福而具有色彩的……

  俊秀挺拔的石林、柔媚迷人的滇池、"风花雪月"的大理、清雄险峻的雪域风光、悠闲自得的"香格里拉"……这就是云南，一个令人心驰神往的美丽所在。有苍山云弄峰下，泉水清澈如镜，有在泉边首尾相衔漫天飞舞着蝴蝶的蝴蝶泉；有位于云南省的最南端，动植物资源非常丰富的被誉为动植物王国的西双版纳。有六片怪石拔地而起，重重叠叠，如柱如笋的世界级的风景石林，置身其中你可觅得一座石峰，顶峰呈粉红色，宛如一位身材苗条的少女，这就是传说中一代美神阿诗玛的化身。

1933 年，英国作家詹姆斯·希尔顿在他所著的《失去的地平线》中描绘了在中国西南部的一片神奇之地，这里安宁、祥和，有神奇的雪山、茂密的森林、碧绿的草地，有笃信藏传佛教的藏族居民。后据专家学者们的考证，书中描写的就是坐落在中甸地区迪庆一带的自然风景区香格里拉，这里风光极其优美。另外还有很小就在常识课本里了解到的云南的泼水节、火把节等各种各样的节日，正是它们给我留下许多美丽云南的神秘色彩。

十几年前看《五朵金花》一边看一边和朋友说悄悄话，告诉她真的非常非常喜欢云南呢！她说你干脆嫁到云南去吧，找个小山沟当乡村女教师去……看过《五朵金花》的人，如果说他是不被云南的风物人情景色所吸引所诱惑，我是不相信的。那清冽如山泉甜美跳宕的对山歌，那多情的阿哥阿妹之间的一个稍纵即逝的多情的眼神，那少男少女纯洁朦胧的情感，都令人艳羡甚至陶醉不已。

那时候的这一切，对于我来说是多么的遥远啊！云南的水土，哺育出秀外慧中的杨丽坤，她已经成为七彩云南的标志。在人们的心目中，美丽的云南便是那个白族姑娘"金花"和她脚下的那片土地——苍山、洱海、蝴蝶泉，还有那个彝族姑娘"阿诗玛"和见证她爱和恨的人间仙境石林。

　　因为对云南的向往，所以把云南的人和风景一样联系起来，仿佛那字里行间沾染了云南的旖旎风姿和山寨的清新气息，朴素、优美，有着特别的美好寓意。那春天的杜鹃花开放得有多热烈，那么他们的文章便多豪放；冬天的茶美到什么程度，那么他们的文笔也美到了什么程度，他们无不是以豁达宽容积极乐观的人生态度，去发掘生活中的真善美。

　　看台湾言情女作家写的《还珠格格》，更是理解她为什么把还珠格格们的逃亡精心安排在云南了，那就是因为云南相对安定、稳定的地理环境，远离中原战乱、自成一体的空间优势，不仅能让观众觉得这段历史演绎可靠可信，也给观众带来一个美丽的想象。由此看来，喜欢云南的并不只我一个。云南在好多人眼里，那是一个人的世界，一个人的生活，一个人的海阔天空。当闭上眼睛，静静地坐在灯下，神游天外的时候，仿佛看见云南的天是蓝的，云彩是白的，花是红的，树是绿的，人是青春洋溢的……

　　在21世纪的某些日子里，在离某个深宫皇帝梦想云南的2100多年之后的某个日子里，也是在一个慵懒的下午，阳光斜斜地照射进小小的书房，我通过网络更深一层地认识了云南，并且有幸结识了几位云南作家，他们都是曾经的"阿鹏"和"金花"吧？我这才知道其实这一切离自己并不遥远……曾经一个心怀浪漫的女子在和终日忙碌的云南作家AD聊天，她那盯注着荧屏的眼睛波光盈盈。她说她自己喜欢云南是从《阿诗玛》和《五朵金花》开始的，这两部片子不但让她了解了云南少数民族的生活习惯，还了解云南的节日风情。

　　她说她的梦想是去云南赛马，或者和云南的某个小伙子同骑一匹高头大马，也做一次美丽的金花。AD幽默地说，不不不，我们云南的小伙子才骑马，小姑娘都是骑孔雀。那美丽的孔雀很温顺啊，你骑上它，然后手搂住它的美丽的翅膀，它们就飞起来了……她惊喜地问："是真的吗？那我不就成了一只生长在云南土香土色的美丽的孔雀了？……"

从此她知道云南的小伙子骑慓勇的骏马，小姑娘则"骑"美丽的金孔雀！云南的风土人情在厚重里有潇洒，在纯朴里有灵秀，她的梦想呵，就是要到云南去看小伙子们骑剽悍骏马，而她自己则"骑"着一只美丽的金孔雀，在云南温暖的草地上茶花丛里柔美地舞蹈……多想找一个地方，适合隐居云南边境美丽的小山寨，寂寞的写作，寂寞地看书，寂寞地品茶，寂寞地思念。而云南正是寂寞的，因为它的寂寞才让你觉得它是如此的美丽，有如未来世界一般完美理想的神往。

古韵泉林

　　时令已是深秋，我约朋友去泉林采风，按照一贯的常识，这个时节并不宜出行。秋天应该是枯瘦的，无论是日月中的广寒，还是大地上的事物。还有——那泉。

　　是的，它真的是有点瘦了，如果许多年前，我没有到过这泉，没有亲眼见过它如涌珍珠，没有掬过那冬暖夏凉、飞珠溅玉般的泉水，我就不会一意孤行赶到季节的最后一站，去泉林观泉，看那涌之无尽、汩汩不竭的泉，一帘帘腾如碎雪、蔚为湖泊形成的奇观。否则，我也不会自豪地对他乡游客说，这是我的故乡水，家乡的泉。

　　可就在这个季节，我还是去了，在蓝天白云、秋日暖阳的陪伴下去看那泉，那片映照心底的水泊。看环岸的杨柳依依拂动，翠竹亭亭，干练凝重，不是江南的"杨柳堆烟，帘幕无重数"，而是北方"金风簌簌惊黄叶"的时候，溯泉而上，凭吊先贤，访古寻幽，踏进这个曾经的皇家圣地，历代文人墨客目光里的诗意胜境。

　　穿过那块御笔书写的文武官员下马石，飞檐斗拱五彩绘制的牌坊，眼前的泉便若"红石"、若"涌珠"、若"甘露"、若"双晴"、若"淘米"，挤挤挨挨，扑面而来。站在历史深处的古御桥上，我一边寻找历史遗迹，一边听身边的导游说，今年的雨水稀薄，泉也随着地下水位的下降而不太旺，几片泉水汇成的湖泊，亦比往年同期浅了许多。但那集聚而来的各路水渠，仍然滔滔不绝，丝毫没有给人消瘦憔悴的感觉。

去泉林，是为去观泉，象形的泉，"雪花泉""繁星泉""金聚泉""莲花泉""石豆泉"依次而现，移步皆泉。那静止的泉，纹丝不动的一潭，就像一块透明的琉璃，波澜不惊又泉水暗换，泛出的气泡如万斛蕊珠，漱玉一般涣然如莲。这平静的潭中，旧的水源刚刚流出，新的水源就赫然融入，一股股新鲜的活力不动声色地倾注，而那如镜的水面，仍不现一丝的纹路，哪怕轻轻、浅浅的一点。这就是泉林的泉，看去静止，却细流涓涓，仿佛只有这样，它才不涸不竭，潆洄终年。

而那浅浅的纹路，是否就能划开一点声音："哗——哗哗——"，让我们听见。不！泉林的泉，要么泉眼无声，要么水势滔滔，玉屑飞溅，因而，它们又被称作"鸣玉泉""响水泉""石缝泉""趵突泉"。明代太守张文渊有诗为证："万壑吉间见此泉，分明文豹突平田。热雄百涧宜皆殿，声振千林让独先。"工部官员王宠亦在《观泉亭记》中描绘："其泉之巧，有若人博而涌激者，谓之曰'趵突泉'……"

去泉林，为的是听泉，而不仅仅是观泉。于林中，我乐于听风，于山中，我乐于听雨，而于泉林之薮，我乐于听泉。听，自然是在眼里，在心上，在与古人今人共日月的诗情画意中。

泉林的泉，不像高山流泉那样，有着不可阻挡的气势，泉流之声，声震百涧。泉林的泉，像个娇羞的少女，在寂的绿荫里沉醉，在静的水波里荡漾。她似梦、似幻。泉林"大泉五十有四，小泉不可胜数"，见于典籍记载的就达一百多处，被誉为"山东诸泉之冠"。专注于当地文史研究的作家郎兴启先生说它"泉源密布，珠联星列，五步成溪，百步成河，泉溪相连，互相灌输，挤挤挨挨，难以计数，其密集程度绝无仅有"。

我去听，聆听一位儒家老人在陪尾山下泉水旁边留下"逝者如斯夫，不舍昼夜"的慨叹，于是那些泉，便与儒家文化有了一定的渊源，成为点缀在孔孟之乡的一颗璀璨明珠。沿着历史的传说我去听，郦道元来了，李白、杜甫来了，苏东坡来了，于慎行来了，康熙、乾隆两位皇帝来了，几记清越的锣鸣，我听见，从岁月深处深深巷道里隐约传来的那声威严的喝令……

泉林的自然景观美不胜收，文化底蕴也相当丰厚，无论是"品推黑虎胜，合作玉虹流"的黑虎泉（明代治河都御史章拯诗句），还是"冷冷清泉苦斗奇，蕊珠万颗弄涟漪"的趵突泉（明代县令张祚的诗句），都证明了他们曾经泉林的足迹。就连唐朝诗人白居易在其《长相思》中也有"汴水流，泗水流，流到瓜州古渡头"的名句。他们写下的诗词歌赋、美文妙句不胜枚举。最值得一提的是清时康乾二帝就先后数次驻跸泉林，并且在这里修建御苑，更加使这里声名俱显。

此次去，我找不到记忆里那个石舫了，寻了半天，竟把它与黑虎泉旁莲花桥面相混淆。就在我放弃寻找时，一位来自上海的游客给了我一个提示，说公园深处还有一个古石舫，让我豁然开朗。在他的引导下，终于找到位于东北方向的石舫。这艘整个行宫遗址中最有标志性的古迹，长二十米，宽约数米，用整块巨石打造，舫弦与木质层楼衔接的契口依稀可见，舫弦与舫侧的浮雕行云流水，线条飘逸，足见设计与雕刻的精致。

泉林的石舫建于1757年，是为乾隆游览泉林湖光山色而建的，供乾隆皇帝赏景品茶所用。泉林的水甘甜爽口，煮茶则色清味正，酿酒酒冽生香。史书载，乾隆二十二年正月十一日，以免江苏、安徽、浙江累年积欠钱粮，赈江苏清河等十九州县水灾，乾隆皇帝奉皇太后启銮出京师，开始第二次南巡。于是便有了这艘古石舫。在我国，古代君与民的关系常用舟与水的关系来比喻，"君者，舟也；庶人者，水也。水则载舟，水则覆舟"（《荀子》）。"舫"的形象与舟相类似，筑于水滨，便成了皇家园林中富有情趣的建筑物。比较著名的有北京颐和园石舫，苏州狮子林石舫，南京总统府石舫，北大燕园石舫。

　　泉林之泉众多，形成浩渺水泊，有水就有舟。舟是以石头做的，深置于园林的水中，不用缆绳去系，也不用担心像木船一样顺水漂走，所以这些石舫，往往都有一个"不系舟"的题字。古诗中说，"野渡无人舟自横"，就是中国文化下出现的绝妙之句。中国文化讲究含蓄，在园林里面建石舫，不仅是为了证明水是活的，可以行舟来游，还能证明"舟自横"，很有一番"野渡无人"的境界。

　　泉林之林，是泉水的重要依托，泉林之美，最巧妙的，莫过于泉、林两字的结合。水泽丰沛，林木茂盛，于是泉林，不仅是泉水如林，多如牛毛，而且绿树繁茂，环境优美。明代于若瀛曾描写当时的景色："陪尾之南，修木千章，苍翠落水，上下一色。"那么当时清行宫御苑，必然也是景致错落，清幽如画。康熙皇帝专门为此而著《泉林记》，一句"密柯重林带野烟"，勾画出一幅迷人的人间仙境；乾隆皇帝也有"林色泉声欣始遇"的诗句留存于世，他们都把林木作为泉林的重要景物，且赏且歌，陶醉于林光泉韵之中。

　　康熙在位时重农治河，兴修水利，不知是否与此有关。他还亲自参加农耕，询问百姓农事，感慨颇多。有报道说，广西梧州市倒水镇农民，在维修村中石枧河拦河坝水利设施时，在河谷的石壁上，发现几处乾隆年间修建的水利设施石刻碑文，这段水利设施在使用了整整二百五十多年后，仍然发挥着一定的灌溉作用。这也与乾隆帝重视水利，应用于农耕、生态不无关系。

正因为此，这位关注水利，乐于农耕，才情飞扬，被誉为盛世之帝的乾隆皇帝，才能兴会淋漓地写下"川气瀹然连古树，暮春邈尔隐遥岑""拂埭竹簧常入座，摇窗松盖亦笼岑""嫩绿初看拂籁轻，春烟一片忽来横""芳勒杏花春未放，素皴杞树雪初晴"的诗句，那种春光融融、如诗如画的万千姿态，呼之欲出，为美丽的泉林增添了一份尊贵的帝王之气。

沿着这些古籍的字里行间，我看到了明代太守张文渊的"万壑中间见此泉，分明文豹突平田。势雄百涧宜皆殿，声振千林让独先"，文学家于慎行的"林麓黝儵，大木千章，非楸非梧，轮囷离奇，臃肿浮著，如芝如菌，如鸟雀巢，效奇呈巧……"。古时的文人崇拜自然，敬畏自然，对大自然充满感激之情，所以才有了发自内心的由衷赞叹。这让我想起了《吕氏春秋》里的一段话："竭泽而渔，岂不获得，而明年无鱼；焚薮而田，岂不获得，而明年无兽。"远在战国时期人们就有了关于环境保护的意识，而当前，我们许多人中对环保还感到陌生，不仅陌生，甚至去忽视它破坏它，这不能不让我们深思。

俗话说，出人杰之地，必有灵秀之处。古老的泗河孕育了东夷文化和儒家文化，成就了泗河文明，这源自泉林是个"圣源"。乾隆皇帝曾经九下江南，每至泉林，都谒圣览胜，联想到圣人登临陪尾山而发"逝者如斯夫，不舍昼夜"的人生慨叹，目睹诸泉跃珠喷玉、永无衰竭之状，遂写下"泉林岂是泛林泉，圣迹昭如云汉悬"，意为泉林绝非一般林泉相比，而是"圣源"，"圣泉"，称颂"林是儒林泉圣泉"，并将其泉林行宫的居所命名为"近圣居"。

　　至今天，虽然历经风雨圣迹不再，但步入泉林，仍让领略泉林美景的我们感受到那些穿越千年的人文古韵，使面前这些流经岁月的泉、生态的泉、生命的泉，焕发出无限的生机。

篁岭"晒秋"

金色的、收获的秋天，往往是禁不起晒的，一晒，就露出了心事，一晒就知道秋天无处躲藏。是什么给大地铺展上金黄，在那瓦蓝的天空下秀出一片火红的景象？秋收然后冬藏，是我国各族人民生活的习惯，谷物收割过后，必然就要有个让阳光抚摸炙去水分的过程，因而许多地方的人们在季节收获之后，都乐于为庄稼拾掇出个晒场，于是便有了人们所说的"晒秋"。

毕竟每一枚果实都来自汗水，每一颗稻菽都是消耗生命体力的一次次付出。收获的秋天，北方人晒出的是苞米，南方人晒出的是稻谷，而篁岭的秋天，则晒得更加丰富多彩。他们那看似寻常的一晒，晒出的不仅仅是稻谷，而且还晒出了一种文化与精神。

看过篁岭的晒，方才知道什么叫"晒秋"，只有篁岭的晒才称得起晒秋的。与普通的晒秋不同，这里的晒秋无关乎季节的变化，而是关乎收获的多少。春天他们晒笋干、晒蕨菜，夏天他们晒冬瓜、晒南瓜，秋天他们晒萝卜、晒菊花。刚打下的稻谷束在一起可以晒，下河打来的鱼虾也可以晒，用一根绳索束住鱼的尾，成把的稻谷悬挂在斑驳的屋檐外，透过红漆扫过的门窗望过去，清清楚楚的，就如一弯长短不齐的眉。

　　这是一个令人怀旧的地方。在北方，那些悬挂在树上的玉米是令人怀旧的，在篁岭，那些扁圆硕大的竹匾亦是用来怀旧的。那穿在竹竿之上晾晒的茄子、豆角，就像穿晒了百年以及千年的时光。那些竹匾编织得可真大啊，这么大的竹匾只有一副伸展于的双臂是将它端不起来的，它需要结实耐用，就需要竹篾的质量和重量。一根根碗口粗的椽木一头自房屋墙壁上伸出，另一头凌空于街道狭窄的上方。阳光照射，一枚枚圆圆的光影打在地上，宛若一道撑起的伞，阴凉形成，架在上面的竹匾就是那只硕大的伞。人们顶着它行走，用脚步轻轻丈量村庄。在那些晒出的竹匾下行走，仰起头，映入眼帘的又是一道亮丽的风景。

　　村庄不大，有百十户人家，房屋建造高低错落，人们在这地无三尺平的山头上，打造出不同格局不同朝向的徽式民居，灰砖黛瓦，斑驳的泥坯泥墙反射着不同明暗的光，如同画笔随意涂抹的油画。当地人承袭老辈人传下来的农俗，要把每年的收成铺展在这些巨大的竹匾里晒。因而被来自天南海北的人们称为"晒秋"。摊开的晒品，就是他们今年的收成，谁家播种了什么，谁家采来什么紧俏的山货，都是用一只竹匾展示的内容，仿佛以此表达对生活的感恩，对天空和大地的一声无言的致谢。

　　蹲在晒台上晒秋的大多是些女性，她们头扎一方朴素带花的头巾，埋头整理着将要铺于晒匾的物件，手轻轻一划，便让纷杂的晒件变得简单、均匀、理顺。别看她们是土生土长的妇女，却一个个胸怀艺术，兴致上来，会将不同颜色的果蔬精心拼成一幅优美的风景或者是人物。她们晒啊晒，视线从没自竹匾上抬起过，一副坦然自若的表情。晒秋，对于远方的客人来说让人震撼，对于她们来说却是日常中的部分。或许她们都不知道，因了她们手下的一件件杰作，而使祖祖辈辈居住的这个地方，成为一种文化符号而遐迩闻名。

篁岭，属于典型的山居形村落，被人们誉为"天上的街市"，周边千棵古树环抱，万亩梯田簇拥，绿是篁岭的主色调。村中所有的住宅都围绕天街而建，即便远离天街的地方，也要开辟出一条小径，砌上一层层石阶，高低曲折地通往自家的院落。天街，就像一条穿起整座村庄的玉带，把篁岭古村顺其自然地引领起来。近三百米的天街古巷，分列着各式各样的商铺、茶坊，站在篁岭的高处，你能俯瞰到这里的人文奇观——"晒秋"，那一匾匾不同颜色的竹制晒匾，与古巷两旁林立的徽式茶坊、酒肆、书场、砚庄遥相呼应，古意盎然。在天街上行走，就有机会体验"晒秋人家"的农俗，体验"朝晒暮收"田园生活。人们用眺窗为画板，支架为画笔，晒匾为调色盘，春晒茶叶，秋晒辣椒......百米落差的岭谷之上，家家凿窗采光，户户支架晒物，成就了一幅幅经典杰作，颇为壮观。

泥坯脱落的古老民居，经过了多少风雨呢？新与旧的交集，古老的和崭新的文化碰撞，充溢着迥然不同的精神特质和文化气息。墙角点缀的各色各样的野花，沉静安详的人们自街上从容走过，各色各样的服装，一身悠闲款式。间或出现几个安静女孩，着月白收身小褂，配蓝色筒状的长裙，平底刺花的绣鞋，闲适且充满了诗意。还有查氏酒坊的悠游柔转的笛音，宛若朱雀轻鸣，悦耳，动听，将来往游客的喧哗化作一片绚烂织锦。只是这座形同"天街"的村落，处处小桥流水人家。相传从前有位皇帝知晓了这个地方，一时兴起，挥笔写下"天街"两个字，如今御笔挥就精匠雕刻的"天街"牌坊还在，只是光阴渐远，一座青石缝隙间的巍然，已经穿过一个又一个时代。经了梯田绕裹的古老村落，仿佛就这样被梯田托举起来，成就了他们的生命之歌。

　　和许多地方的人们一样，篁岭居住者乐于农事和田耕，村民以养殖、耕种、采集山货为主，生命与山上的毛竹一样繁衍不息相伴一生。他们春种夏收，夏种秋收，季节从春光三月慢慢滑到金秋八月，而后九月、十月……每一个月份，都有各种各样的稻菽收获，走入晒秋人家。稠密的稻田割下的稻穗，雨后竹林挖到的竹笋，莹绿椒棵上结出的辣椒，一枚枚采摘离枝之后抱而如生的菊花，都一一集中在这里晒了，层层复层层，随着季节的交替，房前屋后成了晒匾的世界。

　　篁岭的雨季稍长，采来的竹笋需要晒，打下的稻谷需要晒，摘下的瓜果种子也需要晒，这一晒，就从春天晒到了秋天。春天的晒是温暖的，夏天的晒是鲜艳的，秋天的晒是斑斓的。金灿灿的阳光在八月的秋天里还热烈着，在九月的秋天里带着光芒抚摸着晒匾里的绿白红黄，抚摸着农家心头隐藏的喜悦。金色的玉米加入了晒的队伍，红彤彤的辣椒加入了晒的队伍，黑色的大豆也加入了晒的队伍……当所有的队伍都集合起来，蓦然发现，它们竟然晒出了家乡的山水，晒出了一面面花团锦簇下的五星红旗。一幅幅晒秋图赫然出现在一座座晒台，人们更愿意将它们当作一种艺术去欣赏，去领略。

　　我是北方人，不知道篁岭的秋天有没有小麦、红豆、高粱、谷子、棉花、甘薯等等，如果有，那也一定会加入这个规模庞大的队伍，等待篁岭上的人们为秋天晒出新的内容，晒成一部穿越古今南北的大地之书。

走进李家石屋

　　初冬时节去乡下采风，与当地一位农民聊了很久，他对作家这个身份心怀敬畏，带我们去看村里的古桥，古槐，古碑，看村子里许多古老的事物，以证明它的渊源深厚。他住的这个地方叫李家石屋，村子不大，坐落在蒙山管委会柏林镇，属于沂蒙山区典型的小村落，相传建村已有千年的历史。村里有块圆形的石碑，碑文记载宋、金时期卜氏先民为躲避战乱，从山东莱芜迁徙至此，筚路蓝缕，颠沛流离。不知是看中这个地方风景优美，还是三面环山之地不受外敌侵扰，他们以柴为扉，立石为屋，在此繁衍生息居住下来，遂得名"立石屋"，后为"李石屋"，再后来演绎成"李家石屋"，当地人更是亲切而干脆地直呼村子为"石屋"，并且将以石为屋的传统也继承下来。

　　如今那座古老的遗迹犹在，在一处房屋围绕略为隐蔽的地方。让人肃然起敬的是石屋并不像屋，而是在一块数丈宽的巨石之下，掩藏着一个形如燕窝的自然洞穴，借着这个穴式的洞口，用石块进行了简单的封砌，同时镶上木制的格子门窗，屋门西向偏北，有微弱的阳光照射进来，光线昏暗，使之成为一座别致的"屋子"，它的主人就是李家石屋村民的先驱，最早的几位拓荒者和播种者。石屋低矮，屋内可安一张老式单人木床，进入石屋的人只能委身而坐不能站立。不知当年的主人怎样蜗居在此，度过一个个日升日落。站在它的面前，人未趋身上前，心已感受到它的狭窄。或者只要没有战乱侵扰，有粮充饥有田耕种，住在这样的屋子里也能让人安稳自足吧。

进村的路面平整，皆以不规则的石块铺就，远远望去细长幽深，踏在上面坚实无声，宛然江南的青石板路。路边修有蜿蜒的水槽，槽内清流汩汩潺湲不绝。这潺湲的流水是从遥远的山顶石缝里流出，与无数溪流一起汇聚而成。山路右侧，有一道道小小的堤坝，蓄起的溪水夏涨秋旺，汇成方方清潭在阳光下闪着波光。清潭里的水顺流而下，途经各家各户的门口，男人们用以灌溉浇地，女人们用以浣纱捣衣，掬一捧清澈的水，凛冽中挟带着凉意，像一捧透明的琼浆波荡在手心。美丽的清流独具魅力，它们就像熠熠闪光的明珠镶嵌在蒙山脚下，于山环水绕中勾勒出一幅奇妙灵动的图画，映衬着风光旖旎的奇山秀水。

村民依山而居，房屋高低错落，从山上开采石料就地建房，是村里自古以来的习惯。在山区，有了石头就等于拥有了一切，满山的石头就是一个村子的财富。数千年前，我们的祖先用石头取火，直到现在仍被用作盖屋、垒墙、雕琢做各种各样的农具的原材料，以辅助繁重的劳动。千年的石上留存着古人的踪迹，延续着生命的烟火。作为住在山上的村民来说，山是他们的骨骼，而石头就是他们的肌肤。采之不尽的石头，使这里的人们过着与石紧密相关的生活。

因为依山就势，村中所建房屋地势就高，除了石铺的山路，各家门前的石阶也设计得十分合理，颇具古村的朴拙之美。高耸的院落里，门前探出一截石阶，用以衔接院门以外的主道，便于出入自家的庭院，一个个窈窕的小巷，就这样巧妙地形成了。房屋、院墙毫无半点粉饰，从而更显浓厚的山居特色。山里的人家，需要的是家的硬度和温暖，造型古朴的小屋，昭示的是悠久的历史文化。这里地少人稀，民风朴实，生活悠闲，待客如宾，踏进这座小小的村庄，悄无人声时让人生出穿越时光的感觉。

进村的路也就是进山的路，宽度仅容两部车子并列而过，如若不是村民，一般是不允许驱车进村的。举目望，远近都是徒步的游客。他们一会儿将头探向民居，一会儿将目光洒向山野，眼神里充满了赞叹、惊讶，仿佛初次进入这样的世外桃源。村子幽静，游客也比较安静，人不喧哗，与周围环境十分和谐。初冬的山峰，庄严，壮观，尽管草木已衰，然而人们领略的不仅是眼前的风景，还有山村生活的特色，享受从前缓慢的时光。抓一把蓝天上的白云，以便归复与世无争的心态，拭去人生征程的尘埃，也曾豪迈地心存一份淡泊明志的境界。

站在大街之上，往村民小院里看去，举起的目光里有家禽在门角觅食，有家畜在悠闲踱步。在一户人家的台阶下，一条灰白毛色的小狗伏地假寐。临街的空地上，栽种着熟悉的树木，有甜茶有柿树。甜茶果艳如红豆，柿树果亦高举如炬。所有的树木，叶子都在深秋里落了，只剩饱满的果实衬着周围的景色，浓妆艳抹地缀在高挺的枝头。小小的山村，是这样在无光的浅冬里展露生机。前人惯用南宋鲍照诗之《拟行路难》叹"每怀旧乡野，念我故人多悲声"，而我看到的却是石屋村人安居乐业的景象。

走进李家石屋，你才知道什么是苍老的光阴，就如那墙角的青苔，门前的老树。石屋、石桥、石碾、石磨……这无疑是个石头的世界，石的用具比比皆是，缥缈的烟火，悠远的岁月，构成村庄纵深的年轮。路边上，有老年人摆着的小摊，摊上布满老旧的玩意儿，还有传统老旧的吃食，棠梨、软枣、山楂、柿饼在山外是看不到了，在这里却随处可见。山外的果树都太年轻，放在首位的经济利益容不下那些古老的树种，棠梨、软枣、柿饼算不上什么奇珍异品，却让人感到稀罕。那些出自老人之手编织的小草筐、小藤篓，还有林林总总的手工艺品，一件件编织精美，端庄，每一件都传递出远古的信息。

去石屋，便是为了参加新开幕的柿子节。作为乡村民俗活动的主题，村里到处悬挂着新摘的柿子，有的悬挂在门框，有的悬挂在囤顶上。柿子的形状圆硕丰厚，颜色火红，象征着吉祥喜庆。"柿"是"事"的谐意，悬挂在各处的柿子便又寓意着"事事如意"。尽管农村里种地的少了，出门打工的多了，人们不再靠天吃饭靠地要粮，勤于创造，摆脱了束缚，却仍然渴望风调雨顺，五谷丰登。古老的乡俗，彰显着人们对新生活的希冀。最有创意的是用大红山楂、金黄柿子摆出的那面五星红旗，远远看去形象逼真，火红的旗帜象征着一颗火热、纯朴的心，象征着沂蒙山人的坚韧与赤诚。这里原本人迹罕至，不知何时开始人们来此休闲游玩，后经当地政府进行规划改造，始得返璞归真，既突出和保存了古村的原汁原味，又不失新形势下山村的时代风貌，使其成为一个环境优美，自然景观与人文内涵交相辉映的自然古村，原本封闭落后的石屋村，便拥有了江北"小九寨沟"的美誉。

李家石屋位于蒙山主峰景区东麓，这里群山横亘，植被茂密，满山覆盖的次生山林深邃苍翠。沿途有惊天河、立石屋、神龟拜月、镜鱼石、观音柳、石瀑崖、龙门三潭等景致，优美的风姿，衬以青山绿水，风景格外美丽。山溪旁，巨石裸露，美丽的花纹如雕似刻，更有轻盈飘逸的奇石，将云的变幻，水的空灵，风的色彩，山的雄奇包罗其间。云南元阳梯田的壮美，东川红土地的炫彩，都在这里栩栩如生，妙不可言。石家说，一块灵性的石头，就是一段山水的浓缩，一方小小的石头，构成的是庞大的自然山水，此言不虚。

老虎洞海拔八百余米，是个天然山洞，这里人迹罕至，风光旖旎，每到春暖花开之时，附近山花烂漫，红、黄、粉、白各色花儿纷纷盛开，娇艳无比，将洞外景色点缀得妩媚别致。天蒙顶，属蒙山三蒙之一，海拔千米有余，因其奇峰罗列，壁立当空而受到登山爱好者的青睐，每到周末，登山、观景、休闲的人乐此不疲。喜欢大自然的人们在此览山觅景，喜欢玩石的朋友在此下河寻石，各地"驴友"更是大批涌来，专门挑战石屋村北险峻的老虎洞和天蒙顶。

　　游人一多，李家石屋酒店也忙得不亦乐乎，就餐的桌上沏上茶水，刚到附近一转，位子就被新来的游客占领了。游玩归来，品一杯浓淡相宜的大碗茶，不求茶品殊异，但求好水解渴，听一听山风，观一观石趣，推求一番山村的历史，将一颗尽染尘俗的心减负腾空，言语中充满了禅意，那一刻，城市无论再怎么热闹，工作、生活的压力再大，心头也只有"且听风雨且听情"了。

汤泉冬沐

　　很难想象，我不在春天，不在夏季，而是在这冬浅秋深的日子里，和文友一起乘车驶向沂南县城。在这个与我的家乡一脉相邻的地方，却被日新月异的建筑屏蔽了记忆，这使我对它陡然增添了些许的敬意。要不是公路上方的指示牌，还真找不到这个坐落在沂河之畔，与东汉末年的诸葛亮有着千丝万缕联系的智圣汤泉度假村。

　　穿过一条宽阔的街道，问了好几个路人，选择了一条向东的路线，直线而行。行人攘攘的车窗外，一排排粉墙灰瓦的房屋鳞次栉比，一座座高大的门楼豪华气派。目光从路边的标识牌和房屋建筑上掠过，最后停落在度假村门前的青草地上。缓缓地抬头，四处打量。初冬的树，绿意未尽，枝叶还没有那么萧索，青红的叶片斑斑驳驳，一派优雅闲适的状态。

　　这些树，必是要经历一场秋冬的，经历生命里的枯萎和凋谢，因而我理解它们的从容与沉着。晴朗无风的天气，天空澄澈。静谧的气氛，衬着周围幽雅的园景，向远处延伸。收回视线，眼前映入几座宏伟的建筑，门上方，分别书写着温泉、客房和餐饮中心，与之毗邻的，是正在兴建的第三期工程，古色古香的商业街和别墅群。

跨入温泉接待中心，穿过长长的文化长廊，有流畅的音乐悠扬起来。是那迭奏的弦管，是那轻拨的瑶琴，是那"大珠小珠落玉盘"的音符纷纷。在这样的地方，总觉得需要低眉。低眉，不是《琵琶行》里的"低眉信手续续弹，说尽心中无限事"中的低眉；不是女性的娇羞与卑怯，而是顺从而行，一意关注脚下的水汽和泉流，倾听导游的解说：水温高过38℃的为温泉，水温高过78℃的为汤泉……

智圣汤泉的水温，已然达到了78℃，为名副其实的汤泉。智圣汤泉的泉水，日出水量达一万多吨，富含偏硅酸、氟、溴等三十多种微量元素，有益人体的健康。这个占地338亩，建筑面积6.8万平方米，有着五星级酒店、客房和按照国家4A级旅游景区标准精心打造的度假村，是集温泉沐浴、生态旅游、商务洽谈、会议接待于一身的休闲养生的胜地。

行进中，但见颇具童心的儿童乐园，环绕的篱笆上花束簇起，模拟的海滨浴场，涌动着此起彼伏的潮声；还有笔直塑成的椰树，栩栩如生，把人们带进南方海岸线上的热带雨林。在这里，随处可见亭台楼阁，假山池塘，花卉走廊。圣泉之外，草木早已枯朽，而园内却依然树木葱茏，一片生机。池塘里的鱼儿自由自在地戏水，水中莲花无拘无束地开放。

丰富的地下温泉，形成了周围独特的小气候，季节在这里推迟不前，好像这里不是温泉，而是供人们休憩游玩的园林，那一泓泓清澈的泉池，不过是园林风景中镶嵌的一个个精美的点缀。难怪诗人王心鉴留诗赞："偶浴竹影泉，直入逍遥乡。天风沐芳草，灵石倚幽篁。澄怀共云游，息心但坐忘。结庐在此境，长居待天荒。"

从文化长廊里出来，我们换下冬衣，穿上色彩鲜艳的泳装，依次走向大小不等、形状各异的汤泉，牛奶浴，玫瑰浴，当归浴，首乌浴、鱼疗馆、游泳池……天然的温泉，不掺一点杂质，平静的水面，在午后的阳光下波光粼粼，清澈见底。我们就像一群快乐的鸟儿，欢快地扑向温泉，将身体浸入齐腰深的水中。蒸腾的水汽弥漫在上空，驱赶着初冬的清寒。不一会儿，身上就渗出细细的汗珠，似乎整个血管在扩张，周身的血液在奔腾。

泉畔一侧，有人吟："春寒赐浴华清池，温泉水滑洗凝脂。侍儿扶起娇无力，始是新承恩泽时。"触景生情，是否又想起了雍容华贵的杨贵妃，想起了龙桥横亘、廊庑逶迤的华清池？我发现，温泉里人来人往，四周的人却极安静，少喧哗，多享受，没有人打闹欢腾，优雅如一池又一池静美的莲花。

小桥流水，美人如斯，脚下的青石板路蜿蜒向前，此时此刻，不妨捧一杯咖啡，一边品尝，一边享受温泉沐浴的时光。在这个远离喧哗的地方，我们大可以忘掉一切，让身体尽量放松，舒张，让心灵走进一个美轮美奂的梦幻世界。在体验过汤泉之后，踩着鹅卵石铺就的小径，走进同样具有人体理疗作用的汗蒸房，石板房，在弥漫的水汽中，放松身心。汗蒸房去除湿气，石板床上更利于小寐。仔细听，有人打起了轻微的鼾声。

书上说，杨玉环天生丽质，擅歌舞，通音律，然而初入皇宫时，比她年长如父亲的唐玄宗却没有因此而对她多加注意。她因见不到君王而终日愁眉不展。宫廷的花园里，长有一种小巧玲珑的花卉，那花卉复叶抱枝，宛若鸟羽，一旦触及，复生的叶片便会筱然合闭，继而垂下修长的叶柄，就像一位低眉颔首面露羞色的女子，故被人称作"含羞草"。

曾经的华清宫，整日里笙歌霓裳，盛筵斗舞，天生丽质的美人儿不计其数，也并非真的"六宫粉黛无颜色"，只不过有一次，杨玉环和宫女到花园里赏花，无意中碰着了含羞草，草叶立即蜷缩起来，那形态，就像因为看见玉环的美貌而羞得抬不起头来。连花都自惭形秽，杨玉环慧心聪明，自然不放过这个机会，一时传扬纷纷。玄宗自然也听说了这个"羞花的美人儿"，这才对她爱恋起来，从此便有了"群吏伏门屏，贵人牵帝衣"的优越的待遇，有了"三千宠爱于一身"的千古佳话。

在与同伴的对望中，我发现，女性在温泉里沐浴真的是很美，你看身边那出浴的女孩，发髻高绾，落落出众，清雅脱俗，就如一株株复叶丛生的"含羞草"，一个个脸颊绯红，肌肤水润，莫不充满青春的活力。而眼观旁边的男士，冬沐汤泉，亦悠悠哉。惬意中，怀想玉环，且戏曰：人间美好是女儿，女儿美在羞怯时；一展笑容为君来，秀发高绾蜻蜓直……温泉，是一个让人怀古的所在。

遥想当年，华清池的温泉亲吻着玉环的身体，撩动着她的脸颊，清澈的泉水亦洗去了心头化不开的心结。在那万般娇媚一转身的背影里，已看不见长聚眉间不解的愁颜。春寒温泉沐浴时，缭绕的水汽里，她玉腕轻绕，纱裙委地，丰腴的肌肤放松无比，不由得露出一丝柔弱无力的迷人的慵倦。她打起精神粲然一笑，内心是满满的幸福，平静无扰。

曾去过华清宫，不过是一座飞檐翘角、红墙绿瓦的离宫。据说当年地下的温泉，漫天飞雪也阻碍不了上升的热气，那些氤氲的水汽，在寒冬的凛冽下化雪为霜，从此帝王们砌石起宇，兴建宫殿，成为皇家游宴享乐的别苑。千年之后的今天，华清池遗址还在，然而走进深深的宫殿，早已触摸不到昔日的温暖。

而涌动在我们身边的，是古老而又年轻的智圣汤泉，超过了华清池温泉的水温和规模，现代恢宏的建筑，也已超过了它的豪华和舒适，而且就在我们的身旁。翻开历史，我们便会看到，沂南在秦时就开始设县，为阳都，有着灿烂而悠久的文化，这里曾有北寨汉画像石墓，是孔明诸葛亮的诞生地，这更使智圣汤泉胜名远播。如此天赐良泉，怎么不是沂南人民的骄傲，沂蒙山区人民的骄傲呢？

晚上，我们留宿在度假村，别墅式的居所，上下两层的结构，环境舒适，散淡幽雅。前面是一个阳台，后面是幽巷和园林。这里竹影婆娑，暗香馥郁。竹林里，群集着些宿鸟，黄昏时，能听见鸟儿们暮归；至清晨，亦能听到鸟儿悄悄地集群。那清脆的鸣叫，嘤嘤成韵，委婉动听，直叫得人心醉。

夜晚来临，窗外灯光烁烁，安静的房间里无声无息。早上起床，在阳台上停伫，竹林里再次传出雏鸟的啁啾，它们好像如我一样刚刚睡醒，叽叽喳喳地拥挤着，等待一场崭新的邀约，好去作无雪的冬天的旅行。一片飘起的落叶，或许就是一封远方的书信，带着簌簌的骊歌，挟着漫天卷地的雪花，在季节的深处抵达，它的声音充满了高雅，充满了快乐。

就这么流连着，一簇火红扑入眼帘，那是一株火棘，斜倚在冬青花丛的栏杆上，茂密的枝条，缀满了秋天的锦绣，晶莹剔透，如痴如醉。望着它，心中顿生万般柔情，仿若面对一丛南国红豆，正轻轻地告诉你：此物相思，愿君采撷。不由得感慨，这时节，怎经得它悠悠情丝，这时节，怎经得它朱红如釉，只想与那累累枝头相慰于怀，轻吟慢拢，弄香盈袖，凝眸，在季节的深处。

一方水土长山村

　　我在寒风冷雨里走进罗顶村，面对这片平静的土地，竟然有种似曾相识的感动。这里虽然地处安徽来安县，村里住的却是清一色的山东人。在一栋陈旧的房屋前下车，有人远远地和我们打着招呼。熟悉的石墙红瓦，熟悉的乡音方言，将我的思绪拽进另一幅画面——2013年第一次走进长山时，耳边听到的就是这样的乡音，让人顿生久别重逢之感。

　　那是一个明媚的秋天，和风舒畅，阳光很暖，整个村子里人来人往，热闹非凡。或许是第一次迎接山东老家远道而来的客人，小小的长山村显得有些兴奋。街头上是前来寒暄的人们，面对我们的问候，他们使用的是地道的山东话。熟悉的山东口音，定位了他们的身份，他们就是我们所说的山东人。在村委宽敞的大院里，一排长凳上坐着数十位老人，有的年届八十，有的年龄在九旬以上。老人们看去非常安详，目光平静地面对我们的嘘寒问暖，回答着我们提问的话题。

　　村子里遍布北方生活的痕迹，低头是熟悉的石磨、石碾、石臼，抬头是北方典型的原始的民居，空气里飘散着烟火和食物的气息。这些来自山东的移民们，他们的籍贯大多在临沂各地的山区，有些人家移民来安的时间逾百年之久，短的也有七八十年，有的亲身经历过移民，有的是山东移民的后裔。令人难以置信的是，这样一个从遥远的地方迁徙而来，并陆续组成的村子，一代代人在不同的时代、不同的背景下，竟能仍然沿袭、传承着山东古老的生活模式，这实在不能不说是一个奇迹。

经过了这么多年的山重水复，他们对老家的文化起源仍然刻骨铭心，不肯舍弃，是由于山东人固有的家乡情结，还是闭塞的环境影响了他们语言变化的因素？这正是我们此行考察的重要课题。这种现象在我国其他地方是不多见的，且不说经过了长期的他乡生活，民俗文化的相互渗透，语言、习惯的交汇融合。

临沂这个地区虽然不大，九县三区方言口音却稍有变化。和他们拉家常，你能通过短暂的交流听出他们来自哪里。他们的根是山东的，生命却在异乡顽强地生存，如果不是刻意地传承和坚守，也不会历时百年乡音如初。百年的岁月长河，有些人早已故去，有些人则刚刚新生。生命与时光的交叠，给足了他们选择的过程。然而那些山东移民的后裔，有些人并没有回过家乡，却选择了和他们的祖辈那样，字正腔圆地说着地道的山东话，这可能就是我们所说的血脉之别。

历史上山东移民很多，早在西晋时，山东琅琊（今临沂）就举国南迁，先后侨置江北江南等地。清末，各地战乱纷起，民不聊生，山东南下移民剧增。史料记载，民国十六年前，北方自然灾害严重，连年荒歉，很多人为了生计不得不选择了逃荒，落脚长山一带。1942年至1943年间山河破碎，天灾频频，盗匪蜂起，鲁西南战区人口骤减，此期间逃难的人多，路上饿死的也最多。除一部分闯关东外，其余部分便下了南湖（洪泽湖一带），光山东费县就有难民逾十万。他们饿了吃几口从家里带出的煎饼，渴了就喝河里的河水。有的人一路逃荒，一路要饭。为了找到可以度荒的地方，有的人甚至走了一年、两年。孩子们跟随着爹娘，女人们跟随着丈夫，一路上把脚都磨烂了。

这些南下逃荒的人到达安徽省来安县长山村，见荒山可以栖身，土地可以开垦，便在此开荒种地，繁衍生息。最早的生存方式，是去林地里薅草，去山上砍柴，卖给当地的有钱人。他们上无片瓦，下无立锥之地，白手起家，为后人创出一片天地。"当地人称俺们山东人'侉子'，俺们就叫当地人'蛮子'。当地人种稻子吃大米，俺们侉子就以玉米山芋杂粮为主食。"

九十多岁的老人记忆清晰，语调缓慢地讲述着当年那些辛酸的往事。他们说，最初移民们的生活很苦，刚来长山时，他们住的是石屋子，一半在地上，一半在地下，屋顶是草编的苫子。在山东，这样的地屋子叫团瓢。因房屋太矮，进出屋门都需要低头，以免屋檐碰头。床用竹子扎起，门用草帘子串起，家里都没有家具。至20世纪七十年代，从山东来了一批石匠，他们采石垒屋，这才有了遮风挡雨的地方。

在历代的民族战争和民主战争中，山东移民都参与并投入了人民的正义战争，尤其是在抗日战争和解放战争时期，山东移民组织的大刀会曾多次配合新四军、游击队同敌人进行英勇作战，山东移民子弟参军上前线更是屡立战功，流血牺牲无数，原杭州军区司令杨兴家将军，就是从长山走出的革命家。

随着山东移民的迁入，来安一带的山东人不仅带来了山东人的礼仪规制、风俗习惯，更带来了北方的农耕、建筑和蚕桑技术。据《来安县志》记载，清乾隆年间，来安知县韩梦周（山东潍坊人）就劝民"依山种簸箩树，并募沂充工人教之蚕织"。据当地的朋友说，他八九岁就开始推磨，到现在还对煎饼有着强烈的感情。在他的记忆中，母亲每天清晨都要早起，推磨磨糊子摊煎饼。他的母亲还会做山东美食小豆沫，盐卤豆腐。

　　和我国众多的人一样，山东人也安于本乡本土，不愿轻易迁移，如果不是战乱迫于无奈，大都不愿离乡背井。他们一旦迁移，就会像一粒种子，既然落地，就要使劲地扎下根来，在那里开花结果。长山、罗顶两个移民村的现状，就是我国移民史上的一个缩影。新中国成立后，他们更是积极地融入迁徙而来的这片土地，融入新中国的建设之中，让每一个工地上都闪现出山东人的声音和身影。

　　每一个人真正的母语，都是来自故乡的土语，是土语里挟带的乡音伴我们长大，从牙牙学语开始，无不是在乡音中得到语言的启蒙，所以乡音，永远是我们表达情感的载体，不论你远在天涯，还是近在咫尺。故而生活中，我们常听到有关异乡遇老乡之说，"老乡遇老乡，两眼泪汪汪"。如果没有相通的语言，相近的乡音，心中很难生出对乡亲的那份亲切与依恋，生出满满的感动和温暖。

　　一年四季的轮回，冬去春来，不知不觉间来安的山东移民历史跨越了百年。只是由于特殊的地理环境，人情冷暖，难掩他们对故土的崇拜，对家乡的怀念，加上他们长期远离当地居民，同乡聚住，抱团取暖的特殊心理，使他们的家乡口语得以流传。我想，这或许就是来安的山东移民们为什么历经百年而乡音不改的原因。远在海外的诗人把乡愁捏成一枚小小的邮票，让它载着乡情飞越大海；远在来安的山东移民把乡情化作乡音，传承至今。不能改变乡音的人们，总有一段辛酸的历史，令人为之追溯，为之唏嘘。

城市的韵脚

一

车过潍坊，刚进境内，就看见满眼的绿影，一排排一行行，扑入眼眸。我不是飞鸟，却尤其喜欢这样的阵势，这样的绿涛。骄阳之下，它是行人遮阳的绿伞；浪漫黄昏里，它是恋人仵身的场所；夜幕星光下，它是鸟儿栖息的天堂。它任风吹，任雨打，却枝叶茂盛，坦然相随。春天，它是一抹鹅黄；夏天，它是一片新绿；到了秋天，它就是一坡火红，一山斑斓。它蜿蜒路途，遍悬山梁，宛若一匹绚丽多彩的画卷，为盘缓行驶的车辆设上醒目的路标。

它纤柔、朴素，爽意、清凉；任何地方，只要有它存在，就和悦静美，空气流畅。它让蓝天高远，让大地清秀，让森林年轻，让河流奔放。它用隽秀的肩膀托起鸟儿翅膀，让那些天真的生灵更加自由、更加灵动，让它们愉悦地低语，快乐地飞翔，于那苍茫的山林湖泊上鸣啭歌唱。它用甜美的气息涤荡着空气，释放出晨露的新蕊，改变着人类的生活，改变着人类赖以生存的自然生态。它的名字叫"树"，是所有木本植物的总称。

二

在城市，它还有一个共同的名字——绿化树，从此，所有的名字就被这一个专有名称代替了，从此树不再是孤独的树，它是大家的树，是人类的树，城市的树。城市环形街道上有它，笔直的马路边上有它，墙角楼后的空地有它，堤坝河岸上也有它，给落日以余晖，给朝霞以明媚，给蓝天以明澈，给岁月以深邃。它用流淌着的活泼的绿意，为空气过滤、清洗，静静地哨立于每一个角落。

它张开柳绿花红的怀抱，去承受雾霾，承受喧嚣，承受街道马路上的灰尘；它用浓绿的亮色把自己包裹起来，以示坚强，以示忍耐，以示包容，以示智慧。其实，它就是一棵树，一片树，一座城市里的树。和繁华的城市一同睡去、一同醒来、一同呼吸，一同命运。它站在哪里，哪里就成了风景，哪里就有了活力。拉起手，就是那些被人称作"树"的兄弟姊妹。

摇摆的风是它的姿态，澶湉的河流是它的歌咏，变幻的云是它的形状。没有它，生命将会变得虚弱，世界将会变得苍白，天地将会变得混沌。很难想象，在没有树的天空下，人类将会怎样生存，是呼吸畅快，还是生命窒息？茫茫尘世，万物轮回，或许哪天，我们也会变成一棵树，一头为繁华的都市披一袭戎装，一头为古老的村落挽一帘清晖，迎风飘舞，独立黄昏。

三

多少年后，这里游人如织，都是为了看这座城市，这片森林，这些簇积的花树……

据说，每一棵树，都有不止一个的故事。

他当务林人的时候，还年轻，正青春，扛着一把镢头走进山里，种下第一棵树苗，不久，听到了幼苗抽芽的声音。小树长成了大树，越来越高，他也华年不再，青丝尽染，眼角长长的褶皱，缩短了林中漫长的时光。

我曾站在林场绿化带上，观景，赏树：红枫、火炬、玉兰、西府海棠、垂丝海棠、日本海棠、樱花……我只知道这些，多了就叫不出树的名字了，而他却能够叫出。他的心里有成百上千种树的名字，假如需要，一定会呼之欲出。他也叫得出众多飞鸟的名字：白头鹎、黑嘴鸥、苍鹭、白鹭、红嘴鸥、天鹅、鸳鸯，还有长喙红胸的啄木鸟，都在他的脑海里翔动。他站在树下，树站在他的身旁，而这些鸟儿就栖息在树上。他是树的园丁，鸟儿则是树上的花朵。他把树当成知己，和它们聊天，低语或者倾听；鸟儿把树当成房子和露天平台，谈情说爱，生儿育女，一起筑巢，一同觅食。他与它们互为邻居。抻一抻伛偻的腰背，又弯下去，可在我的眼里，他的背永远舒展，自然挺直。

有风来袭，在簌簌的落花声里，我仿佛看见，因为有了他们，千年之后，这片土地依然青山绿水，夜晚深邃的星空，仍然有明月冉冉升起。

四

是你吗？那一带如练的河流？任我独问，它不回答。

他们说，从这里流下去，就是我的家乡了，站在山上，就能眺望这边的风景。可你经过我的家乡，我却对你仍然感觉陌生。还是向你走去吧，走向你，就能看清你的身姿，你的面容。这一走，就走进了千古，走进了我们共同的梦萦。

果然是同一湾的河水。耳旁，是你潺潺的水声；视野里，是你透迤的身影，与那拖蓝的沂河、汶水一脉相承。你那么清澈，那么透明，你幽深无际，姿态丛生。风撩拨着你，波光在水草下烁动。你映着蓝天，映着白云。是丝的云，絮的云；是童话的天，梦幻的天。

你招揽着芦苇，招徕着俊鸟，孕育着天籁。涟漪散去，是说不出名字来的虫鱼和水草的游弋。水草因你而多了柔美，禽鸟因你而有了栖居，游鱼因你而有了自由，阳光因你而更为璀璨。你平静的河面，映出沿岸仿古的建筑，就像一乘乘玲珑的画舟。你是弥河、汶河、沭河、白浪河……溯流而上，都是我们的血脉之河。如果可以，请让我掬上一捧，若银碗盛雪，看是否有那表里如一的澄澈。

五

从小我就知道，你那里生产风筝，蝴蝶、燕子、蜈蚣、老鹰，各种各样的造型。可是你，为什么又叫画都呢？是画在风筝翅膀上的画吧？是画在鸟儿翅膀上的画吧？是画在绿草地上的画吧？是画在淙淙河流上的画吧？与我国的京式、津式画风鼎足而立，交相辉映。

当我踏入你的城市，翻开古籍查阅历史，这才知道，你真的不负画都这个盛名。你的画造型优美，色彩艳丽；你的画诗心禅境，峭峻瘦硬。《清明上河图》的作者张择端出生在你这里，大金石学家陈介祺出生在你这里，为人疏放不羁、日事诗酒的画家郑板桥也曾在这里做过七年县令。无论为官还是为民，他们都曾忧国忧民，不畏权贵，尽职尽责。

他们画兰、画竹、画石、画松、画菊，以此喻示自己"一肩明月，两袖清风";他们画市肆、画桥梁、画街道、画城郭、画百姓,以此呈现人民生活繁荣昌盛。他们生活虽苦却精神犹乐,难得糊涂却清正廉明;他们平易近人、体恤百姓;他们培养人才,奖掖后学,立言立德,谦虚有节,由此成就了一代与众不同的中国画风,开创了"潍县画派"的先河。他们前赴后继,托举起古老悠久、绿色生态的大美潍坊,托举起一个城市的财富与文明!

第六辑

把乡野藏在心底

也曾枝绽新绿时

桃红柳绿，春和景明，空气中流淌着花草的清香，正是野菜生发的季节。友人从山间回来，手里握了一把鲜嫩的幼苗，说是山蒜好吃，然后朝我眼前一晃。那布鞋上的泥土，衣角上的草屑，都在这一挥一扬里泛出春意。看见那些春韭一样的绿苗，心中不禁想起"萌发"这个词语。萌发，就是让万物苏醒，欣欣然张开眼睛，舒展躯体，一路开花之后，草长莺飞吧！

沂蒙山区的春天，少不了与这两个字有关，一旦与它们碰面，春天就开始漫涣，春风就已然掀动衣衫。在这个时节里去山野踏青，看那些不知名的花儿次第开放，嫣红俏丽，很是惬意。采一朵掖在发髻，映上脸颊，让衣袖沾满草香花香，顿觉心情舒畅，光彩照人。

这一春要马不停蹄地去看花儿了，这一季不能辜负春光。于是忙里偷闲，揣着心爱的手机，唱着山歌，踩着刚刚萌发的草地，到田野里寻寻觅觅，去看怎么也看不够的花树，去挖怎么也挖不尽的野菜。低浅的黄色的蒲公英、苦菜花、紫叶李、杏梅花……五颜六色的花枝闪进眼眸，直叫人目不暇接。荠菜花星星点点，就像撒落地上的珍珠，虽微小却格外惹人注目，微微颤动着的它们，仿佛是插在大地母亲发间的玉簪，美丽而庄重。

总好奇那么小的花儿，怎么能把沉睡一冬的土地唤醒，将枯燥无味的大地点缀得那般温馨、醒目，将人们被冬天束缚、颓废了的情绪一扫而光，点燃成一把通红闪亮的火炬，怒放成三月枝头上的桃花山和海棠谷，怒放成万紫千红的情态，点缀绵绵不绝的山川河流。

阳光正好，风儿柔和，天空湛蓝，燕子涉过波光粼粼的河面，郊外旷野里现出飞舞的风筝。蝴蝶、蜜蜂也缠绕在低矮的花丛，用翩跹的舞蹈和嘤嘤嗡嗡的歌声，来表达它们对春天的热爱。它们要在春夏交替的日子里打一场与收获有关的战役——采集新蕊上的花粉，汲取花中的蜜汁，以示对这个春天以及花事的满足与敬意。

春风在这一刻笑了，挟着哗啦啦的响声掠过；山河在这一刻笑了，敞开嶙峋的胸膛，任凭阳光和海浪的拍打、照耀；山涧的小溪笑了，它们跳跃着跌宕着，用浪花波动成春天的诗行。它们唱着春天、夏天，唱着新生、绚烂，唱着唱着，便走进这个芳华亮丽的时刻。

我们去公园，玉兰在乍暖还寒的风中站成一道雅致的风景；我们沿着滨河大道去看海棠，用相机拍下枝叶间美丽的人影花影。花海人潮，到处是飘起的丝巾，舞动的长发。我们到一个山洼去看花，连翘的花枝翻过矮墙，将一串串花瓣穿成幕帘，人在花帘下面穿过，便染上一层如花般的娇羞，洇红脸庞。

金灿灿的黄花还没有退去，高低不平的山坡上又现出一片紫云，那是丁香花的紫韵。我们差点把蜡梅当成了茱萸，又把文冠果花当成了类似丁香的花卉。据说文冠果的种植是专门用来抗干旱、贫瘠和风沙的，它们喜欢生长在石灰性冲积的土壤，在固定或半固定的沙区也能生存。更喜欢我们这里的黄土丘陵，石质山地，哪怕被巫女布施了令这片土地贫瘠的巫术。

　　我们去附近的南山上看牡丹，那里有一户人家，从祖父开始就种牡丹，至今已有一百多年的历史了。悠长的山间小路，是城市与乡村的指针。离牡丹还有一段路程，花香就已扑鼻。我们共去寻访了两次，一次是在花期，一次经过了一场绵长的夜雨。在凋谢了的花丛里，有人仍然捡拾掉落地上的花瓣，依依不舍地捧在手里，说，花儿落了，可以把它们收集起来，做成香囊佩戴身上。那捧了花的手，立刻吸引来一只蝴蝶，轻轻落于指尖，一对翅膀在萦绕的花香中不听使唤，仿佛花的香魂还没有消散。

　　有位老人告诉我山里的宝物很多，她所指的"宝物"无非是些草药，苦菜、茵陈、马齿苋等等。苦菜、茵陈是可以焙干做成苦菜茶的，它们既可入药，亦可做成味道绝佳的美味——小豆沫。马齿苋是一种生命力很强的植物，它的顽强生存令人赞叹。中医说它清热解毒，能明目，贪恋者喜欢它简易烹作，能登大雅。杜甫在他的《园官送菜》诗中写道："苦苣针如刺，马齿叶亦繁。青青佳蔬色，埋没在中园。"足见诗人对它的钟爱。

　　山蒜也在这个时节悄然生发。《本草纲目》上有云：山蒜、泽蒜、石蒜，同一物也。但分生于山、泽、石间不同耳；《尔雅》也曾定义曰：山蒜也，今京口有蒜山，产蒜是也。然而山蒜在我们这里却处处有之。生长在春天罅隙里的它们，像草一样经过了春雨的漂洗，山风的抚摸，一日日长大，一日日青葱柔润，弯下属于它们的谦卑的身躯，像是给生它养它的泥土、大山致礼和感恩……

　　谦卑，使它汲取了泥土最大的养分；感恩，使它花开花落，繁衍不绝。

　　山须一样的它们，在飘摇不定的风中，摇曳出一种特有的姿势，它生长在哪里，哪里就荡起一丛绿浪，现出一片绿茵。

它生长在草间，却又不像草们那样刚直，有一份豪放还有一份不羁。它严肃着，弯曲着，尽量使自己内敛敦厚，辞尊居卑。在它朴实的叶颈下，是如蒜薹开花以后顶端的种子，晶莹圆润，且有几分玉质，组成一粒粒洁白脆弱的根系。

春天，是采集山蒜的时机，这个时候去山野沟壑里寻找，总能轻而易举地收获。剥去山蒜的外衣，露出洁白的根茎，将它们泊在水里，不一会儿水脉就会沿着根茎贯通全株，青葱可人。

山蒜的吃法，是把它们洗净切段，以细长的肉丝大火炒之，和烹炒肉丝蒜苗有些相似。净洗的山蒜切成碎末，裹上鸡蛋上锅翻炒，也是非常不错的美食方式之一。我有一个朋友，喜欢用山蒜做成泡菜，再蘸上豆酱卷进煎饼，也能吃得津津有味。

山里人家并不缺少蔬菜，然而每年春天，还是柳芽萌发之时，热衷于去山里挖筐野菜，代替几顿家常小菜。他们趁野菜不老，有所选择地翻动，去掉覆盖在嫩芽上的泥土，掐去头尾，选择芽尖的精华部分蘸以蒜泥下酒，也不失一道美味，那上面，依稀沾着原始的清纯。或者耐心淘洗、加工、制作，使其在燃烧的火与蒸气之间焕发出厚重的质感和成熟的味道，满足与味蕾有关的视觉和需求。

他们对这项工作做得非常投入，对土地和野菜充满虔诚与敬意。他们把这项活动当作一次对季节的纪念，隆重登场，然后在春的最后一个时段悄然转身，将年复一年的回忆，留给每一个不愿辜负韶光与美食的人，他们把样的回忆，这样美好的过程，称作"舌尖上的春天"。

春山赏雨

　　离山林近了，去得便勤，有时就会遇到下雨。夏天是这样，秋天也是这样。动身时还是很好的天气，一到山里就变了，仿佛心湖皱起的秋水。多变的天气，给山里增添了神秘的气氛。有时是在山上，或在山里的茅草屋里，只要山风不冷，衣衫尚暖，就不退缩，索性停车观雨，就当旅途中的欢悦。雨下起来，游人，青草和花，都淋进了雨里，人伞攒动，花草摇曳——这是夏天的雨。

　　厚厚的云，便是将要下雨的样子。那雨就更像熟络的客人，不请自来，也不打声招呼，就在刚刚察觉空气潮闷的时候，一下就这样飘落起来，淅淅沥沥，时骤时稀。阳光浅淡的日子，驱车路上，那云就在头顶跟着，丝丝缕缕，纷纷攘攘，翻涌之后，终于凝结起来，像一滴浓墨化于水上。无数的墨，洇进洁白的云中，云便愈来愈浓。它追逐着你，你走它也走，你停它也停，慢慢向着低空坠落，将整个天空都弥漫了——这是秋天的雨。

　　最受人欢迎，且不动声色的，应该是春天的雨。山里的春天，风温暖拂面，而春雨，更是轻柔无比，有时甚至若有若无。雨中的早上，张开眼眸，透过纱帘向山深处赏观，那一面面林立的青山，仿佛一幅不着痕迹的水墨，或淡中破浓，或浓中破淡，白描点缀，侧锋沉染。目光自左往右掠过，如黑白胶片流淌一般。离画面越近，画面才越是清晰，开始现出细节，现出色彩，继而鲜艳。

山里的春雨，多伴有薄云缭绕，在山头和山腰之间，如缠裹了一层神秘的薄纱，不然，也没有杏花烟雨之说。雨下过去，天初晴时，一缕雾霭自山坳袅袅而出，这股雾霭，先是细如炊烟，及至越来越大，扶摇升腾，逐渐弥漫，等扩散到一定的程度，骤然淡去，无影无踪，像经历了一场扑朔迷离的梦幻。它们时而起于东山之隅，时而逝于西山之畔，在雨后的山中层出不穷，蔚为大观，成为一景。

山里的春雨，从来不大，那层薄纱也从来没有厚重过，就那么飘飘忽忽，虚虚幻幻。春天的雨，带来的是春天的事物，雨罩山峦，沾染众花，比如樱桃，比如棠梨。雨，来得没有一点预告，不知不觉，有时是在清晨，有时是在傍晚，"随风潜入夜，润物细无声"。当春天来时，雨也跟随着来了，纵使不来，人们也会想雨、盼雨，春雨贵如油啊！

也不是没有一点预告，偶尔的几次，总还是有的。雨水之后，一到惊蛰，天就突然地暖了，你会急不可耐地换衣，以为春天走了，夏天来了。可当你换下厚重的棉袄，穿上轻盈的薄衫之后，天却一下子变脸，阴沉沉的，风猎猎的了。阴云的天空，凝重而昏黄，直到雨下起来。雨却不大，只给万物轻轻洗濯了一下。冷雨入夜，这一晚，你听到了风声，雨声；这一夜，你辗转反侧，魂牵梦萦。

春天的睡梦，有时是怀旧的，能追忆几十年。总会有一些记忆，带着你的梦走远，走进山林，走进春天。春雨不停，那雨，就任自天涯，兀自枕畔。所有的惦念，都在昨天的梦里了，梦里，刮的是山里的风，下的是山中的雨。你在城里，不知山里的繁华。你猜测着，安静地守候。一弯月，冷得清瘦。

当一个梦醒来，再进入另一个梦时，春雨真的下起来了，敲击着窗外的雨搭，敲击着屋瓦，敲击着甜美的梦。梦便再也不能连续了，和着童年的记忆，在屋檐上滴滴答答。因了"好雨知时节，当春乃发生"，春天的雨，就变得理所当然，就变成了农耕歌谣里的一个节拍，一个音符，进化成一枚枚安静的水晶，缀于枝头。清晨走出屋门，这才发现，眼前悠然青山，满目白云，杏花疏雨，美景欲醉，已然人景共画，山水相和。

山里的烟雨，滋润了大山，同时也滋润了你的心田。它不疾不徐，缓缓而下。它不像夏雨，筝弦淙淙，骤雨疾风。山上的杏花雨，也若和弦一般，虽起伏，却有度，就算珠玉落盘，叮叮咚咚，也落得十分规范，不溅地一片。暮春的雨，是风儿托起的柳丝，是山女绣房里扯出的针线，是一场场飘落的梦境，打在身上，兴味盎然。这丝线一样的雨，一头系的是春天，另一头系的是夏天。

再一次遇上了雨，是前不久的一次登山。登山，是山区居民的好习惯。雨水之后，天渐暖了，万物萌发的时候，便再也待不住了。此时的山外，正是"三月三，风筝飞满天"。山野里，游人如织，彩蝶翩翩。田垄中，已经有人扬起牛鞭，伴着一阵阵鞭声和吆喝，黝黑的泥土地犁浪翻涌。山林踏青，绿涸阶上，微雨湿衫。惊蛰过去，谷雨近了，土地和庄稼，开始了新一轮的恋歌。

春天的雨，让每一粒种子变得幸运，它们得到了春天的呵护，它们将用饱满的谷穗，来证实这份呵护功绩。庄稼的壮硕，在于土地，土地的肥沃，在于躬耕。万物并作，皆因耕耘而收获，对于农民，对于庄稼，对于大自然给你的恩惠，我们每一个人是怎样感恩的，我不知道。在我们得不到满意回答的时候，可以问一问种子，问一问脚下的土地。泥土和种子会告诉你，什么才是最真的谢意，什么才是最好的报答。

阳光和泥土的味道

　　有朋自远方来，踏访沂蒙山区。那是一个初冬的早晨，我们驱车，进入一片离家很远的山地，附近有一条暴露无遗的河床。山坡下，湿地上，不期然地，与几簇野菜相遇。初冬的野菜，引起大家的兴趣，不再走了，找个温暖的地方挖取。地处沿海的鲁东南地区，气候温和，野菜野花极易生长，从春天到秋天，每天都有野菜应季而发，在避风的地方这里几簇，那里几簇。从前的我是不知道的，不知道冬天还有野菜生长，在接近冰雪的天气里顽强生存，它们也有不惧严寒的时候。

　　我印象里的冬天是滩涂的雪被，大地的萧瑟。你知道初冬的野菜也是嫩绿的吧？熟透的山果挂在枝头，暖暖的阳光流泻在身上，弯曲的阡陌指引着大山的方向，溪边悠闲的老牛也抬起冷静的目光，打量着身旁这些特别而又生疏的面孔，望着这些用初次发现的目光观察事物的不速之客，被坚硬的石块拌得步履不稳带着陌生口音的探访者，仿佛对我们剜取野菜的行为有所怀疑——面对茫茫大地上难以分清的衰草与野菜，谁是最终的识辨和获胜者？

教我们辨认这些野菜的，是一位七十多岁的花甲老人，他在自家门前种植了一片山楂树，树上的果儿已经收获一空，经冬的几片叶子尚在上面随风轻轻颤动。秋收获了，冬日闲了，一群土生土长的草鸡陪着他每天在院门前散步。我们来到一片整齐的麦田，远处河流如镜。刚种下的小麦已经长出，麦苗像铺展在地上的绿毡。也有过冬的菜地，井然肃穆的田畔，远方的朋友更是站在高远的苍穹下，对着初冬的原野赞美有声。

老人带我们绕过麦田，把我们带到一面向阳避风的土坡，原来下面长满了苦菜，大家弯腰采挖了起来。与其他季节不同的是，这个时候的野菜比较苍黄，叶色有些浓重，周身闪着冰冷，但在枯衰的冬草中还是那么醒目，一股旺盛的生命力自叶片上闪现出来。我惊讶起来，野菜不是春天才有的吗？老人说，野菜有时也不按节气生长，而是根据气候温度的差异。这些野菜，遇到适宜的温度就会从地里生长出来，只不过初冬的野菜，生命比春天的要短暂得多，它们是从秋天就开始生长，一遇霜雪就开始停止的，等不到开花结果。但生命枯萎，根脉却是不死不朽，一到气候暖和的时候便会再次生发。

大家分头在山坡上挖着，手中的工具运用得有些吃力，冷硬的地面有一些板结，不一会儿大家就分散了，有的在坡上寻找，有的已经挪到坡下，一沟一坎的山野，无不是采撷的身影。那个午后的野餐，是在老人的园中进行的，在他的小院里支起一口铁锅，一张褪了漆的方桌摆满了我们一个晌午的收获。在采来的野菜中，有苦菜，有荠菜，还有一些蒲公英。我们把它们洗净，分别做出蒲公英蘸酱、荠菜蛋饼、苦菜小豆沫等，取天然的食材，一碗面酱，一盆野菜，朴素到底，形神皆有难以描述的清新。

花草入菜，是我们当地的传统美食，那高档的超市里的青菜小豆沫，荠菜小肉包，就是在山野菜的基础上加工而成的，与其他青菜相比，冬天的野菜更加稀罕珍贵。感谢大自然的馈赠，让我们在赏、叹、食的过程中唇齿留香，生动地体验了这片土地的神奇与丰厚。

有次爬山，刚接近山腰的一个村庄，便有些累了，坐在一块大石头上休息，抬头，我看到了一棵树，树上几乎没有什么叶子，只是饱经沧桑的枝上，结满了一些黑色的果实，原来是一棵软枣树！我看了看四周，希望附近还有一株或者两株，目光扫过去，果然在不远处看到它的同伴，枝头缀满了同样的果实。这些果实也是我见过的，并且记忆中还不乏甜而诱人。在我很小的时候，每到秋天就盼望着它早一点成熟，好打发冬天漫长的日子，除了它，我小小的手中再也没有其他可以解馋的东西。它的学名叫"软枣"，我们小时候都叫它"野柿子"。

第一次发现软枣，我没有立刻去摘取，而是围着它转了几圈，选择了放弃。因为我坚信，在山里，没有一株果树是没有主人的，它的主人不允许，你就不能擅自去摘，这是乡下不成文的规定。那还是在深秋，软枣还比较圆润、饱满，但是等我回到家中，一个人对着一幅童年的肖像默默欣赏时，突然对那满树的果实怀恋起来，涌上心头的是一些陈年往事。山里的人家种果树，是需要付出很多时间和精力的，能够种树的地方基本都是乱石。乱石丛中，挖坑，填土，植入幼小的树苗，从遥远的地方担水浇灌，等到果树长大结出果来，有的人也就老了。很多人都是这样，他们品尝了种树的苦累，却享受不到果实的甜蜜，故而有乡下人把这样的树叫"子孙树"。

许多年前，我家院落里就生长着一棵软枣树，也不知道是从前的哪家住户种下的，只记得每年春来小院的时候，它那铅灰色的枝头上新叶萌发，叶间绽出麦粒大小的花苞，花苞长干，花瓣落去，一粒粒圆圆的果实就显露出来。随着时间的推移，果实的外表开始泛黄，继而生出一层薄薄的紫晕。果实在枝头上一天天长大。霜降过后叶子落去，熟透的果子开始干瘪，紫里黝黑，大人这才告知我们可以摘了。在没有大规模种植苹果、桃子的年代，软枣是我们难得一享的高级甜品，尽管它土土的模样，仿佛上面沾有阳光和泥土的味道。谁家的孩子哭了，跌了一跤，哭得上气不接下气，大人只要拿出一把软枣向他怀里一揣，他能立刻转啼为笑。

软枣结在树上，是要抱枝一冬的，到了春天幼芽萌发，新生的花苞从果实的旧痕里出来，灰黑的软枣才从枝头上悄然脱落，只要你不去摘它。许多年前我们家里就有一棵，那是故去的祖母心头的宝贝。每到冬天，在经过一场声势浩大的采摘之后，那些软枣经过了祖母轻轻地抚摸和细数之后，已然成了我们老实、听话，安然过冬的奖赏，有祖母怀揣之后温暖的味道。那棵软枣树的树龄太老了，我们对祖母的回忆，也只能从那些干瘪诱人的果实开始。它关系到童年的欢笑，还关系到我们对于冬天的期许。

那是一座古老的山脉，山上还有许多消失过后留下的村落遗迹。倾塌的房屋，整块青石凿出的地面，一搂多粗的树木刺出屋顶。这次我们发现的不仅是软枣，还有大片无人摘取的柿树。软枣不摘尚可理解，可眼下都是初冬了，这满树的柿子也没有人收取，真的是让人遗憾了。听乡亲们说，柿树生长得很高，果实大都结在枝头，采摘起来很不容易，加之最近几年柿子的价格很低，采摘加工都很费时费力，何况还要出售，忙活一季下来，还不如进城打工一天的收入。于是当年金疙瘩一样供着的它们，如今被弃之枝头，就这样开花结果，直到果实成熟都没有人问津了。尽管这样，黄灿灿的柿子仍然挂在枝上，像小灯笼一般，为田野和大地昭示吉祥，它们丹红如帜的模样，宛如一道秋天的风景。

一座桥 一株槐

有时候，一座桥一株树，就是一个村子的历史，我就生长在一个有桥和古树的地方。最初的记忆是一个很大的场院，院中有一块古老的石碑，除了村史，上面还记载着当地有关方圆几里的风水宝地，不知道真假。不过这里的土地的确是肥沃的，只要播下种子，没有长不出的庄稼，居住在附近的人们应该都是知道的。村里还有一株树龄千年的古槐，槐已老，但花开花落按时按节，从来都不会错过。每当树叶茂密的时候，浓浓绿叶包裹着树枝地四处张扬，附近地面便也在它的笼罩下撑出绿荫。

大凡古朴的村子，人们除了平日的劳动还有串门的习惯，大到老人小到孩童更有那年轻的媳妇，常常步东家走西家，串门的目的无非是拉呱儿扯扯闲话，而这个村庄的人却很少去邻居家串门，更多的时候都是聚在那棵槐树的底下闲坐侃山，手里捎带着各种各样的活计，男人们在这里编筐，女人们在这里纳鞋底子。古槐生长在一户人家的大门外边，如果再近一些也许就被那户人家的院子圈进去了，但它偏偏没有，这也正好让村里更多的人对它产生了依赖，因此得到村里人的喜欢。大家共同喜爱的对象哪怕是一棵树一座桥，都会给简单的生活带来味道，带来说不完的话题。

　　当地流传的鬼怪故事特多，村里的小孩常听大人讲一些鬼怪的故事，民俗村风和留仙先生所在的蒲家庄差不多。这些故事大都出自老人之口，用不知使用了多少年的方言，听得人恐怖极了。用鬼怪来教训孩子好使其服服帖帖避免长大后学会作恶，也是教育孩子的一种传统方法吧，有一定的哲理，似乎也折射着村里人真实的生活经历。这些故事我就听到过不少，尤其是在我年少的时候。故事讲来讲去，说不定就把这棵古槐当作了鬼怪故事的一部分。大人随兴乱编的东西，小孩听起来害怕，一边听一边躲在大人的脊梁后面或让大人抱在怀里。故事讲着讲着就会讲出哪户人家上辈子的人和事来，讲他们的慷慨与善良，发家和落泊，用老一辈人用功研读、当官入仕的事例教育孩子好好读书，以最快的方式长大并且出息从而发迹，这是生活在古村的人基本的心愿。

　　我记事时，这棵槐树还遭过火灾，是夏天雷劈的结果。二姐在附近山区的厂子上班时，我经常从这里经过，有时还特意举头去看，树枝的确是黝黑的，但没发现烟火的痕迹。据说沾了烟火痕迹的枝头很难再会生枝长叶，更无花蕾，所以难见再度开花。事实证明，这棵古槐的伤枝后来渐渐血脉疏通起来，开始有了些生命的迹象，树梢也看着墨绿光滑了起来。老人们说古槐的灵气就是能够自我疗伤，但伤口是永远也愈合不了的。人们在断枝的地方封上泥土，后来封了水泥，又做成活灵活现的树枝的模样，或是怕梅雨季节雨水潜伏至树心，一点点噬去它的好枝，或是纯粹为了使它完整供人们观赏。

　　当古槐所有的花叶生长出来，这棵遭受烟火的枝上终于开出一串串花穗。那花朵极碎，远望像一团黄黄白白的雾霭。于是就有人说，这是由于村子风水好，才使古槐又开始发芽开花的。这个村叫"上泉村"，往东还有一个"下泉村"，有句话说"金上泉，银下泉"，意思是这里的土地深厚土质肥沃，雨水丰沛，与相邻的下泉村差不多，是个能够让人繁衍生息的好地方。也就是这个缘故，老人们坚信这就是所谓的风水之地，村里老辈人中曾出过秀才、进士，再后来是学生、军人、干部，都是因为这块风水宝地的庇荫。

村里有一座老桥，据说是由一位在皇城做官旳人修建的。多少年前的秋天，大水暴涨，道路泥泞，这位大官刚好衣锦还乡，回家后看到此景便起了建桥的念头，回去后就划拨银两，送给乡亲这样的礼物。桥是石桥，有五米多宽，数十米长，桥身弓起，上面镌刻着精美的浮雕，一看就是一座官桥。老桥不远就是那棵粗大的古槐，古槐与老桥相互映照，在时光的流逝里默默无言。它们都经历了哪些朝代哪些人事？时光更迭，它们都不曾去说，只是守着村子，让斑驳的桥身和黝黑的老枝见证一切。关于老桥的故事当地流传很多，旅游业发展起来之后，这种传说在当地愈演愈烈。这棵古槐，这座老桥，也成了这个村子的坐标。但凡有人打听，对这个村子慕名而来，不用说出村子的方位，也不用说出村子的名字，只要提到老桥和这棵千年槐树便无人不知无人不晓。

近几年，古槐被当地林业部门保护起来，老桥也开始有人对它进行多方考证，不断有学者在这里徘徊，臂庹尺量，笔记着什么，甚至有人猜测，某位皇帝微服私访曾游历过这里的山水，也许就在老桥上轩然临风伫立过。更有有心的人，总想在上面再添加点什么，到处求证，试图寻到一些有关的文字记载，或者文人墨客的诗赋留证。而有关建桥的古碑，也被村里出资修补如旧，立于饱经沧桑的桥头。从此村里有价值的东西，便不再只是那座桥那株树以及那块残缺不全的村碑了。

只是村子是个小村，大多的后生都进城打工去了，除了那些活动能力差的老人，年轻人不多。所谓"金上泉，银下泉"，也都叫着不那么响了。进城打工，一天的工资可顶在地里躬耕半年，于是村子开始走向没落。真正改变现状的是十几年前，为了致富，村里人在山上大规模种植桃树，一到春天满山满峪一片绯红，就像仙女打翻的胭脂，那红的花映着桥，那绿的叶映着树，整个村庄又开始生机勃勃起来。有了钱，人们又开始聚在古槐底下，数一数各家的进项和地里的收成。

只是，那老桥上面的浮雕实在太精美了，扶手有饱满的莲花，桥栏雕刻着各种各样的图案，桥南桥北各有两个吐水的龙头。尽管记载建桥历史的碑刻只有一座，但那座老桥屹立着，穿过了数百年时光，斑驳的桥身，以青苔在上面记载着光阴。闲暇的时候，老人们仍然把有关它的传说当作闲聚之时的谈资，尽管没有多少文典古籍的记载。其实老桥本身，就是一卷记载历史的书简。

老桥和古槐，是不能拿去放入展厅的，于是它成了这个村庄的一处景点。外地人来，上老桥上站站、走走，望一望四周的风景，慨叹千百年来的风云变幻，叹当年亭园春风，岁序安然。起初村里人看着他们好奇，后来也就见怪不怪了。老人们也不再因为孤独无依失眠到通宵达旦，家有凤凰树，不怕招不来金凤凰，每年桃树授粉的时节，都有外地人慕名来此打工，山谷里除了劳动号子还有拈花授粉的姑娘们的歌声，富裕了的家庭不仅要给在外打工的儿子们汇钱买房，还要给远在城里工作的女儿们置办嫁妆。

每年春夏，坐在热热闹闹的村头上，有关"金上泉，银下泉"的故事就又在洋溢着槐香的时光里延续了。尽管村里的年轻人愈来愈少，但是听者必定能心领神会，毕竟，他们是由一方水土养大的后代子孙。他们有听不完的故事，有绵延不息的一辈辈人，就像一朵朵浪花，汇入古村悠悠历史的长河。

乡村桃花季

"花萼相承二月时，深红浅紫总皆宜。"宋代诗人丘葵的诗句用在这里，是再恰当不过了。满目桃李，竞相绽放，山川沟壑，丹彩煌煌。这个地处偏僻的农庄，坐落在一个草木苍翠、风景优美的山坳，向前，守着一坡坡黝黑的土地，往后，背靠一座座奇山异石，在这样的风景秀丽的地方，植出各种各样的花木，依着季节渐次而开。除了灼灼盛开的桃花，那些珍贵的花木品种，蓝莓、树莓、文冠果、木瓜海棠、丁香，都在这里安家落户，是个三季有花，四季有果的现代化生态农庄，这里也成了人们郊游踏青之地。每当春风拂动，花香扑帘的时候，来这里观光旅游的人络绎不绝，他们把这个日子称为桃花季。

几场春雨过后，泥土开始松软，万物萌生，这个时间若去这里，定有一番出其不意的遇见。遇见，原本就很美好。好的遇见，并不都是爱情。几树浅紫的紫荆，几树洁白的玉兰，大片大片金黄的连翘，垂下柔枝，仿佛梦幻。它们是大地的挂饰，是春天的代言，是人类战胜贫瘠之后，大自然颁发的最美奖章，或温静，或素雅，或烂漫。就连枝头上的鸟儿也在欢快地鸣唱。一派莺争暖树，燕啄春泥的景象。

几个年龄相仿的老人，同坐在排凳上面，默默地望着路人，好像在揣摩行人的心思，其实他们什么都没揣摩。一辈子的风雨，经受，让他们学会了坦然，面对山村里新兴的事物，报之温和的目光，祥和安然。年轻的小伙，遇见一山的活泼，一山的无拘无束。空中的鸟儿，树上的松鼠，像蛙又像蟾蜍的奇石，像雾又像烟云的桃花绯红。他选择了向后山的高处徒步攀登。年轻的女孩儿，遇见摄影师，便会得到几张用手机拍不出来的相片。一个稍有缺陷的脸庞，也能拍出俊秀的模样，只要几枝春花的映衬。当然，更多的遇见，是遇见春天的事物，遇见开心，遇见舒畅，遇见风和日丽。春天的气候多变，一会儿暖，一会儿又寒。红色、绿色的衣裳，单的棉的都有，风景里，这些五颜六色的身影，就是一幅最好的田园图景。

这个地方叫"山旺农庄"。原本，这里应该有一个村庄的，有老一辈人为它起出的名字。但是，一经"山旺农庄"四个字的出现，其他村庄的名字就不多见了，人们只要去这些村庄，去这个方向，就会用"山旺农庄"作为大致的标记，然后朝着它的方向沿道而行。在村庄浩繁的大地上，每一条路，都需要一个鲜明的标记，每一个村庄，也都需要一个响亮的名字。在乡村，一个村庄，或者农庄的名字，就是周围更多的村庄的地标。否则，层叠的梯田，满坡的桃花，乡间曲曲弯弯的小路，都会让人迷失方向。

农庄是在一个山里。到这里郊游，不一定要自驾，但一定要驱车。四月，万物生发，万花争芳，到处新芽初绽，花蕾盛开。在这样的日子里，举行一场音乐盛会，是多么多情，多么浪漫的事情。在一片胭红的春色里，在规模浩大的桃花源中间，是山旺农庄所在地。大红的充气拱形门，远远地立在通往山庄的路口。人涌如潮，身着春衫的男女老少，跨过山门匆匆而行，前来参加桃花节，欣赏满园的春色。比肩接踵，人头攒动，笑语声声。人在山路上行走，蜜蜂和蝴蝶在身旁迎送，追逐着游客飘然而至的发香。远路而来的车辆，竟然多到没有地方停车，只得驶向另一个地方，停在附近刚刚建成的乡村小广场上。紧挨着的，是各种各样的公司。竖起的广告牌，代替了以往的彩旗。山区的音乐会，让大家感到新鲜，又现出焦急，生怕姗姗来迟，沸腾的开场曲就开始了，漏掉了自己喜欢的节目。山里的农家，听到一点响动，都会面露喜色。除了家里那台老式电视机，就是和他们一般默默无闻的田地。就像城市里的人们一样，他们也需要音乐，需要声音，在他们躬耕的同时，有音乐在身边舒缓地流淌。他们需要在劳作的间隙，遇见激情和炫舞，好在劳动的时刻，迸发出更多的力量。

与山旺农庄一园之隔的人们，大都是些果农，他们和农庄一样，在世世代代躬耕着的土地上，栽种和侍弄，一年到头下地劳作，尽管收入颇丰，但难得进一次城，难得走进一个高雅场所，听一听音乐，靠在舒适的影院沙发上，看一场电影。对于这个，他们从没有期盼。没有心仪的演员，也从不跟风。他们不知道他们的劳动收入，与那些电影演员们有什么不同。他们是土地的粉丝，是土地忠诚的守护者。他们不用出去打工，土地给了他们一切。何况在这场音乐会上，还有他们庄户剧团选拔的节目，说不定谁的大叔，谁的婶子，谁家的姑娘小伙子，就站在这个撒满桃花粉瓣的舞台上，挥着流光溢彩的扇子，舞得花团锦簇。

这里是方圆百里知名的蜜桃之乡，江北最美乡村，享誉大江南北。一只点花授粉的小桶，是他们劳动的家什，一条拧得出汗水的汗巾，是他们贴身的饰物，一辆突突奔走的三轮车，是他们的代步加运输的工具。至此，他们便是从育苗到栽种，从嫁接到成活，从开花到结果的整个过程的亲历者了。对城里人来说，这个过程充满诗意，对他们来说，这个过程更是充满了期待。

　　来这里，人们不单是为了踏青、赏花、观景，农家乐里的餐饮，也是山庄独特风味。客房搭在山腰，饭桌搁在凉亭。随便找个地方坐下，桌上就已摆好一笼山芋、地瓜。一锅熬了两三个小时的羊肉汤，每桌端上一盆，配以辣酱、胡椒、葱段和香菜末，再来两盘鸡蛋炒荠菜、香椿。绿色无公害的蔬菜、鹅蛋、土鸡蛋，山里更是不缺。一群羊，赶上山就是一天，吃饱喝足，再赶回圈里。山里的土鸡，从不用人看管，满山满峪，都是它们的觅食之所。这里的春天，时常会听到山鸡的求偶。据说山鸡鸣叫，一声接着一声，声音突然断了，说明已有同类在附近出现。

　　这一天是四月一日，气温高达31度。骄阳似火，初春的盛情难却。幸有山风拂荡，繁密的花枝遮凉。走出音乐会场，步入景区的木游道，再上一面山坡，脚下平整的田地里，还是幼苗的牡丹，一簇簇生发了个满山遍野。抬头看，茂密的自然林木，壮美的山貌名石，在这里比比皆是。听说牡丹不仅可以赏花，还可以榨取牡丹精油。想起那年去洛阳人困马乏的情景，等到一年以后的春天，再来山旺农庄，这里不但桃花如海，还将是牡丹花魁的天下。听农庄的主人说，不仅春天游人如织，一年四季这里都有远方来客，春来赏花、夏来摘果、秋来品香、冬来尝鲜，只要时间允许，就会来一次休闲放松的果乡游，为心灵解绑，为生命注入新的能量。

把乡野藏在心底

立秋这个季节，在我印象里是位从容的老人，他用沧桑的经历，告诉我们一个残酷的现实，那就是让世间纤纤竞秀的万物，一天天由葱茏走向衰亡，他却不让我们知道，只让我们感受淡淡的离怀别伤。

冬天与他作别，至今已有数月，几万个分分秒秒，几百个日日夜夜，我们或许早已忘却他的模样。然而他来时，不忘给我们带来一份惊喜，在我们睡眠不觉之时，洒下一场长夜冷雨，作为盛夏过后的第一份礼物。

这雨，如盛夏的花露，挟着微凉的风，潜向心底；潜入人的心脾、肌肤，以及各个角落。阳光不再那么强烈，楼下的草丛里，寂寞了一个夏天的虫鸣，也终于传来了纺织娘的歌声。闷热的天气，吞噬了多少人间的快乐？淹没了多少湖光山色？嚣尘在心，几欲把我们包裹。

秋高气爽，正是佳期休憩的时候，秋思猛然袭来时，竟是从此浪迹江湖的勇气与决绝，恨不得，在一夜之间解冠泛舟。于是和友人一道去山村寻景。浅秋的韵脚里，是白云摇曳的轻纱，点缀翩在远天；是雁儿交颈的私语，呢喃轻在耳畔。逸兴来去皆匆匆，最是快意不过。

四五个人坐在车里，驱车驶往山村的路。远离城市，向乡野里走去，看山头草木青青，看路边稼稞茂盛，看早熟的果实正在甜蜜的路上行走。就像一位压弯了腰的快乐老人，负荷着不可卸除的周身披挂。望着那累累的秋实，你可以忘了曾经的羁栖苦旅。

山村不大，离城也只有几十公里的路程，然而也水光山色，也层林叠翠，柔和的绿意，在树叶，草尖上跳动，如纱，如雾，如流动的倩影，隐藏于人迹罕至之处。秋天的词约里，总有一种情结，一种情绪，无可言说，蕴含深厚。

秋天最懂得顺应人意，乐山者，便有了一路清芬，乐水者，便有了一江秋水。波涛滚滚的江面，飘然过往的船只。路人相互答应的呼唤，此起彼伏，往复交织，那份恬然的情绪，总会令你悲喜交集。

走在绿树掩映的小路上，青萝的藤蔓时时拂着我的衣衫，让人想起李白的"绿竹人幽径，青萝拂行衣"之句。有花从乱草崖岸下探出头来，突兀地，黄红的笑脸在眼前一闪。你简直分不清那些花都叫什么名字。白色的野菊闪着淡紫的花蕊，紫荆花更是开了个漫山遍野。它们的美，不在娇艳妖娆，而在于一份朴素的清散。

登高望远，你不会被夕照与青草引起秋天的感伤。秋天金黄的色彩，比之城市钢筋水泥的颜色，更少了几分冰冷的愁绪，无形的伤怀，倒变得让人鲜活可感。感那成熟后的憔悴，消瘦了，枯黄了，却决不后悔。感那"蒹兮蒹兮，风其漂女"，更感那"迢迢新秋夕，亭亭月将圆"，白云飞，草木黄，雁南归，重阳又是。

在这迷人的风景里，我做到的，是把脚步尽可能放慢些。滤过青山，俯拾皆是古人的诗句，一如陶公的"暖暖无人村，依依墟里烟"，又如他的"采菊东篱下，悠然见南山"，镜面一般，映照眼前。如此超然，比比皆是，让我们把诗人的平和冲淡咀嚼、体味殆尽。

去乡野小住，我手里带去了一本诗集，那浅紫的封面，曾经那么令我惊喜；那空灵的诗句，曾经令我那么着迷。从他的诗集里，我找到一句最有代表意义的句子，是为感恩，是为利禄的厌倦和鄙视。在这里，我换"他"，称作"你"。

我带了你的诗集，那么乡野里便有了你，每一朵花，每一棵草，全是你回眸一笑的神气。我敬慕的，正是你的诗行，能在短短的文字里，抚今追昔。感怀你的童年，感怀你的故乡，你的人生，你的母亲。写景、叙事、抒情，或清丽婉约，意境开阔，或气势磅礴，语言质健，笔力遒劲。

通读你的诗章，我明白了你，读懂了你，"树欲静而风不止，子欲养而亲不待"，正是因为这样，才使你忧愁凝结的心，从此不得消解。时光荏苒，那份难以割舍的爱，含蓄隽永，意在境中。令人慰藉的，是羁旅之中，还有诗可做伴，它可忠厚于你，到老绝无口角怨怼。

聚散匆匆，山野乡村，也不尽在言外。曾经戏说，宁在乡野里踏青，做一个山乡野客，好生地流浪一回。也喝它个浓睡残酒，也赏它个绿肥红瘦，也来一个千古绝唱。然而，游遍芳踪，这世上能有几人？这无处的诉说，只有流水知道，清弦知音。一声"罢了"，然后是你的凄然长叹，扼腕之息。但，任你不信这一切真实与否，在这个喧嚣的世界，我依然相信，总有一处山清水秀的地方，在等着我们，能够让我们用真情拟歌，在清丽婉约的感慨里抒情，在文字的生命里一点点燃烧至烬。

春光无限，秋光也是匆匆，我在夜晚来临时分收拾行囊。下得山来，回头望向山野，刚才走过的山间小路，苍苍茫茫笼罩在一片青翠之中，心头竟流露出依依惜别的感情。面对未来浮生，我不知道还有多少时光消磨在狼迹残红，只把这种超然、恬静、自由的心情，写在这里，记一页短暂行旅。

山野秋声

　　我不像古人那样，随着草木的摇落而悲秋，只是每当这个时候，突然让人感觉到时光的紧迫。秋风秋雨的出现，像沙漏般督促着我，去完成一个个春天不曾完成的任务，以期达到一个遥不可及的目标。我把厚厚的一摞书放在枕畔，本想在睡意未浓时翻上一翻，然而耳边总有一种声音干扰着我，使我翻不了也不能看上一眼。于是很兴奋地想，应该出门走上一走，看看是什么声音在干扰。我开始了一种愉快的心灵旅行。

　　首先我抬头看见了月亮，很清澈明亮的那种，一弯如眉地远远挂在天上，让人感到眉眼里深含着某种浅浅的渴望，好像等待女娲将缺失未满的一半补上。那月亮的目光凝视着大地，世间所有的景物被这明净如水的眸子涤荡有如透明的水晶，它的表现是在比往常更加安谧的情况下，与此同时地使某些移动的物体变化起来，万籁感动得沸腾起来，细微的声音就在这时候闪亮登场了。

　　我发现，那是从野地里传来的声音，我这才知道，在不远的方就是一片大豆的农场，豆秧的水分已经干枯，叶子有一半现出苍黄，是这苍黄的叶在风中微微地颤动，颤动着颤动着，沙沙之声就涌流出来了。在大豆的农场边上，那尚没砍倒的玉米秸叶也舞蹈起来。暗夜里看不清玉米的颜色，月光没有专门为它们设计出白天的金黄，但能看出它们在叶片的袖囊里饱满的鼓胀。"沙沙"，"沙沙"，这是叶片们交头接耳的声音，它们仿佛在喊："收获了……"一边喊，一边兴奋得摩拳擦掌。

在黄昏的草丛里行走，不经意就掠起一种声响："嚓啦——"，这个声音响得干脆，既没有拖泥带水，也没有影响别人，就像绅士的一个优雅旋转，披风曳起的长长的声音。过了好久我才明白，这原来就是蚱蜢的声音，是它在黄昏的草丛里隐匿，躲得不耐烦了的时候，偶尔也出来飞翔。入秋后的蚱蜢已不再那么精神，慵懒地躲在叶子底下或草棵里，单等风吹草动的时刻，找个地方把籽下到土里，直到它们身形空空，像被什么抽空了的魂灵，这才用它头部下方不规则的口器，饮下一顿最后的竹露，在深秋的时节消失得无影无踪。

清晨，一朵小花在秋天的蓝天下开放了，原本一枚草叶轻压在花茎的身上，就在花朵将要盛开的那刻，那枚草茎倏然从花朵的身上滑落，藏到花的瓣底下去了，它就这样鲜明地开在了草叶的上头，这种花叫作朝颜花。它在秋天的最后一排豆架上缠绕着，团团叶片尚且葱茏。在它花开的根部，有一串串已经成熟的蒴果，秋天的朝颜花，是它们生命的最后时刻了。

朝颜的意思，是朝开夕落，可是在秋天，不管是墙角还是田野，它都开得轻盈柔嫩，清丽脱俗。世界上，喜欢这种花的人还真不少。日本古典文学名著《源氏物语》中的人物——源氏叔叔桃园式部卿亲王之女也叫朝颜，又名槿姬。书中写道，朝颜在任斋宫期间受到源氏的追求，但两人只是书信往来。源氏任期满后几次当面求爱，均被她婉言拒绝。然而源氏痴心不改，并说她是唯一可以书信往来且富有情趣的女子。同时，她也是书中少数几个很有主见和远见的高贵端庄的女子。

那天早上，雨悄然落了，秋雨潇潇……雨声也很唯美，到处是秋雨的滴答，像雨珠在春天里打着芭蕉的声音，雨洗着秋天的原野，裸岩，雨的水痕把枯草深深地淹没了。那天晚上，雨仍悄然地下着，依然是熟悉的秋雨秋声，这声音像钟摆的摇动，不疾不徐。雨珠落在铁的物品上，它的声音是叮咚，叮咚；落在屋檐下的石阶上，它的声音就是滴答，滴答。每一声叮咚或者滴答，都写着时间的匆匆，匆匆。

我还听到过夜风钻我窗棂的声音，听到过小动物低叫着踩着房瓦掠过我的屋顶，墙上的山里红果子掉落的声音，"啪"的一声，再一声，然后沿着路面的斜坡咕噜噜滚落。我终于想起，眼下我是生活在山上啊！我的任务是在山上写作，或者读书。在这深沉的晴夜或者雨夜里，竟然都有着这么美好的秋的繁声，这是城里听不见也感受不到的。能够在空旷的山野里听听秋声，谁说不是人生难得的机缘和享受呢！

炊烟是村庄的念想

　　我喜欢看乡村的炊烟，尤其是在秋冬时节，当所有事物萧条之后，透过庄稼成熟收割了的田垄，那些零零落落的果园，弯弯曲曲的田埂，矮矮的草房，还有房顶上飘动的如丝炊烟，都显露无遗地呈现出来，这时候炊烟总能成为乡村的标志。

　　在乡村，炊烟比任何一件事物都显得特别，但它又不是乡村最醒目的事物，炊烟有时候不太让人关注，它是在人们不经意的时候悄无声息地出现。每当走出家门拐向村口小路的时候，我都忍不住回头去看悬挂在村头的那缕炊烟，它们被风吹得浓了淡了，渐渐在广阔的天空里隐散，被云丝儿吸纳，也变成了洁白的云朵。

　　有了炊烟，还得有火，不用说也会猜到其中的情形，这个时辰家家户户正在做饭，炊烟就是这样悄悄从屋顶烟筒里飘出。饭做好后，用水把火熄灭，掀开蒸气氤氲的一口大锅，一锅子的青黄饭菜就做好了。冬天的菜肴是白菜萝卜，再不然摘些菠菜撒在箅子下面，等上面的玉米窝窝发出扑鼻的香味，黏稠的菜糊糊也做熟了，下地的人回来盛上一碗，就着金黄的玉米窝窝吃得香甜。

　　我最早学画的时候，老师不仅教我们画人物，还教我们画火，染出颜色红彤彤的，像少先队员旗帜上的火炬，又像电影里阿细跳月时的火把，有时就干脆是一把火，呈山形的火苗柔姿妙曼，像是山里少女的舞蹈。哦！我知道了，那是爱之焰火。于是我也用彩色的蜡笔，去画一个小小的空间，然后点染成火的颜色，就很温暖地把心田照亮了。

在儿时，除了炊烟，我们还拥有田野的花朵，拥有满天星光。白天可以闻到花草的气息，到了夜晚，数不清的星斗撒落在睡梦的枕畔。炉塘里的火苗明明灭灭，映照出祖母或母亲的脸庞，她们的愉悦与满足往往昭示着家庭的幸福。单薄的小屋盛满回忆和温暖，亦盛满了我们幸福的童年。

启程的蒲公英伴着我们长大，睡梦中的花朵将开未开，我们却已经走到了未来。不记得脚下迈过多少田埂了，却记得母亲送别的依依身影和殷切目光。回头望，不再是村庄的炊烟与花香，而是纵深的高楼板硬的马路和繁复的霓虹，悬挂在母亲身边的摇篮远去了，远方的路充满了寂寞孤独。挥挥手我们与村庄作别，手举起却难以放下。

城市里四季不太分明，难得闻到花香，更难得看见村庄与炊烟，没有人在乎谁是谁生命的花香袅袅，谁是谁路遇的一点微光；没有谁把谁一点点收藏，让心花开放。现实中的城市每天都在枕戈待旦，为一席之地的生存争先恐后。只有到闲隙的早上或晚间，霞光普照或夕阳西下的时候，把记忆打开，让点点回忆在清晰的脑海循环往复，追问人生的当下和幸福，让标志乡村的炊烟在梦里且行且远。在远离故土的游子心里，炊烟，是村庄留在记忆里的念想。

暗香浮动又金秋

"桐庭多落叶，慨然知已秋。"这是诗人对季节变迁的喟叹，在我国，流传着丰富的与秋有关的美好诗歌，以抒情的方式高度集中地、凝练地反映社会生活，用丰富的想象、富有节奏的韵律美，引发无数人此心与彼心的共鸣，一再成为人们进入秋天的感怀。古往今来，无论是勤于读书挥墨的书生，还是忙于金钱利益的凡夫，无不为秋天的变化而感慨。某一天，有个朋友对我说，最近老是没有气力，身心总是懒懒的，很是忧伤的感觉。我建议她看些动画片或喜剧，笑一笑，抖落心头的忧伤，驱去悲愁的阴霾，对身体是有好处的。

喜欢在这样的日子里出游。秋日出游，是诸多旅行者的喜好，金秋十月，天高气爽，尽管时令渐进，寒意将侵，然而大自然仍不失繁华风貌，或去登高望远，或漫步湖畔，欣赏月光浸水水浸天的景象，总给人一种空明澄澈，心生一派昂然豪气的感觉。这个季节可以说是山温水软，浅浅秋意，朗朗天气，触目之下无不是流水淙淙，天空蔚蓝，一步步攀登山上，只见高处白云悠悠，草木苍然，怎不令人心旷神怡，流连忘返。沿途少不了等人收割的庄稼，一片片成熟的大豆高粱。现在的农民，已经不像以前收割庄稼那样，三五成群地在地里忙活，而是显得有些人员零落，问同行的好友，知是人均土地少了，用不着起五更睡半夜收秋了。

　　收秋，是一个多么好的字眼，幼年曾经生活在乡下，这个字眼对我来说是既熟悉而又亲切的。记得很多年前，在乡下看乡人收秋，全家一齐出动，将庄稼一一收拢归仓，这是一项艰苦的劳动，农人有句谚语："再苦不能苦了孩子，再忙也不能误了庄稼。"曾经，庄稼是庄户人心头的肉，生活的指望。现在，随着可耕种土地的减少，家家户户再也不用那样忙秋了，秋天收割成了他们的一种快乐，一种生活的点缀，如果没有了这种快乐和点缀，农村便也不再是农村，农民也算不上农民了。

　　在县城的城乡接合部，我经常看到一些妇女骑摩托车扔在垄下，跻身庄稼地里，在寒光闪闪的镰刀挥舞下，一棵棵成熟的玉米在手底下横卧成排，收割完毕，把玉米编结成锥形悬挂在家门前的树上。据说门头悬挂玉米是有所讲究的，目的是展示一年来丰收的成果，告诉人们这户人家是勤劳的，尽管劳苦参半。随着时代的发展，人们的生活水平提高了，劳动方式产生了各种各样的变化，一些习惯却在农民的日常生活中没有多大改变，这些习惯往往带着美好的向往以及美好的祝福，怎么能随便去改变呢？于是该悬挂的仍然悬挂，该张扬的必然得到张扬，日子便是这样在心田里日渐成行，岁月便是这样在手掌里温暖起来。

　　更为喜人的是那沁人心脾的菊花。秋天是菊花盛开的季节，在略显微黄的草木之中，低浅的野花丛里，傲然挺立菊花那摇曳的花枝，一簇簇醒目清丽，十分赏心悦目。山中的野菊，以白或浅黄色居多，白色之中又带几分若有若无的蓝紫成分，愈加显示出高洁剔透，清新质朴，透出一种自然的美丽。它们并不以是野花而卑微，而是把自己打扮得娴静娟雅，我喜欢世间花朵的繁复华丽之美，亦喜欢清新质朴之美，这种喜欢，只有菊花可以无私倾目给我。

菊香可以安眠，很早就听老人们说过，故每次登山，都以遇见满坡菊花为喜，但始终没动手采过，不舍得，想任其在山野里自由璀璨。据说把菊花采回晒干，填成枕头放在床头，晚来静卧之时，能闻到淡淡的清香，在紧张的工作与生活双重压力之下，有菊香为伴，可以安然入眠，亦可醒脑明目。倒是有菊花泡饮的习惯。到茶叶店里小买几两，与枸杞配在一起泡茶喝。从初夏开始，到深秋而止。那种菊，或许不是眼前的山菊，但其香如此，别无二致，只是花瓣繁复了些，有名曰黄山贡菊。

我国历来有赏菊的风俗。农历九月亦称菊月，别称还有授衣月、青女月、小田月、霜月、暮秋、晚秋、残秋、素秋等，但都不及菊月受听，诗意优雅。所以九九重阳时节，又有菊花节美名。古时的这天，要举办菊花大会，清·富察敦崇编著的《燕京岁时记》载："九花者，菊花也。每届重阳，富贵之家，以九花数百盆……"就是当时的写照。古人讲究雅兴，闲时或者耕作，或者闭门读书，然而每到节日之时，亦会人潮倾城，无论稼穑躬耕、文人墨客，皆赴会赏菊。在古俗中，菊花又是健康长寿的象征，于是又赋予新的含义，把每年的九月九日定为老人节，将传统习俗与时代风尚巧妙地结合，成就了无数尊老、敬老、爱老的佳话。

"高楼目尽欲黄昏，梧桐叶上萧萧雨。"读古人的诗句，总给人添将几分情思，几分愁绪，所以秋日出游，登高望远，赏菊抒怀，可调节气氛，可缓解多愁善感的情绪。大概古人早就知道，秋日出游，胜过追逐春天的远足，唐代诗人王维的"遥知兄弟登高处，遍插茱萸少一人"就是在这一天写的。茱萸是一种常绿含香的植物，叶可以入药，可制酒养生保健，根可杀虫，《西京杂记》卷三："九月九日，佩茱萸，食蓬饵，饮菊华酒，令人长寿。"当"树树皆秋色，山山唯落晖"的时候，山茱萸业已结成果实，润红若紫丹珠。茱萸不似桂花那般幽香可人，但久闻必神清气爽，曹植曾在《浮萍篇》写道："茱萸自有芳，不若桂与兰。"故而怀揣茱萸者，总是两袖清香暗浮，一缕药香点染胸襟。

在我家乡的山上，茱萸满山皆是，偶尔还有人做"茱萸囊"，用两寸见方的大红布块，将茱萸的种子与朱砂缝制在一起，形成一个玲珑小巧的荷包戴在孕妇、老人或小孩的身上，据说可以起到祛病、养身、辟邪的作用。在山东鲁地，这种习俗由来已久。古人于九月九日重阳前后登高之时，臂上佩戴插着茱萸的布袋，以示对亲朋好友的怀念，这就是"茱萸囊"最初的来历。

"人人解说悲秋事，不似诗人彻底知。"在芳香暗飘的日子，我看到的不只落花满地，百木凋零，还有丰硕的果实与期待的收成。虽然没有了百花争艳，芳香怡人，但那饱满的稻谷，宝蓝的湖水，湛蓝的天空，还有不畏寒霜的菊花，更能丰富我的心田。秋来暗香又浮动，一年之中最佳时，菊是隐逸之花，历来得到清流名士的喜爱，何况于我？这是我与秋天的美丽邂逅，她会使我的心灵宁静，精神充实，灵魂坦荡，这份感受将是我人生最珍贵的财富。

家乡的蓝月亮

　　没有月色的夜晚，是一种孤独。当夜幕落下，星光升起，我常常抑制不住抬头看天上的月亮，看城市里的月亮与乡下的究竟有什么不同。我发现城里的月是那么的朦胧，看着看着就仿佛自己又回到了乡下，那月或如圆润的玉盘，或弯若清远的银钩，却都是那么明亮如旧。

　　走过长长的时光隧道，再回头看乡间的月亮，我仿佛又回到一条条细长的田埂。也是一个秋天的夜晚吧，笨拙的蛐蛐发出短促的鸣唱，娇小的纺织娘轻弹悦耳的琴声。在夜晚的草丛，还记得捕纺织娘的情景，拿一个小小的玻璃瓶，捉了就放在里面，看着它能开心好久。也有捉不到的时候，那么我们就去捉萤火虫，抬头一遍遍去仰望天空，渴望忽而飞过一只小小的"灯笼"。捕得着的，就放入一个纸盒子里，捉不到的，就束手看别人的萤火在纸盒里明明灭灭，心中兀自孑然落寞。

　　越过曾经的蓝桥，与蜿蜒的山间小道之间，曾寻找那些遗落的童谣，犹记得那些夏天，我们坐在邻家门槛的旁边，听老奶奶把童谣教唱："大月亮，小月亮，哥哥起来做木匠，嫂子起来蒸糯米，糯米蒸得喷喷香，打起马儿接姑娘……"充满蒙太奇色彩的童谣，抑或只是词语的接龙游戏，简洁上口的语言，却在一丝轻松、诙谐、幽默中传达出人间浓浓的情意。

多少年过去了，如今已在时光的崖隙间渐渐变老，再也找不到具有韵味的童年歌谣，记忆一次次走过童年的窗口，目光抚摸小时候那株弯曲的垂柳枝条，这才发现那段故事已成为一生的守望。那时的青梅竹马都哪里去了？那时的风雨草屋都哪里去了？那时的山坡之上缓缓升起的炊烟都哪里去了？为什么在我心里只剩下一轮银白的月亮？

故乡的风簌簌吹过，叶生叶落间，忘记究竟过了多少个春秋冬夏——春夏园林，秋冬山谷，一一走过，才知一派管弦清音不再，只落一抹沧桑浅深间布，在孤独的心里凄寒若霜，花寂人冷，昼深风乱，无数次的念想漫上双眼，濡湿了身后长长的凝望。

多少年前看女儿涂画，将一轮明月淡染成罗兰色，旁边是一枝莲荷，在中秋的月光下显现出玉蕊苍枝。我略懂一些绘画的技巧，但宝蓝比淡黄更能提亮秋天的月光，这倒使我未曾想到。无意之中，它让我看到了年少时的月亮，蓝月亮！宛如落下个七彩仙人，将所有一切皆化为一院清辉，月明清朗，盈若秋水，那一刻，心暖暖地烂漫起来，仿佛回到曾经的美好时光。